经典散文精华本

金克木散文

人苦不自知

金克木 著

北京联合出版公司
Beijing United Publishing Co.,Ltd.

图书在版编目（CIP）数据

人苦不自知：金克木散文 / 金克木著．-- 北京：北京联合出版公司，2015.7（2019.5 重印）

ISBN 978-7-5502-5533-3

Ⅰ．①人… Ⅱ．①金… Ⅲ．①散文集 - 中国 - 当代 Ⅳ．① I267

中国版本图书馆 CIP 数据核字（2015）第 128740 号

人苦不自知：金克木散文

作　　者：金克木
选题策划：北京宏泰恒信文化传播有限公司
责任编辑：徐秀琴
策划编辑：李　根
封面设计：仙　境
版式设计：王玉双
责任校对：赵建华

北京联合出版公司出版
（北京市西城区德外大街 83 号楼 9 层　100088）
晟德（天津）印刷有限公司印刷　新华书店经销
字数 203 千字　880 毫米 ×1230 毫米　1/32　10 印张
2019 年 5 月第 2 版　2019 年 5 月第 2 次印刷
ISBN 978-7-5502-5533-3
定价：39.80 元

目　录

第一辑　闲话生活

第二辑 人生絮语

第三辑　岁月留痕

第四辑　似是故人来

第五辑　天竺往事

第　一　辑
闲话生活

老师讲得很清楚，我们全明白，也提不出问题，可就是我们自己不会做。会照老师的样子解决老师所解决的问题，可是不会换个样子，也不会解决老师没有提出过的问题。考试只考教过的，我们不担心。不过担心将来离开了老师自己工作时会不会碰上没学过的问题。最好老师再讲得全面一些，再多联系实际，把实际上可能出现的问题多讲些，多告诉些解决的办法。

八旗女儿心

中国女作家可能要从《诗经》中的无名女作者算起。汉朝“私奔”司马相如的寡妇卓文君也会作诗。这位司马才子曾接受“千金”稿费为陈皇后作了一篇《长门赋》，劝皇帝不要抛弃“原配”。卓文君年纪大了，作了一篇《白头吟》。“闻君有两意，故来相决绝”。她主动提出离婚，要求司马相如不要“移情别恋”。两篇作品都起了好作用，挽回了男人对女人的“二心”，是“良性循环”。可是那“第三者”呢？只好去演《贵妃醉酒》或《梅妃》了。三角恋爱要一角不冷，不容易。

从“五四”新文化运动起，由冰心女士、庐隐女士、淦女士（冯沅君）开始，署名“女士”的作品而不是冒牌的，有了。不署“女士”的有陈衡哲、凌叔华。以丁玲笔名写出更新一代的“莎菲女士”以后，“女士”的署名和开玩笑的“男士”一同灭亡了。差不多从同时期起，女作家也不以“女儿心”为主题而和男作家“并肩战斗”不分你我了。到七八十年代，女作家愈来愈多。香港、台湾的有称霸文坛之势。大陆的也不落后，不但和男作家“并驾齐驱”，而且又以女性写女性，开拓了淦女士和丁玲还没有展开的领域。对比起冰心的《超人》和庐隐的《海滨故人》来，大有超短裙和百褶裙的差别了。不过好像是台、港的显出女儿心，大陆的多有男子气。像台湾李昂的《杀夫》等等那样写女写男怀探索新境之意的好像不多，而用外国化现代化电影化写法的不少。

三十年代上海曾有杂志出过一本“女作家号”，引起纷纷议论，以后再不“男女有别”了。现在春风文艺出版社刊出《大陆女作家爱情系列丛书》五本。第一本是赵玫的《我们家族的女人》已见到。还有黑孩、杨泥、陈丹燕、盛祥兰各一本尚未见。据说这一系列都是女的用第一人称“我”写爱情。这五位作者，我一个也不认识，且从未拜读作品，又只见一本，何妨信口开河，闲谈一番！没有“评论”嫌疑，料想不致得罪。

赵玫的小说一开头就说，女主角“我”“要写一部杜拉式的小说”，随后又多次说杜拉。看样子是法国七十多岁的“马丹”（夫人）玛·杜拉的“风”吹过来了。这使我回想三十年代初《现代》杂志刊出的刘呐鸥、穆时英、施蛰存等人的小说，现在被戴上“都市小说”、“心理分析小说”帽子了。新感觉派、超现实主义，《现代》也有介绍，但未起“风”。那时欧洲已经有了卡夫卡、《追忆逝水年华》、《尤里西斯》，中国读过原作的不少，也有介绍，更“不见些儿风影”。原因除中国情况外，可能是这些小说当时在欧洲以至于今天在世界也还是解说纷纭，未必有多少人感到“适获我心”，“心领神会”。中国和欧洲都正在大战前夕，身且不保，哪顾得心呢？只有等到战后了。法国的杜拉，我未拜读，先看到中国的杜拉，不免感觉到，我不是三十年代的青年，中国却依旧有青年迎着海洋上的季候风开襟呼吸。但不知何时能吹出强烈的中国风。

作家依性别分，决非“两大阵营”，也是一种分类法。有些看法，特别是对“爱情”的看法，说不定从来男女不完全一样。只是女的常顺着男的思路想，以致常出内心矛盾而不自知。觉悟以后，到二十一世纪，女作家会更多，会在不止一方面超出甚至越过男作家，以致不再以“女”标榜，反倒可能是“男”处下风而要奋力挣扎当“堂堂男子汉”了。这与外国的所谓“女权主义”毫无关系，根本不同。这是几千几百年来中国特别压抑女性的反作用。物理学中的牛顿定律同样适用于文艺界。裹小脚，闭深闺，不许识字，可是仍然有从传说中的卓文君到幻化出孟丽君的陈端生（《再生缘》）。今天“大脚婆娘”公然出世，岂能不有一番作为？身体先解放，有了连得世界冠军的中国女排。今年奥运会一开张，为中国队连得金牌的是一群女将。林黛玉、薛宝钗哪里去了？我感觉到，现代中国男子背上的精神包袱，无论识字的不识字的，都不比女子的轻，甚至更重些。男子是自缚而女子多半是被缚。从秋瑾算起，“妇女解放”呼声虽时断时续，实际上各种各样的“女强人”发挥出潜在的和表面化的，好的和坏的，翻江倒海力量的不能算少。现在识字的和不识字的女性绝大多数还受到男性的种种欺压，但已有不少女人大展“雄”风，毫无疑问，到下一世纪这“风”会更加强烈。这也是世界性的，女总统、女总理、女总裁接二连三。社会结构不是照性别分的，也不是照种族和宗教分的。然而这些分别确实存在，若视而不见或讳而不言，结果会出意想不到的大乱子。此时隐隐觉到这一点的人中男的比女的多，所以男的更力求女的“就范”，用暴力和欺骗，打骂和买卖，不知道也不相信，在这里作用和反作用仍成正比例。反之，男受女气也是一样。赵玫的这本小说中，尽管女的命苦，难道没有透露出女性的强和男性的弱吗？强中之强不是那位老奶奶吗？女性仍弱，弱在不知自己内力之强。男性仍强，强在依靠社会外力。女对男，找依附不行，求和男的一样也不行，压下男的更不行，唯有独立，精神独立，发挥自己长处而避开短处，才能与男平等。我不希望出现《醒世姻缘传》中薛素姐对狄希陈那样“一见他，我心中就有气”，成批再现“河东狮子”。但是在文学领域中“阴盛”已迅速出现，是不是“阳衰”，那只有看男性自己。《易经》流行，六十四卦中，“天地否”，“地天泰”，为什么阴在阳上反而通泰呢？

“爱”、“情”两字分开，中国固有，墨子“兼爱”，“人情”之常，合为一词是外来的，国际性的。书本中的和书本外的也不一样。几千年来中国有独特情况。将近一千年前，日本出现著作《源氏物语》的紫式部时，随即中国有了词人李清照。两人都是女的，著作中都涉及“爱”和“情”，又不像是欧洲文学中古代起源而近代发展的爱情。中国文学中有爱情格式，少爱情本身。例如：《孔雀东南飞》式，包括《钗头凤》式，也是《西厢》后期式，都是老一辈作梗。“梁祝”式，《天仙配》式，卓文君、红拂式，女慧男痴，女强男弱，或败或成，自定嫁娶，不是正宗。罗敷式，“使君自有妇，罗敷自有夫”，“南山有乌，北山张罗”，今名“婚外恋”，一直受谴责。古有义无情，今有情无义。转化为秋胡戏妻式，《武家坡》、《汾河湾》，是男子无情无义了。宝玉黛玉式，加薛宝钗，今名“三角恋爱”。实际上，宝玉是“多角”钟情，所谓“多情种子”，而且不分男女，对秦钟、蒋玉菡如对袭人、晴雯。《牡丹亭》或《玉梨魂》式，月老作媒，机缘偶合，暗中想象，恋人自恋。在“父母之命，媒妁之言”的时代，未见或偶见或梦见而情系终身，又多半由不成婚或成婚而幻影长留或破灭，或如牛郎织女隔河相望，极为常有。何止“人面桃花”，“御沟红叶”？汤显祖的理想化艺术化使之永恒，但事实已灭亡快一百年了。青年男女古时极难会面，今日极易相逢，古之格式已不适用。古之爱情是否也随之而去？欧式爱情是否即随之而来？“爱”之必欲得，不得即成仇，这是什么“爱”？束缚解除，真面是否立即显露？古式不存，欧式、美式如何？爱情能像发型？港、台、大陆的“爱情”小说已成系列，出现了什么现代中国式？我看赵玫这本小说中，写“爱”之“心”的“我”是文章，“他”是无“心”的影像，反而其他女人是“爱”的故事，可惜又没有写“心”。以女写女写出家族，未写好爱情，只怕是杜拉害了那个“我”。

用第一人称的自言自语写小说，在中国无此传统，我觉得非常难。源泉有而堤坝多。一见“我”便认为自传，看小说如猜谜，处处想落实。习惯如此，无可奈何。这且不说。中国人和欧洲人有一区别可能和基督教有关。我们不信“原罪”，也不懂耶稣代人类赎罪。信教的不少，信“爱”的不多。不懂“忏悔”（自白不是悔过），不习惯内心自我解剖，更不擅长将“反思”表达出来。多少年多少人写过“检讨”，有多少“触及灵魂”？我们以为“激情”就是大哭大笑而不是卡门、高龙巴那样冷。能欣赏类似中国格式的罗密欧和朱丽叶而不大欣赏哈姆莱特的内心矛盾，只把他当作“王子复仇”。我们懂仇恨过于懂爱情。麦克白是不忠。李尔王的女儿是不孝。奥塞罗是贞和妒。对剧中那些独白中由内心矛盾而爆发的“激情”不容易“动心”，对其中的“人际关系”伦理道德却一望而知。中国古时的爱情阻碍总是外来而非内心。“惊艳”之后的“相思病”不过为了“酬简”，有肉无灵，不信灵魂。以为“相思”就是相爱，不知“思”的是什么。所以自剖难，自白难，读别人自白也难。把艺术只看作“加工”，有实无虚，非“影射”不可。越写得真切，越会被当作真实。声明“虚构”，毫无用处。不知这女性第一人称爱情系列小说能开创多少。

这本小说一再提到《巴黎圣母院》中的那个希腊字，本义是“必然”，可以当作“命运”，其实中外解说不同。中国解为外来，容易“含冤”，“怀恨”，“不忘血泪仇”，虽“命该如此”，仍“仇深似海”。外国常着重内心，解为性格本身矛盾而不得不这样。外国以内解外。中国以外解内，重条件而轻内心。我们说，“天命之谓性”(《中庸》)。外国人，特别是现代的，认为“性之谓天命”。这个“性”，无论广义狭义，中外习惯想法不同，同“爱”一样，说不清楚。

《我们家族的女人》中一再解题为共同苦难命运。个个婚姻不顺，全由外力，无关内心。这是中国人心态，不是一家一族的，但艺术品中的民族心态很难摆脱干净。汉族以外的各自有特色。例如沈从文，我先读其文，知语言；后到其地，识人情；又交其人，见风格；总忘不了三者之间的同一性。经历过讲血统出身查三代祖宗的洪流的人不会忘记自己是谁的“子孙”。沈从文在小说中不说民族。赵玫在小说中明说满族，倾慕骑马的长腿和挽弓的长臂。这个“我”不忘“八旗”“英武”，想得到一位“英雄”，可惜第一个碰到的，第二个又碰到的，都像是无心无灵魂的鬼影蒙躯壳。这是一个女人的心，也是一个民族的心吧？盼强得弱，始合终离，女人是弱者，但灵魂仍是强者。“为义受逼迫的人有福了，因为天国是他们的。”（《马太福音》）为爱受苦的人有福了，因为未来是她们的。老奶奶信基督教，这才是她说的“爱是永恒的忍耐”的意义。“忍”不是汉语中的常义，是约伯后代的“爱”和信，和佛教的“忍辱波罗蜜”同是强，不是弱。弱者受屈辱“逆来顺受”不是“忍”。也不是“忍心”，不是恨，是“爱”。“忍者”是“强人”。

这小说写的“爱情”仍是古典新貌。男对女：你不爱我，我死给你看。女对男：你不爱我，我终身不嫁。男对女：你不依从，我杀了你。女对男：你不听话，我休了你，滚！这像恶霸抢亲。爱情是欺骗。婚姻是讹诈。有我无人，非主即奴，何来平等？肉体结合，不见灵魂所在。作者费力写爱，不知青年读者如何反应。

由“我”叙述，致使奶奶、大娘、婶婶、姑奶奶、大姑、姑妈、小姑、嫂子等人的生动形象只成剪影，说故事成为陪衬，很可惜。也许是作者有意分主从，突出主观的心、“我”、爱情、命运。假如采多元结构、“平行投影”以显出“家族”，会不会比“中心投影”的效果好些?

作者是好人，心太软。写小说还得学坏些。软心肠能写散文。心不狠，写不成悲剧。狠不下心把“他”写成活人，以致“他”成了道具、无心肝的木偶、机器人。雨果心若不狠，写不出《巴黎圣母院》。传说陀思妥耶夫斯基口述小说时，记录者泪流满面记不下去了，他还不知道。他写爱情的少作《穷人》，心不硬也写不出。这样又苦又甜的爱心，中国人有，但极少写。为什么?习惯是重点在外，不写内心，不能写。外在条件重于内心感受。

评论者常从个别中看出一般。创作者常从一般中看出个别。古往今来，写出中国各族人的心和爱的，写出作为平等活人的女人的，太少了。男和女是对立统一。爱和恨也是对立统一。只顾一方消灭另一方，有一无二，仍逃不出牛顿定律。“爱情系列”五位的大作中，我只见到第一本赵玫的，以上所说无非闲话。

对于书，我以为，有些标点错乱和忽有忽无，不论有意无意，并不重要，错字还是少一点好。

东拉西扯闲话已了，戏题一绝：

铁马金戈曲已终，燕支化作夕阳红。

海滨人去涛声寂，不见须眉乘朔风。

和尚

“和尚”一词本是尊称，后来成为通称了。堪称为大和尚，使我见一面而不忘的有一位，法名太虚。

那是一九四六年，我从印度回到上海。离印时法舫法师交给我一封信，托我面交玉佛寺的太虚法师。我看过太虚主编的《海潮音》杂志，知道他是佛教学者，办过佛学院，提倡佛教改革，曾周游列国，也到过印度。法舫是他的大弟子之一，和我在缅甸认识，又在印度多次相见，托我带信，我不能拒绝，但实在有点怕见大名人。那一天去玉佛寺，心里想着交了信就走。

那时玉佛寺冷冷清清，大殿上也没有什么香火。我转到殿后找到一位僧人说明来意。他引我到禅房，通报后带我进去。不料这位大和尚一见我竟站了起来，还向前走了几步。我连忙合十为礼，交上信件。在他看信时我打量一下室内，已有僧俗几人，见大师站起，也都站了起来。我心中不安，打算立即告辞。又不料大和尚已看完了信，笑嘻嘻对我说一声“请坐”。我只好随大众一起坐下。和他谈了没有多少句话，我又想起身告辞，更不料大和尚笑嘻嘻对我说，今天正好有几位居士布施斋饭，希望我“随缘”参加。我明白这是不能拒绝的，好比放“焰口”时向饿鬼施食。我突然回国奉母，毫无联系，说不定会成为饿鬼，也有受斋的资格。于是分享了玉佛寺的一顿素斋。再也料不到太虚和尚结合周游列国的见闻和改革佛教旧习的宏愿，在吃斋时忽然向我提出要我当众讲几句话。突然袭击之下幸而我有防身法宝。我便将西藏保存大量佛典梵本已经证实之事说出，并说若能照欧洲人刊行巴利语佛典之例刊行梵语佛典，将中国所藏数里多而质量高的印度古典公开给世人，合成梵、藏、汉三大藏经，这不仅是对佛教，对印度，而且对世界文化思想的推动也会是一大贡献，因为除中国人和日本人以外，世界上其他国人读汉译及藏译佛典总是比读巴利语和梵语原文更吃力得多，有四种语本对照更好。二次大战后欧美哲学思想若得印度和中国的直接交流，必将有突飞进步。这可以说是“功德无量”。我还想提一下由汉译和藏译校勘梵本的捷径的试验，忽然想到，当着佛教大师讲佛学岂非江边卖水，圣人门前卖字，便立刻打住，忙称谢斋，几乎说出“回向”惯语“愿以此功德，利乐诸有情”，没有出口，只因那样一来难免要合掌同宣佛号了。斋后我出了禅房，又到大殿，四顾如来和罗汉、菩萨，只有我一个人面对他们的慈眉善目。出庙后，我心中留下的太虚大和尚的笑嘻嘻的面孔至今未忘。

这样的笑嘻嘻和尚面孔在我心中还有一个，那是在印度鹿野苑募化修建中国庙宇自任“住持”的德玉老和尚。他一口湖南话，在印度多年只会讲印度话的“请坐”和“好”两个字，不懂任何外国话。他只读《法华》、《楞严》两部经和早晚做功课诵的《心经》，手头还有一本《禅门日诵》。他是信徒，不是学者。太虚和德玉两位和尚有一个明显共同点是那副笑嘻嘻的面孔。佛教若仅仅是讲苦行，讲出世，怎么能那么长久得到那么多人的信仰呢？真心信佛修行的人是懂得“随喜”，向往“极乐”，持“慈、悲、喜、舍”四“无量”，而且能体会达摩祖师“西来大意”获得“面壁九年”的恬静的。像宋朝人记的唐朝和尚那样擅长口舌机锋的又有几人？不过是供教外文人学士谈助吧？

将军

现在见过清朝的“将军”的人是绝无仅有了。见过民国初年的将军的人恐怕也为数不多。我少年时望见过辛亥革命时任安徽都督的柏文蔚将军，听到他演讲。那时他已经是北伐军的将军了。见过无产阶级的革命将军和元帅的人就多了。可是抗日战争时见到国民党将军的人除军人和新闻记者外，未必多。我在无意中会见过一位，那是去世一年多的郑洞国将军。四十年代初他是在印度的中国远征军的副司令，是军长，驻扎在印度的训练基地兰姆加。五十年代以后他成为政协委员，就不是将军了。多年来我在会议上见到他招呼时都没有谈起旧事。直到几年前才偶然对他说到。他当然想不起来。他说记得我在“反右”时说过，望远镜可以从两头看，一头看去变大变近，另一头看去变小变远。这话我也记不得了。老人的记忆是靠不住的。这次回忆旧事是我和他的最后一次谈话。

说来很有趣，大约是一九四二年，我从乡间回到加尔各答。那时的中央通讯社记者李君一见我就说，“你来得巧，同我一起去远征军基地看看怎么样?”原来他的一位上司姓沈的经印度去美国，不能不去基地望一眼，可是他急于赶路，只想蜻蜓点水，便要这位记者同去，以便他立即脱身。李君想拉几个人陪同，只找到一位电影制片厂的汪君，凑上我正好三人。于是我刚离佛地又去军营，坐上了汽车兵团的交通车。

营地在印度东北部的一处荒野。一到，沈就带着李君直奔一所营房。我和汪君只好跟随在后。沈跑得飞快，当先进棚，我们赶到时他正和一位大个子美国军官讲话。我只听到最后的话是，沈说马上去美国，问他有什么话带去，那位站在桌子后面的上校大笑，用手比方了一个“飞吻”，沈转身便走。我见他对李君交代了几句，随即上了另一部车子如飞驶去。原来他是专为见美国军官来的。访问中国军官就由部下李君代劳了。我第一次见到美国军官，全不像个官，没个官样子。上校是这样，我想将军也差不多，怪不得同中国将领合不来。

我们三人见到了郑洞国将军。他的话很少，眉宇间隐隐有忧色，显得憔悴，说是一切事情可以和秘书及参谋长谈。于是汪君解下了照相机。这一来，郑军长笑了，说是对摄影很感兴趣。会拍电影的汪君成了谈话的主要角色。照例的事已毕，便同吃便饭。舒参谋长和两位秘书也来了。舒的谈锋很健，又毫无顾忌，发泄对美国军官的不满。原来那时美国的史迪威将军是中美英联合的中国战区的参谋长，驻印军归他指挥。他不在这里，白上校便代表了他。于是中将司令要听上校参谋的话，郑军长便不上前线视察，免得要先通报那位外国参谋，只好守在基地管他的“八大处”了。郑不肯说。饭后舒却在自己房里对我们滔滔不绝。我们三人不约而同都想到，原先怪郑不上前线，原来内有隐情。后来两位秘书先后分别陪我们到处走。中文秘书是北京大学毕业的，表示没想到这样没意思，打算走开。英文秘书是一所教会大学毕业的，说，现在帮助我们抗日的盟军只有美国人，不能不靠他们。言下是受点委屈也只好认了。参观坦克以后又看丛林打游击的训练。我们都觉得美国兵打游击还要这么讲究吃喝，怎么能打败日本兵？应当请八路军来教教这些美国军人游击战。

将军并不是都像戏剧电影中那样。这是记者李君的话，也是学戏剧拍电影的汪君同意的。那是艺术形象，不必是本来面目。

废品

“金克木！金克木在哪里？”有人大声喊。

“金克木在废品堆里。”有人大声回答。

“文革”初期，文斗将转化为武斗时，各战斗队忙于人民内部矛盾。我们这些“劳改罪犯”还没来得及集中，分在各处劳动、学习、接受批斗、改造，处理不同。一贯劳动不被揪来揪去的不多。这一天到这里报到劳动的只有我和陈两人，都有花甲左右的岁数。分派劳动的工人挠了一下头，然后举手向前一指，说：“对面有片空地，堆的都是废品，你们去整理一下。”说完扭头不理我们了。于是我们两人在废品堆里研究整理方案。废品人整理废品物，怎么都一样。中间我忽被叫去并无他事，不过是问交代材料附带警告两句，接着仍和陈抬抬废铁器，有时对坐抽烟，无人过问，借此增长了一点废品知识。

一揪去劳动，我就和陈在一起。我们同属一个单位。有一次忽然来了一队穿军服的红卫兵女将。为首的站在路口，叉着腰，大声问：“你们是什么人？”刚好我和陈抬着一筐土走过去，他在前，我在后，正走到她的面前。陈不慌不忙，不抬头，不停步，回答："牛鬼蛇神。"

没阻拦，通过了。我衷心佩服。若是我，一迟疑，免不了接受"飒爽英姿"的一耳光奖赏。

另一次遇上同样情况，是监督劳动的工人阻拦了她们。为首的气势汹汹问他："你是什么人？"回答很干脆：

"无产阶级。"

这四个字起了作用，我们照旧劳动不止。

陈是台湾人。日本占领华北时来到北京伪政权下的广播电台文艺部。战事结束前后改教日文。解放后留下来。有一次我奉命去通知他劳动改变，到他家里，见到还有两架书，架上各有一部带布套和题名的《品花宝鉴》。居然没被抄走，可能是一见书名便当作讲花卉的书了。我问他为什么有两部。他说是版本不同。这时我才知道，他在"京都帝大"学的是中文。那时他是日本统治下的台湾人。

他父亲是牧师，所以他从小学英文。"文革"中期在一次"宽严大会"上他作为典型被抓去关了起来，不久便死在狱中。他的妻子是日本人，中国话讲不大好。他们也不教独生女儿学日本话。"文革"后公安局给他平反，母女都安排了工作，几年前，女儿先去日本求学，然后这位孤身老太太也去日本了。

和陈同样兼通中日英三国语言的人，我认识的还有一个杨，他在日本留学十一年，在大学念英文。太平洋战事起后，英国政府手忙脚乱匆匆成立对日战时宣传机构，缺人。重庆的中国政府派人去帮忙，于是他来到加尔各答。我在那里和他相识。

他穿军服，住在“大饭店”里，时常邀请我去陪他吃不花钱的西餐，说是他有胃病，无法多吃，可以请客，劳我代吃。他说，英国人日文不行，靠他工作，但只给他少校名义，可见“天下乌鸦一般黑”。战事结束，他本是四川人，有老父在印尼多年，快一百岁了，据说还在世，他不得不去印尼寻父。后来听说他父亲见到儿子后在一百零几岁上去世。他到了新加坡，在那里病故。

陈名信德。杨在英军中名芳洁，到新加坡后不用。“其人与骨皆已朽矣。”记下来只是记我当废品和不应废而竟废的朋友两位。既非作传，又何必称名道姓？“名者，实之宾也。”实之不存，名将焉附？废与不废也就无须分别了。

酒友

老来乐，乐在返老还童，能到八十岁而有十八岁的心情，能再回到八岁，提书包上学，学认字，许多字都认不得了。

不必愁明天，无非是登八宝山“火遁”。

有的是昨天，一个个昨天。有无数的人和事，无数的情景。得意的越想越开心。失意的想想，也过来了，不过是那么回事。当时竟不知怎么那么傻，真是好笑。过去的愁苦化为现在的一笑。

有人老来更忙。上午忙打太极拳，下午忙跳迪斯科，晚上忙看电视。夜里睡到日高起，午觉睡到日偏西，好不自在。不到老年，焉有此乐？

我本懒人，一生不好动而不得不动，常以为苦。老来全身零件退化，要动也动不得。耳不聪，目不明，舌头不听使唤，只剩下脑子还能动。忽然我是十八岁到北京前门火车站，下车后提着行李，望着眼前的争坐客的一群人力车夫，不知道怎么办。真正是乡巴佬进城，可笑之至。又忽然发现自己独坐在小酒店中。底座埋入土中的大酒缸上盖着朱漆木板，板上放着一个大酒杯。我要的是“一个酒”，外加一小碟煮花生米，共值六个大铜板，不到三分钱。墙上贴着“新到黄鱼价三毛”的红纸条。我的钱不够买，望着敞开的店门外街上来来去去的人，一个一个辨认。老少男女各不相同，一人有一故事。我仿佛进了新世界，满脑子是新编《镜花缘》，忘了自己是活生生的小“孔乙己”。当时未必乐，此刻想起来，真是人间乐事。一个穷青年，一顿饭只吃两小碗刀削面，还要饮酒，欣赏行人，忘了人间何世，确是蠢材，蠢材居然能活到今天，又是一乐。

当年曾有一首小诗记此情景，收入自己编的诗集，题为《觅醉》。别人给我出的诗选集中没有了。大概是谁也看不中的打油之作。不过自己还有点舍不得，因为诗中那位青年老人就是六十年后今天的我，还是原样，只是不能去“酒缸”眺望街头来去的“酒友”了。不免抄下来献丑，也有“觅醉”之意。

趁这个黯然无语的黄昏，
再缓步出去寻一杯淡酒。
瞭望街头来去的行人，
悬想亘古常新的宇宙。
宇宙间充满了“缀网劳蛛”，
可流连的只有夕阳衰柳。
但我如今已不胜酒力了。
沉默的空杯是我的酒友。

读书

其一

对于书籍的读法，大致可以分为两种：一是读“书”，一是读“人”。正像教书也可以分成教“书”和教“学”一样。读“书”是以我为主，我寻材料供我用，和查考辞书类书的目的一样；所以读的书，也无所谓好坏，凡可以供我利用的都要读。这正是写卡片抄材料的记问之学，学得好时，便是淹博。读“人”却不然：读一人的著作，想见其为人，于是尊之为师，敬之如友，研其思想，学其品行，择善而从，不善则改，所注意的是见解，所学习的是做人，不嫌狭隘，但求贯通。这样读书，结果也许只精读一部全集，但确可以受用终身。读“书”能博足以炫人，所失在浅；读“人”而精足以立已，所弊在陋。此外的读书，若不是当课本学技术，就只能算是消遣而已。

其二

“学以致用”是句老话，“不要读死书”是句新话。但从学问的本身说来，无所谓有用无用；而从学的人这方面说来，只要真学就真有用，就是说，至少所学直接对己间接对人都有影响。所以，如果我们不把“用”的范围定得太偏狭，在学习的时候，我们就该事先注意这学习所应有的结果。这样便不能生吞活剥地读书，给人家当收音机。学的经过也就应当大致分做：学——思——行；打个比方说：吸收——消化——营养。

其三

抽象地论读什么书，似乎无益，其实也很有帮助。读专书，专读书，都已近于老生常谈了，实际上奉行的人还是很少。读书人大半还是喜欢东抄西撮杂凑起来的书，只求便捷，不怕肤浅，又喜欢广博而不肯专精。这都是不能牢记着上两条原则的结果。还有一条原则也很重要，便是多读与自己意见不合的书。我们往往翻开一本书后，一看句句都是自己心中要说的话，于是非常痛快，佩服，很高兴地看下去，以为这是正对自己胃口的好书。结果却往往是一无所得，即使有进步也很少。因为书中意见，自己既在读书之前便有，那么读了之后，自然也不过是更坚信或更丰富而已。唯有读与自己意见不合的书，可以使自己瞿然一惊，然后以敌人的态度去观察这本书的意见。结果若是自己被人折服，自然是自己原有的见解不对，从此便更进一步；若自己攻破了书中的理论，也就是自己受到了一次论敌的冲锋，无形中也加强了自己的力量。因此“正合吾意”的书愈多读，愈无进步，愈容易流入偏狭，远不如多读几部不合吾意的书。但这样读书也有两个先决条件：第一是要能批判地读书，有自己存在，不为书所囿；第二是有所为而读书，不要视同看看小说之类的消遣。

1936 年

“犊子”和“老骥”

第三届富士通杯世界围棋赛中，十四岁的李昌镐大败前两届冠军武宫正树。在这以前，据说他还击败过老师，第一届应氏杯世界围棋赛冠军曹熏铉。这一次他以天元区（棋盘中心区）一子突破武宫正树的“宇宙流”中腹大形势，好像孙悟空钻进了铁扇公主的肚子。这令人想起少年吴清源东渡日本后十九岁时和“名人”本因坊秀哉的不朽名局。吴曾以天元一子突破常规震惊棋坛。这又使人想到一百多年前日本天才棋圣秀策十八岁时战胜老将幻庵。他也是用了天元区的一着窘住幻庵。虽说大约三百年前汪汉年就曾以天元一子开局，但那时布局和现在不同，作用也不大一样。以上这些都说明艺无止境。少年超过老将推动艺术前进是正常的。老人知道不仅后继有人而且后辈会胜过前辈也是心生欢喜的。当然，不服老的如坂田荣男，年过“古稀”仍然要和小将一较高低，能下出妙手燕棋，也是难得。不过总是要后胜于前，人类才有希望。武宫正树，照我们习惯说还不到中年，未能“三联冠”，虽是憾事，也无不满，因为他的“宇宙流”依然是独一无二名垂青史的。

我们常说，“初生犊子不畏虎”，泛指勇少年。这话用久了，用多了，大家并不觉得有什么不对。可是稍微想一下，这不过是出于无知的无畏。犊子初生，乍见老虎，不知道它能吃自己，因而不怕。这不算勇敢。若说是“明知山有虎，偏向虎山行”，很有豪气，但也可能是莽撞。武松过景阳冈打虎，还是仗了三分酒意。若没有“三碗不过冈”的烈酒，他未必会不想想自己和老虎的强弱就去闯。胆大并不等于勇敢。小将要有勇气胜过老师，但勇气一定是从充分估计了对方实力也就是学透了对方的能耐以后产生出来的。知己知彼才能胜算在握，勇气倍增。即使输了，也能明白是怎么输的。照这样来形容小将的常用语，我一时想不出来。“初出茅庐”的青年诸葛亮是“胸有成竹”才能“指挥若定”使“天下三分”的。可是现在用“初出茅庐”是指“处女作”，并不着重勇气和才能，所以也不贴切。

常说小将是“初生犊子”，不大准确。又常说老将是“老骥伏枥”，稍微想想，也不大对，显不出廉颇和黄忠的英雄气概。“老骥”虽然“志在千里”，终究只能“伏枥”，不能和千里马一同奔驰于荒漠大野。下句“烈士暮年，壮心不已’，也是说“心有余而力不足”。曹操的这几句诗是发感慨的。他的另一首诗开头便说“人生几何”，又何尝是鼓气？这不会是预知赤壁之战将败才作出的诗。只怕是他和诸葛亮一样，料定天下一时难以统一，因而必须“挟天子”才能“令诸侯”；儿子曹丕、曹植有文才未必有武略能完成大业；于是感慨起来了。诗的末句“天下归心”明明标出这是一首为宴会上唱的政治抒情诗歌。当年曹操南下意在取刘表的荆州，灭吴是下一步。因此东吴才可能有主战主和两派。结果是曹操和周瑜、孙权都低估了诸葛亮、刘备。没想到孙曹相斗被刘备捡了便宜。所以水战一败，曹操即刻回师。他陆上力量尚强，不怕追兵北上，不妨退下让孙刘两家互斗。同时，诸葛亮看出靠荆州敌不住东吴，便西去益州。总是让刘备夺取本家的地盘。道德上差一点，道理上却站得住。可说这是皇族的家务事，外人不得过问。曹、孙、刘三家相争完全像下围棋，彼此互猜心思。下棋正是锻炼头脑。“体育”这个词很好。难道是一个身体可以没有头脑吗？所以下棋归入体育是当然之理。

话说回来，李昌镐这次的棋，先固边地再取中原，算计好时机，用一子打入中腹，使对方左右为难。这一子的效率之高几乎等于全局。这是少年锐气，又是老谋深算，定而后动，不失时机。这一盘棋是电视转播中临时的加码。华以刚论年岁还算不上中年，在棋坛已称老将，看到绝妙棋谱传来，禁不住要插此一曲，加上引人入胜甚至入迷的讲解。这使我大开眼界，也忍不住要插上几句外行话。不料由此想到的是“犊子”和“老骥”，说的话仍旧脱离不了文字，可见积习难除。

1990 年

读书断想

孔子说过："知之为知之，不知为不知，是知也。"我读书几十年，知道的不多，忘掉的不少，到现在只能重复古希腊人的一句话："我知道什么？"我写过文章，写过书，究竟所写的是我知道的还是我自以为知道的？我答不上来。自以为知道了，说出来，写出来，以后又知道自己并不曾知道，已经无法改变了。孔子的话很难做到。

我读书常感觉到一个问题：究竟原来是怎么说的？不是说转述的都靠不住，是说转述的人的话中有他自己的，不全是原来的。所以我总想追踪，寻根究底。讲孔子和传孔子的话的人很多，究竟孔子自己是怎么讲的？引几句话会不会断章取义？门徒记老师的话都那么准确无误吗？隔了多少年以后，隔在千里万里以外，讲古人、外国人的话多半要算讲的人自己的。我前面引孔子的话，就不敢说我讲的就是孔子的原意，只能说是我所理解的意思。千百年来亿万人读过的书，大家引来引去，若只听别人的转述和评论，不去直接查看，不能放心。例如不到一百年前的中国人无人不读的“四书”，即《论语》、《孟子》、《大学》、《中庸》，还有《老子》和《庄子》，外国书例如《金刚经》、《法华经》、《新旧约全书》即《圣经》，以及《古兰经》，这些都是影响过人类中无数人的思想言论行动的。今天的人好像不大读这些书了，但影响还在，片言只语还常被人转述。若不亲自看一下，不稍稍知道一点，对有意或者无意的转述及评论的话不容易明白和判断。

中外古书读起来不能全懂，也不一定能每部读完。不要紧，不是研究，只是想知道本来面貌，就不必钻研，不求都懂。粗读过去总比不见面好些。读不全也比完全不接触好些。见过面至少不会将男作女以老为少。转述的人甚至翻译的人也未必懂得全和作者一样。

古书难全世，也有个好处，自己知道没有完全知道它的意思。新书就不同。看来好懂，自以为懂了，可是不见得真是全懂了，和作者懂的一样了。对古书容易做到“不知为不知”，对新书就容易自以为知。所以新书、现代的书，很难照古书那样读。活人的话有时比死人的话还难懂，很容易懂错。

不过读新书和读古书有一点一样：要查问根底，不轻信转述，当心“倒爷”贩假货。然而文化“倒爷”和经济“倒爷”不同。所谓文化交流中少不了“倒爷”，只要知道这是经过中间人的，不把译文当原文，就可以了。还有，科学和深奥思想的通俗化，虽有“倒爷”之嫌，对一般人说还是非常必要的，只不过贩卖伪劣商品不在其内。

“嚼饭喂人”

古时有人说过“嚼饭喂人”这样的话，本来是指翻译不能传达原作的好处，译的人卖了很大力量，读的人还是觉得无味，甚至恶心，好像吃别人嚼过的饭一样。

其实何止翻译？现在我们的教学中间难道就没有这种情形么？

许多可敬的老师们累得满头大汗，日以继夜地备课，几乎把学生该做的工作都做了，学生该用的心思都用了，然后才觉得可以教课了，于是把全都消化好了的，提炼了的“精华”给学生，达到了所谓“当堂消化”的目的。学生要“消化”，一点也不必费力，因为都是老师“消化”过了的。老师对一切疑问都解答过了，于是学生也提不出疑问了。

据说有人想象过将来不必吃饭，只要把必需的养分都提炼好，一针注射进去，就够一天的消耗了。老师代学生消化的教学方法恐怕就是这种不必吃饭的想法的体现。

看来效果也非常之好：学生只要把消化了的教学内容一看

就行，只需要在考试前照复习提纲温课，把吞进去的在考试时又吐还给老师，就可以得五分，或一百分。

有人说这是“填鸭”法，其实是不对的。“填鸭”时，鸭子被填饲料还不免有点费力。而用这种方法，连咀嚼消化都不需要，真是“效率”最高的“先进方法”了。

可就是有一样不大好：无味。

无味还不要紧，还有这样一种效果：

——“老师讲得很清楚，我们全明白，也提不出问题，可就是我们自己不会做。会照老师的样子解决老师所解决的问题，可是不会换个样子，也不会解决老师没有提出过的问题。考试只考教过的，我们不担心。不过担心将来离开了老师自己工作时会不会碰上没学过的问题。最好老师再讲得全面一些，再多联系实际，把实际上可能出现的问题多讲些，多告诉些解决的办法。”

根据这样的反映，老师就更忙了，消化得更多了，学生吞进去的也更多了。“依样画葫芦”的实际演习也更多了。

我并不是说这样教学方法完全不对，反而要求把生米丢给学生自己去煮了吃。问题是：国家要求培养的社会主义知识分子是不是就是这样吞养料长大的学生？问题是：青年应该不应该被当作胃病患者和低能儿？问题是：是不是不管小学、中学、大学，任何阶段的教学法原则都要完全一样？

我想这是青年和教师都应该考虑的问题。

（原载《中国青年报》，1956年8月8日，署名“瑟无”）

“渴望”对天津

《渴望》电视剧据说收视率很高。是满足了人们的渴望？还是引起了人们的渴望？

许多字都有对方。饿的对方是饱，渴的对方是什么？不渴是正常的，叫做什么？“天对地，雨对风……”“渴”对什么？“望”对什么？不望就是不望。不是闭上眼睛，也不是只看眼前，更不是失望，绝望。

也可以有对。“渴望”对天津。

怎么对得上？

怎么对得上？交叉对上意义。

望的是远处。远处是天。两眼望青天。

渴了要喝水，因为口干舌燥。口中有津液，自然不渴了。

天津，天津，能对上人们的多少渴望呢？

（原载《今晚报》1991 年 1 月 14 日，署名“赤足”）

围城

《围城》电视剧开头就引原著小说中的话：围城时，城里的人想出去，城外的人想进去。话虽俏皮，作比喻很好，事实却不尽然。

围城中的人想的不是出去，是解围，是盼望城外围军离开。城内守军想的是快来援军。明知打不过才进城守，出去岂不是送死？兵法说“围城必阙”。但一般多是围得水泄不通。即使缺个城门不围，守军也知道，逃出去必遇伏兵，被包围时又没有城墙挡更危险。不到万不得已，不冒险突围。

城外的也不见得都想进去。“围魏救赵”就是希望开去打赵国的魏军回来，目的是解赵之围，不是打进魏国。“围城打援’是要设下埋伏打援军，不是要破城进去。

语言好，不等于事实。事实是多方面的。比喻不可当真。未必人人婚后都想离婚。

（原载《今晚报》1991 年 1 月 21 日，署名“赤足”）

短语寄长思

听说从前有位学者兼文人在过新年时寄张旧照片给他的朋友，附上两句英文，诗不像诗，信不像信。友人收到后莫名其妙，回信去问。得到答复说，那是两句中国话的有意逐字直译：

“新年传旧影，短语寄长思。”

英文不必抄。想一想，假如每字都照字面查字典翻译，会是什么样子？

旧影未必不新。长思可入短语。要新，要短，很不容易。摘抄大堆的书，编选别人的文，洋洋多少万言，确实很难，很见功夫。可是，若只许讲自己的话，不许抄别人，那恐怕更伤脑筋。一本大书也许剩不下多少句。我这小文也抄了两句别人的。

天下哪里来那么多的格言、警句？

（原载《今晚报》1991 年 1 月 27 日，署名“赤足”）

语言真奇妙

天涯，就是天边，当然很远。可是，“天涯若比邻”，又是很近。“咫尺天涯”，虽近而又远。“远在天边，近在眼前”又远又近，说是“哑谜”，其实这不过是说，你若不明白，走到天边也找不到。你若明白，那就问“区区”、“不才”、“在下”便是。看过京剧《武家坡》的人都知道。

时间也和空间的远近相仿，长可变短，短可变长。“一天等于二十年”，真是豪言壮语。可是颠倒过来，二十年等于一天，就不那么豪迈了。小学生也知道等号两边可以互换而价值不变。怎么这里不行？

从前有位军官向上级报告军情说“臣屡战屡败”。聪明的“师爷”提笔一勾，改成“屡败屡战”。照前一句呈上去，会革职；照后一句，反而得到传令嘉奖。前后颠倒，效果大不相同。

（原载《今晚报》1991 年 2 月 22 日，署名“赤足”）

夫妻味

从前有一首诗："到底君王负旧盟，江山情重美人轻。玉环领略夫妻味，从此人间不再生。"这是说唐明皇不该抛弃贵妃杨玉环的。可是说他做得对的多。和他同时的大诗人杜甫说："不闻殷周衰，中自诛褒妲。"殷纣王和周幽王亡国也不杀妃子妲己和褒姒，不如唐明皇。还有："终是圣明天子事，景阳宫井又何人？"陈后主在敌军打进来时和妃子一同跳井一同被捉。这样情深爱切算不了"圣明"。西楚霸王战败别姬。虞姬先自杀别霸王。这也不行。有道是："战士军前半死生，美人帐下犹歌舞。"

到底怎么办才好？夫妻味和江山情有了矛盾。只好说，谁叫你战败亡国？可是这话也不对。唐明皇没倒霉时还有个"梅妃"，怎么样？"贵妃醉酒"又怎么样？都被抛弃，有京戏为证。这可与江山情无关啊。不是皇帝不好办，是当女人的不好办吧？

（原载《今晚报》1991年3月14日，署名"赤足"）

观射一例

托尔斯泰读契诃夫的一篇小说后说了一个故事作比喻。有人骑自行车，看见前面有个小孩，只怕撞上，两眼望着小孩，全神贯注，反而正好撞上。契诃夫全力写出一个人，本意讽刺，反而使读者产生同情。

中国有个古老笑话，说是一个人练习射箭。有人来参观，站得离靶子远远的。不料这人射得太偏，差一点射中了参观者。那人叹道："早知道你的射法是这样，我不如站在靶子下面看你射，反倒不会被你射中了。"

这两个故事说的都是要避开没避开。一从撞者方面说，一从被撞者方面说，意思都是事与愿违，或者说，"有意栽花花不发"。文学艺术尤其是如此。效果往往不像作者预期那样。越是卖力，越容易过分，越是会得出意想不到的结果。射中的不一定是靶子。

还是实事求是比一厢情愿好，看重别人比看轻别人好吧？

（原载《今晚报》1991 年 3 月 24 日，署名"赤足"）

正名

孔夫子讲“正名”意义重大。我这里讲的只是人的名字。这也和老子的“名可名”无关。

《随笔》副刊第七期刊出我随笔胡写的一篇《蔡大嫂》。不知怎么文中三处提到《死水微澜》作者李劼人的“劼’字都变成“湜”字了。两字音形都差得远。不知是不是激光和电脑开玩笑，我照他的书上署名写的吉加力摇身一变成为水加是了。这值不得特为更正，也不用声明卸责，李老先生的在天之灵想来不会见怪。不过可以就此再随笔写点闲话。

人的名字要正很不容易。即如我现在用的这个名字本是为了好写好念不容易错或重复又无法再简才起的，不料仍然不止一次被人把木字写成本或林，或者把克字加上两竖的刀以符合五行生克。我只好认为这不是我。

中国人名字，古人今人，重复多变，不在话下。外国人名字到了中国也很难正。一个名字多种译法，这且不说。译名统一了，仍难保不会张冠李戴。例如，印度现代有三位著名的甘地。一是有“圣雄”尊号的老甘地，印度独立时被刺身故。一是甘地夫人，名字是英迪拉，是尼赫鲁总理的女儿，嫁给一个拜火教徒（古波斯人的后裔）姓甘地的。她当了不止一任总理，后来被刺身亡。她和老甘地毫无亲属关系，是他的孙女辈分。第三位甘地也当过总理，现在还活跃于政治舞台，是英·甘地夫人的儿子，尼赫鲁总理的外孙。这三人的姓译名相同，在中国报刊上曾不止一次混淆。不久前还有篇文记一位见过老甘地的中国人。文中先称对方为圣雄，后又一再称为总理。老少男女生死有别，居然合而为一。外国人姓名译得太长不好记，短的也不好记，中国人的不长不短也会乱套。从前有不止一人问过我，金兀朮（不是简化字）是不是我的本家。现在《说岳》不流行，我不会被人当作金国贵族了。

外国人各国各地各族古今各有不同的姓名习惯。虽然姓氏来源原则相仿，但是我们汉族的大约在春秋战国时就趋向确定了。汉族以外的人定下姓名比我们晚。印度、日本有不少姓氏都是近代才定的。例如大诗人泰戈尔这个姓就是后来定下应付外人的。他的族姓或种姓不是这个。外国人对于姓名不像中国人一百年前那么看重。

正名很难，于是冯文炳前辈“废名”。不料这成了他的笔下名字，比教书的名字还响亮。未名社，未名湖，没起名字成了名字。

名字不过是商标，重要的是货色。可是大家习惯于从商标看货色，于是有冒牌。我的名字不是名牌。胡涂乱抹了几十年，随手贴下种种商标。不料有的用得多了居然正式起来。现在换换商标，在编辑部挂号还有点勉强。名字比商标更讨嫌，要正它不容易，正了要改换门庭又很难。戏曲中角色上场要自报家门恐怕也是正名之意吧？难道名实总要相符吗？未必。

1991 年 4 月

说“梦”

小孩子会做梦，少年人做梦，青年人做梦，老年人也能做梦。老年人做的是天堂和地狱的梦，过去又回来的梦。只有中年人不大做梦吧？因为现实是他们的。

为什么这些年来金庸、梁羽生、琼瑶、三毛等等台港作家蜂拥而来呢？能埋怨那么多的读者吗？为什么我们有那么多的作家，尤论在思想上和艺术上都不能说是弱于金庸、琼瑶，居然就挡不住他们呢？为什么连古老的外国大作家也代替不了克里斯缔老太太以至更早些的柯南道尔医师呢？恐怕是那些人会做梦、说梦，而我们所尊崇的可敬的作家是不做梦的，是讲实际的，是当教师的，一心要教育读者的。除掉有一个时期，有一些人，反对过所谓“师道”以外，人们总是尊敬老师的，可是也忘不掉做梦。尤其是小孩子和青少年，他们更喜欢变成甲虫的卡夫卡，或者是卡夫卡的两千多年前的祖师爷，变成蝴蝶的庄周。但说他们怕教训也未必。金庸和琼瑶不是也大发侠义道和爱呀情呀之类的议论吗？可见读者不一定十分在意作者发他自己的什么议论，也不大喜欢追究作者有什么“创作意图”，而注重看书时自己从那些似梦非梦的故事中得出的是什么。梦，不是现实，又是现实，是睁着眼没看见而闭上眼忽然看见的现实。写这样的梦才能引出读者的笑或者泪。只怕宝玉梦入太虚幻境就是这样，是幻，又是真。

也可以有另一种说法。提笔写点什么的人心中总是有个读者的。首先是他自己，也就是写出来以后的第一个读者。此外的读者群，有的明显，有的模糊。金庸、琼瑶等作家有点像当年的张恨水吧，是写给数量最大的普通人看的，是写在报纸上“连载”一类作品的。买报的人不看，他就写不下去了。另有一些人是为了特定的读者而写的。这些高贵的读者不买账甚至排斥，他即使写下去，所写的也出不来了。不同读者引出了不同作品。蒲松龄当年的主考官看而写的八股文是不入文昌帝君之眼的，反而“姑妄言之姑听之，豆棚瓜架雨如丝”的《聊斋》故事讲给朋友听，写给“同好”的人看，倒传下来了。高鹗的八股文虽然能中进士、点翰林，可是在我们一般人眼中实在不高明，甚至有点不通。他补充《红楼梦》的文章是汉军旗人的白话，语言和曹雪芹的同出一源，通顺而又生动。这大概是想要得到“钦点”翰林和想要得到刻书卖书的程伟元之流赞赏两者之间的差别吧？雅文不传而俗梦流行，恐怕古今中外都有此情况。欧洲最早的作品不是荷马唱的史诗吗？“神谕”留下来多少呢？

据记圣人之言的《论语》所载，孔子门徒宰予有一次“昼寝”，挨了老师一顿骂。（《公冶长》）为什么白天睡午觉或者打个盹就成为“朽木不可雕也”呢？所以有人猜测有错字。我倒疑心是责备他做白日梦。圣人不是不许做梦，而是不许大白天做，而且必须“梦见周公”。“久矣夫不复梦见周公”就要自叹衰老。圣人不梦周公又梦到什么？据说是梦见自己受朝拜。所以唐朝玄宗皇帝，也就是宠杨贵妃的那位，作诗赞孔子说：“今看两楹奠，当与梦时同。”孔子的梦，皇帝给他实现了。由此可见，宰予白日做梦一定不是梦见周公而是不知梦到了什么才挨的骂。总不会是梦见了警幻仙姑吧？那只怕骂也不够，要挨打开除了。好好的现实世界里待不住，还要去做梦，所以是“朽木”，“不成器”，没法加工了。

特别流行的写梦的文字，中国的可能是“石头”所记的“红楼”一“梦”。这比较晚出。早些的就多了，如什么“南柯”一梦，“黄粱”一梦，“游园惊梦”之类。外国的不大知道。想到的如李迫大梦是从前许多年间学英文的读物。一觉醒来，原是殖民地十三州的美国已经独立，可谓“大梦”。但比起中国的“山中方七日，世上已千年”的梦，不算回事。莎士比亚的《仲夏夜之梦》，梦得荒唐，又有“情”有“理”，可算奇梦。记得日本厨川白村的《苦闷的象征》（鲁迅译）中说，密尔顿的《失乐园》是基督教徒伏在《圣经》上做的梦。我看柏拉图的《理想国》也无非是一场大梦。他梦见了没有诗人的“理念”之国，“法”之国，标准几何图形之国，“哲学王”统治之国。这无诗无梦之国可正是诗人的创造，哲人的梦境。那么多《对话录》所创造的苏格拉底好像是一位梦游者。还有，吉本的《罗马帝国衰亡史》，蒙森的《罗马史》，都是记梦。康德的《纯粹理性批判》也是梦境。我们知道的只是经验，他却讲起经验的背后，或者说经验以外，经验之上，经验之前，非梦话而何？黑格尔讲《历史哲学》，什么绝对精神从睡觉到醒来，完全是说梦。他的《小逻辑》也不过是组织严密排列整齐的一篇梦话。他论什么“存在”，于是我们见到的天也不是天，地也不是地，人也不是人，石头也不是石头，好好一个世界变成了又简简单单又复杂无比的数学公式，用的语言仿佛数学符号，人和物一样毫无生气。这不是做梦吗？有些大人物，讲历史的梦好比种种几何图形，讲哲学的梦好比行行数学公式，这往往使人读来会像宰予一样去做自己的梦了。不用语言文字记下的梦，如音乐、图画、雕塑、建筑等等号称“艺术”，一一都是引人入梦的幻景。引人瞩目的越来越多越古的岩画，画的是什么？难道不是真人真事吗？难道就是真人真事吗？这同梦一样，半真半假，又真又假。古人画梦。今人看古人所画的梦。不可当真，也不可当假。现在我手中拿笔写字是真，想到印成字纸有人看，那也未必是假。若只承认自己看到的，听到的，知道的，相信的，那好像是没有梦了，也恐怕是还在一个梦里没醒过来，所以不知也不信梦外世界的事。照这样来看贝克莱主教的《对话》，一定会比看斯宾诺莎作几何证题的《伦理学》还要觉得舒服，可信。从前我对一个朋友偶然说道，我们看见的天上的星，除了行星流星一类以外，多数是在上万光年以外，也就是一秒钟走差不多三十万公里的光要走多少万年。他回答我三个字：“瞎胡扯！”他不信眼前的星会有那么遥远。我竟无法证明我说的不错，令他信服。说是大科学家说过的，说是用高等数学计算出来的，说是和简单的测量法靠观察检验一样可信的，我知道都不行，都比不上他的视觉经验，只好承认我和他各在一个梦境里。我们谈诗谈文的梦彼此有交叉，谈天文的梦彼此不交叉。我梦见了他，他没梦见我。那时他正在上大学，我算中学生都很勉强，我又能凭什么说服他呢？他认为我说的只是梦话，我只好承认了。

再说远一点。谁都承认科学是分科的，互相联系又互相分别的。边缘上的，各科之间交叉的，也是各自有一套的一科。可是对于我们照外国传统习惯说的文学、哲学、史学就不这样看，而是用中国传统习惯认为彼此通连，甚至一通百通，“一以贯之”。我觉得这好像是中国人之梦。很难走出这个梦境。若真走出了，只怕会变成外国人，说的不是中国话了。普通人这样，不足为奇，也许还有好处，可以通连起来看对象，尤其是读中国书，特别是读古书。大概“通”是我们的传统。沈括的《梦溪笔谈》是什么书？属什么科？我小时候是当它笔记小说看的。看的还是原刊的《学津讨原》丛书本，当然算得上正经书，深奥的书，和一般小说不同，所以又不能说是小说。我们从外国学来了科学，要用分科眼光看一切，或者说第一步就要学会分析的习惯，也可以说是要学会抽象。一个活人分解成为各种各样科学的对象，可又得承认他是一个完完整整的活人。这就难了。对于又通连又不通连的以人群为对象的文学、哲学、史学更难。中国古人不是不会分析，但不喜欢划定边界而更着眼于通，又善于利用语言的歧义。所以大学者比普通人往往更容易陷入困境。他学问越大，越是陷在梦境里。他越自以为遍通各种梦境，也确实能讲出不少梦话，有根有据的梦话，可是难免有时是“知之”谓“不知”，“不知”谓“知之”。更麻烦的是有的大学者真正是由“一”通“百”了，由中而外又由外而中了，却无法表达自己，让只游一种梦境的人明白他的周游各种梦境的谈话。古人说，“做梦中梦，见身外身”，也是梦话。明白的梦话同样会难懂，越加以分析越不好懂。例如哈姆莱特那句著名的独白，在英国语言中并不稀奇，就是没法变成同样一句中国话。我们从来不这样说话，没有这样的词，也没有这样的话。要讲那样一句话的想法非用许许多多句话不可。“是还是不是”，“活还是不活”，“做还是不做”，“生或则死”，如此等等，不管怎么译在中国话中也像胡话。又好比“道可道，非常道”，不要说变不成同样的外国话，连变成“白话”都不能是一句话，因为原来的六个字就是一句“大白话”。“道”字变不成别的字，同佛教说的“涅槃”一样，只能译音，世界通行。佛经汉译往往是用汉字写梵文，仿佛用汉字写数理化公式，甲乙代替 AB，都是行话或梦话，外人不懂。我很佩服将中国古书今译的人的勇气和自信，能认为自己讲的就是古人所要讲的。单换古字为今字当然不难。司马迁的《五帝本纪》就这样做过。这和章太炎将今字改成古字是一类作法。照这样，“国骂”可以改成“其母之”，岂不很文雅？古字换今字，碰上古语本来很“白”的，要找出对等的“白话”，就会像翻译外国话常遇上的难题一样了。词可以音译或造一个新词，句子能音译成咒语吗？像佛经一样用汉字写出的外文已经不少了。我这一大段话无非是想说说分析和贯通，连带到可译不可译，不料仍像是梦话。其实照古语说一个“解”字就行了。既是“分解”，又是“了解”，一字二用。不过后一用法有点古色古香，“解人”不多，“解语花”更难得了。

心理学家容格在《人和他的象征符号》中说，梦是连接过去现在未来的，有预报之功能。我不知他是否研究过中国的“圆梦”。梦的预见性我不敢说，梦的“反思”性不能说没有。我上面说的梦话不过是由于回想起了我所知道的几位大学者。孔圣人说过：“君子于其所不知，盖阙如也。”（《子路》）可是对于其所自以为知的呢？很难办到“多闻阙疑”了。可能因为自己梦犹未醒，所以见人如梦。举一个例：胡适博士。他曾经在北京大学作过文学院长，名副其实。那时文学院中包括的几个系，中文、英文、哲学、历史、教育，他都能讲课，能代人讲课，能当系主任。真可谓“博”矣。他讲文学，还创作，却并不像是在欣赏文学而是在考订文学，论证文学，标榜他的“国语”和“自然”主义，证“实”作者和作品，欣赏的是他自己的工作成绩。他写诗“尝试”，其实古人早已试过。“两只黄蝴蝶，双双飞上天”，比得上“两个黄鹂鸣翠柳，一行白鹭上青天”吗？“努力努力往上跑”，又何如“行行重行行”？（在广东话中也是口语吧？）他作剧本《终身大事》，反对包办婚姻，曾一再上演。他自己结婚的对象仍是家中预订的。他讲哲学只是讲哲学史，讲史学只是讲史料学，鼓吹的是“全盘西化”，提倡的是“整理国故”。他自称有“历史癖”和“考据癖”。一点不错，但二者只是一癖，就是整理史料，考订真假，对《红楼梦》《水经注》都是这样。他宣传的“实验主义”不等于美国的实用主义，尽管据说是一个。说来说去，他是个不信梦也不喜欢做梦的人。不管是文学梦、哲学梦、史学梦，他都不喜欢，也不承认。新话叫做不“认同”。他是个“务实”的人。可是我看他未免还是处于一场梦境之中。在不做同样的梦的人（不一定是醒着的）看来，他说了不少有学问也有才气的梦话，“多闻”而不肯“阙疑”。讲信仰的人有所谓“隔教”，他对文、哲、史本身似乎也有点“隔梦”。和他正好相对称的是吴宓教授。两人同样受过中国传统旧教育，又同时期在美国留学，同样用外国出产的标尺衡量中国，同样能在大学教文、史、哲课，但是主张相反，行事也相反。这两位老先生都是“务实”的。他们所讲的，所癖好的，文学、哲学、史学是各人自己的一套。一个认为这些只有“实”。一个认为其中都是“情”。我觉得他们都像是在做梦。梦景不同，梦境无异，都没有逃出二十世纪初年中国如来佛的手掌心。有趣的是两人都喜欢讲《红楼梦》，可是所讲的大不相同。一个看成真史，一个看成真情。两人都当了“真”，这倒是相同的。不过他们的“真”是字纸里的，加上自己认为的。大概对于一个对象，特别是一件艺术品，着重考察以至研究的人可以走三条路。一是艺术科学的。把对象一再分解，类似作解剖学或化学分析的实验。例如格式塔心理学用物理眼光看一幅画，能发现《捣练图》中的四个人的方位之间有“张力”。这也可说是抽象法。第二是艺术哲学的，随学派而不同。例如把一部小说或者看成社会史料，或者看成人情画面，世故教科书，或者看成武器工具，或者看成可以陈列摆设比照欣赏的小玩意儿，或者看成练习题，或者看成谜语，或者看成梦话，如此等等。在前一条路上看画就是画面，看文就是“文本”。在后一条路上看画是画的内容，看文是文的意义。还有第三条路，不知道该叫做什么，是普通人的吧？看画也好 读诗文也好，都不过是梦中世界，自己一看一听，就要进入梦境。进得去，能说出好坏或喜欢不喜欢；进不去，就说是“瞎胡扯”。走惯每一条路的人都是很“认真”的，但所认为的“真”不一样。认梦为真的人决不会承认那是梦。吴宓教授自认走的第二条路，别人看来他像是走第三条路，自己，入“梦”了。胡适博士仿佛三条路都不走，把《红楼梦》《水经注》当作自己当侦探查凶手的案子，和查“禅”、查“儒”一样。他对于案子本身并无兴趣，兴趣只在侦查。所以他说过，发现天上一颗星和发现一个古字的意义同等。他是做练习，自己出题，自己做答案，也可算是走第二条路。胡和吴都教书，讲课，仿佛都自认为在看戏、评戏，而实际上都是在演戏。吴“进入角色”，胡始终在“扮演”。两个人，一个是沉溺于其中，一个是摩挲于其外。好比虞姬舞剑，梅兰芳演来是人舞剑，有的人演来是剑舞人。不是一个路数，难说优劣。

由《红楼梦曲子》引出的，讲“金陵十二钗”的《石头记》，本是一部没抄全的小说，一上市就有点“轰动”，没过几十年就刻印出了“全本”。以后出现了从“政治”到“痴情”的各种各样看法和说法，越来越“畅销”，普及各种人，流传全世界。近些年更热闹，化为真人真事，搬上舞台、荧屏、银幕，“十二钗”又会唱，又会舞。连累了那位自称“披阅”和“增删”的曹雪芹也在梦中复活。对他发生浓厚兴趣的不仅是胡适、吴宓两位大教授。这么多年，这么多不同的人，竟能都由于一些破烂字纸而进入一个离奇梦境，各做各的古怪梦。和这相比，现在也热闹非凡的金庸等人写的那些字纸是远远比不上的。说起来仿佛都是发挥“才子佳人”含义变化，金庸把文才子变成武才子，琼瑶把穷才子变成富才子。可是新才子佳人未必胜得过老才子佳人，新梦还都赶不上旧梦，热闹二三十年的还没有能使热闹了二三百年的进入冷宫。这是为什么呢？不论新梦、旧梦，荧屏总越不过字纸，活人尚未压倒死人，那又是为什么呢？

“痴人说梦”是句古话。“痴人”中恐怕以“书痴”为榜首。说的“梦”只怕也是以说大堆字纸或称为“书”的梦为第一。“敬惜字纸”的时代早已过去了。被书包围了而自梦自话也许尤其可悲。眼失明，耳失聪，手脚不灵，可以脱离现实世界，却未必能脱离梦境，因为梦中不需要有感觉器官和行动能力。自认是在做梦也不等于醒了过来。比如我这些连篇梦话，不过是“书痴”妄语；不料由上古的“典”、“谟”中的尧、舜和好清谈的王夷甫、好空谈的王阳明、“拗相公”王介甫引起，从《天官书》一直独自唠叨到了《红楼梦》。说梦话的只我一人，听梦话的只怕也听不到，这时就已昏昏思睡，要沉沉入梦了。现在是“闭嘴”的时候了。衷心祝愿我自己和所有的人梦中快乐。

晒网论

“三天打鱼，两天晒网”这是笑人缺少恒心；若因此不要晒网那就不对了。

“磨刀不误砍柴工”谁不知道，并没有人笑。若说“三天砍柴，两天磨刀”，就是笑谈了。同样，若说“晒网不误打鱼工”，未必是笑谈。

可见问题出在“三天”、“两天”上，不是出在晒网和磨刀上。昼夜打鱼不息，不消几天，一池塘大鱼、小鱼，连同鱼苗都打尽了，是所谓“竭泽而渔”。诚然这几天打鱼收获不小，可是打鱼完了以后，只怕要天天晒网了。这种道理岂不简单？然而不见得人人都明白。

晒网和打鱼是互相补充的，闲和忙也是互相补充的。有些豪言壮语很能打气，却不像是实干家的话。实干的人没有不照应两方面的。“张而不弛，文武弗能也。弛而不张，文武弗为也。”这不是早有人引用过的吗？可是实际上呢？头脑一发热，什么都忘了。难道现在人的智慧还不如两千年前的人吗？“单打一”、“单科突进”，这类“一马当先”不顾“万马”，突出“重点”忘了“一般”的片面性，没有出现过吗？结果是“欲速则不达”，又是两千年前的老话。

也许会有人说：不要为懒人辩护。

懒当然不好，但懒人之所以为懒人，在于他不当懒而懒。有不同的“懒”法。许多机器的发明和“懒”于用力、想省力，是相联系的。用机器代替一部分人力，结果是机器力量大得人赶不上了。现在又出现所谓“电脑”代替一部分人脑。“电脑”演算比人脑快了不知多少倍。若只认“出大力，流大汗”才算劳动，那么用机器和电脑就都是“懒”了。

所谓“懒人”并不是一“懒”到底。上班懒洋洋，一下班就忙了，买菜、做饭、接孩子、洗衣裳，一点也不“懒”。如果要“懒人”躺在床上不动，不用三百六十五天，他会像古代笑话中说的“懒婆娘”那样，真的“懒死”了。

无论练什么功夫，即使是为了强壮身体的体育锻炼，若一定要练到无力再练还要求“加油”，只怕结果和愿望会背道而驰的。

据说是“苦干”不如“巧干”。宣传“苦”很多,宣传“巧”太少了吧！

眼睛的位置

眼睛的位置是在脸上，这有什么可说的！不过我听说古代中国有位哲学家朱熹说过：万事万物莫不有理。又听说古代外国有位哲学家莱布尼茨说过：一切事物都安排在最好的地方。我不懂哲学，但凭常识想，眼睛的位置确实不好移动。

眼睛长在脸上为的是向前看，看前面有什么，怎么走。这样，前面有洼坑，有石头，都可以迈过去，远望近看都方便，和两只脚配合起来很自然。无论是走，是跑，只管迈步，不怕跌跤。看见前途，心有把握，敢走新路。总之是利于前进。

设想眼睛生在脑后，那就会把后方当作前方，眼睛见到的都是人家走过的熟路，心里很踏实，可是要走动，腿脚不方便了。眼睛把倒退看成前进，脚底下却是脚跟朝前不好走，膝盖转不过弯来，眼睛和腿脚发生矛盾，怎么是前进，怎么是后退，闹不清楚，只好站着不动了。

倘若是两只眼都长在左边，那就只好像螃蟹一样横行，一个劲儿向左跨大步，一心想快到终点，跳上目标，可是腿脚照样不听使唤，一不小心就会跌跤。反之，若两只眼都长在右边，也是一样。那么，我一只眼长在右边，一只眼长在左边，平均分配，左右兼顾，像鸟一样，该是万事大吉了吧？不然。左右看清了，前后却看不见，两只脚一个要向左，一个要向右，无所适从，还是走不动。看来没长翅膀，不能向上飞，还是不要学习鸟把眼睛分长两边。鸡看前面的东西常常要歪着脑袋瞧，多难看。

听说有“眼高于顶”的说法，那么，眼睛长在头顶上应当很好。只望见天空，看不见周围一切，唯我独尊。人造卫星上天，我不用仰脖子就能追踪，多方便。可是前后左右都不知道，一抬步，说不定会掉进泥坑，还是只能站着不动，动起来太冒险。

归根到底还是眼睛长在前面好，为的是向前进。虽然也有时需要扭头转身看看走过的路和两旁情况，可是看得清前面新路怎么走，前途怎么样，究竟是比把眼睛长在脑后老看过去强。

不过对于不想自己走路的那就又当别论了。那就用不着眼睛了，不管长在那里都行，反正是闭上眼睡大觉。

四维空间

从前有个故事说：有一个人手执长竹竿站在城门口。问他为什么不进去，他把竹竿横比竖比，说：“竹竿太长了，城门太小了，进不去。”他只知道上下和左右，却不知道前后，所以不会把竹竿掉过头来。他不知道前进、后退，只会上升、下降和左右摇摆。用科学的语言说，他就是二维空间的人物，只知道长宽，不知道厚。

我们是生活在三维空间里，也就是立体的空间里。二维空间就是平面。我们很难想象一个人若只有二维空间的宇宙观怎么能在三维的世界里生活。

二十世纪初年，出了爱因斯坦，他在1905年、1915年两次发表了相对论学说。1919年日全食时的天文观测证实了他的理论，照以前的牛顿的理论，空间是三维的，像一个盒子，时间像一条带子，互不相关。爱因斯坦的理论却说，宇宙空间是四维的，长、宽、厚三维之外还有个第四维是时间。尽管他的那些数学公式和理论全世界懂的人不多，但这个四维空间的说法却散布开了，意义扩大，不限于物理学了。

时间就是变化。一切事物都在运动，都在变化，因此都得算上时间。时间能改变价值。

据说从前绍兴人生下女儿就酿一坛酒，埋在地下，等女儿出嫁时挖出来，叫“女贞陈绍”。酒越陈越好，埋在地下不动，过几十年时间就增长了价值。古代还有人在地下埋金银，留给子孙后代，过几十年挖出来，价值照旧。又听说解放前有人埋钞票，过些年挖出来，钞票贬值，万元变成了一元钱。可能有的地方储备人才，留在那里，不用也不放，或则叫他改行干别的，过了些年用到他时，他知识老化，精力衰退，不是当年的人才了。也许有引进什么先进设备的，准备不足，进来了放在那里，研究研究，考虑考虑，安排安排，等到诸事齐备，东风也吹来了，设备已经陈旧，在国际上不是先进而是落后，也许投产之日即是应当停产更新换代之时了。这类事大概不会少。这都是第四维——时间玩的花样。

打排球有个“时间差”的打法，可是若要打人、抓罪犯，就不能用；因为对方不是要接球而是要躲球。“时间差”打得好就胜利，打得不对头就要失败。头脑里若没有“时间差”，恐怕就会像二维空间的平面人到了三维空间的立体里来一样。

千万不要忘记这位魔术师第四维——时间啊！

表情语言学

据说是同一个美国人谈话时，如果他听着话点一下头，那谈话人就得到鼓励讲下去。但是，如果他连点三下头，那谈话人就会迟疑或则改变话题了。当然不是每一个美国人都是这样，不过有许多地方的美国人是这样。这是无声的语言。好比清朝末年官场中若主人端起茶碗，客人就得立刻起身告辞，阶下伺候的人同时喊“送客”。这叫作“端茶送客”。主人举杯不是请吃茶，而是请你走。同样，美国人连点三下头不是同意，而是不耐烦，听得要打盹了。

谁都知道，人类的交流信息并不是只靠语言。语言是集中的高级的传递信息的载体，却绝不是唯一的载体。人的全身都可以传信息。精确些说，人需要使用全部感觉器官所能得到的对象作为语言。无声的语言有时比有声的语言更为重要。不但动作、表情、衣服，而且色、香、味都可以传递信息。相声说得好的也不是只凭讲话。听广播和看电视毕竟是有区别的。皱起眉头说“多谢”不会令人满意。

问题是：人类的种种无声的语言有没有规律？人造的如聋哑人的手势语自然不成问题，此外呢？显然有一种习惯性的规律，例如美国人的点头和中国旧官僚的端茶。既有规矩，就得学习。不懂官场的一套规矩，迟早会被革职，最小的罪名叫“失仪”，即“有失体统”。婴儿成为儿童时也要处处向大人学习这类语言。例如张口笑，本无意义。大人报以微笑，加以鼓励，就是教他意义。一民族、一社会、一地区、一时期、一阶层，甚至一个家庭，都有这种无声语言的密码本。自己也许意识不到，说不出来，但确有规律可循。我猜想，有些到过外国的人大概会觉得光靠翻译讲话不够。

既有客观规律，就有科学研究。1952年，一个美国教授以一般美国人（有一定范围的）作对象研究，发表了所谓“身势学”。1970年他又出书进一步系统发表研究结果和理论，附列参考书目已有六百多本。他利用了拍电影、录音、录像、慢镜头等技术，以多少分之一秒为单位进行分析，还创造了一个符号系统，以记录各种表情动作。现在大概还在发展。实际上达尔文早已开始研究哺乳动物的表情了，这不是无用之学。表演艺术家、儿童家长，甚至精神病学家，还有社会活动家、政治家、外交人员、商业人员等，有点这种知识只怕也会有好处。察言观色也科学化了。

说“边”

现在的人喜欢讲中心，不大讲边。其实边上大有文章可作，没有边，何来中心？中心是从边上量出来的。

有空间的边，例如边疆。我国陆上的边境有很多民族，各有各的文化，自有文学。也有汉人写那些地区的文学作品。各族自己的文学要发展，各族互相写的也要开拓。怎么写？先要理解。理解的前提是尊重，不是成见，要平等相待。海上的边境有重要的城市和港口。古时交通要道口有泉州、登州等。近代、现代就更多了。写这些工商业城市的至今量多而好作品少，没有写出特色。这些地方是中外文化接触的前哨，也是出现并传播新文化的枢纽，有特殊气息。从这一角度着眼的作品并不多。猎奇、叫苦、挑战还不足以说明矛盾冲突。并不是用地名和方言就可以显示地方色彩。究竟上海、天津、广州的人的活动中有没有不同味道？在哪里？见一个人，听音辨貌便可以察其特点，为什么写不出来呢？还有香港、澳门，也是中国地方，难道只能当作旅游观光点吗？没有文学吗？

有时间的边。那是新旧交替的边缘。个人和群体都有。抓得住这一点的好作品不多。平面铺叙，直线述说，定点抒发，还不够。写下多少万字好比写论文堆积资料，怎么那么费劲呢？画龙而忘点睛不行，花多少笔墨只描一只眼也不行。写少要不能多，写多要不能少。几十万字仍可以有余味，几千字也可以是啰唆。总之，“时变”的边上锋芒写得不够，所以缺警策之笔，少活蹦乱跳之人。不仅文字，电视电影中也是影子太多，好像一张张剪纸。要抓住边，特点往往是在边上显出来的。范进中举而疯，这是边。严监生临死不忘省灯油，这也是边。个人的小边之外有时代的大边。边上有缝隙，那是通风的口，窥见内层的窗。

就创作说，怎么抓中心？抓边。中心是由边显出来的。怎么抓边？抓全局、整体。《阿Q正传》只写了几个点，都在边上。阿Q和赵太爷、和假洋鬼子、和小尼姑的冲突都在交界处。不见交界就是没见到全体。搜集资料，“体验”生活，选择主题，布置情节，安排人物，琢磨词句等等不过是颜料和画布，还不是画。中国画讲究线条，那就是边。

以上的话只说了边的一半，是老生常谈。另一半也许更重要，也更难讲。那是现象和意义之间的边，作者和读者之间的边，演员和观众之间的边。看起来这是评论者的事，实际也是创作者的事。创作时离不开自己评论。要删，要改，要重写，就是自己当读者、评论者。评论也是创作，也许是更高一层的创作。作品是对时代、地域、人物、事件的评论。评论是经历这些评论即创作过程以后的再创作。署笔名“巴人”的《阿Q

正传》在北京还未发表完，署笔名“郎损”的沈雁冰在上海就说那是中国的《奥勃罗摩夫》了。他在阅读时心中也创作。所以知得深，评得切，只用一句话就说出了全局。从这一点说，读诗者也必定是诗人。演员自己同时是观众之一，又是自己的导演，既在角色之内，又在角色之外。

生活中的真人不是艺术中的活人，反过来也一样。这里边有个交界处，也就是边。抓住这个艺术和真实之间的边大概就可以无往而不利。

第 二 辑
人生絮语

据说我们现在正处于一个信息社会之中，各种信息像雨点一样包围着我们。果真是这样，我们首先要学的就是怎样对付信息。要学会怎么搜罗、辨别、吸收或者排斥以至利用这些信息。可惜的是至今好像还没有这样一门学问。我们即使学了高等数学，学了信息论，也未必会恰当地对付信息，往往淋上信息的雨，也不能主动有效地应付。

老来乐

六十整岁望七十岁如攀高山。不料七十岁居然过了。又想八十岁是难于上青天，可望而不可即了。岂知八十岁又过了。老汉今年八十有三矣。这是照传统算法，务虚不务实。现在不是提倡尊重传统吗？

老年多半能悟道。孔子说“天下有道”。老子说“道可道”。佛教说“邪魔外道”。我老了，不免胡思乱想，胡说八道，自觉悟出一条真理：老年是广阔天地，是可以大有作为的。

七十岁开始可以诸事不做而拿退休金，不愁没有 碗饭吃，自由自在，自得其乐。要看书可以随便乱翻。金庸、梁羽生、克里斯蒂、松本清张，从前哪能拜读？现在可以了。随看随忘，便扔在一边。无忧无虑，无人打扰，不必出门而自有天地。真是无限风光在老年。

偶尔有人来，不论男女老少认识不认识，天南地北，天上地下，天文地理，谈天说地，百无禁忌。我的话匣子一开，激光磁盘便响个不停，滔滔不绝。无奈我闲人忙，听众逐渐稀少，终于门庭冷落，只剩一屋子广阔天地，任我独往独来，随意挥洒。

打开电视，又是一番新气象。古今中外，赤道南极，变幻莫测，真是坐地日行八万里。忽而庄严说教，忽而插科打诨。帝王将相，牛鬼蛇神，无不具备，应有尽有。忽而高歌一曲，忽而舞步翩翩，场场不同。主持人个个精神焕发。服装表演件件花样翻新。足球射门中的。篮球投篮不空。马家军飒爽英姿。大歌星真人假唱。忽然出现红顶花翎，拖着辫子，仿佛我的一百四十岁的父亲复活。他不辞辛苦跑到北京来对宣统皇帝磕头。我却曾在大庭广众中对溥仪先生点头问好。真是一代不如一代，一代胜过一代。正在得意之间，不料长袍马褂已变成西装革履。长发长袜，飘来跳去，三点泳装耀眼生辉。眼睛耳朵实在招架不住，那就下令暂停，闭目养神去也。

这正是：小屋之中天地阔，老来无事是忙人。

代沟的底层

面前这本薄薄的书使我回想起将近六十年前，一九三〇年，我到北平（北京）以后的许许多多人和事。这些虽不够“十七史”，也不知“从何说起”。

书名是《一知半解》，是十七个人的剪影。作者温源宁，北京大学英文系主任，在三十年代初离校到上海以后主编英文杂志《天下》，介绍中国文化，由此蜚声世界。以偶然机会，一九四二年我曾在印度见到他。由于他本人和我所想象的很不相同，给我的印象很深。他用英文写的这些剪影三十年代初期刊登在上海的《中国评论周报》上，后来才合编一册，由上海别发洋行出版。杂志虽是英文的，封面上都有蔡元培署名题的汉字刊名。每期都有林语堂主编的《小评论》栏。栏上方列有几位撰稿人名。其中除林、温外记得还有全增嘏和钱钟书。那时“中书君”是清华大学的学生。我是先读到他的英文的俏皮小品，后在大公报的副刊上见到署笔名“中书君”的中文书评的。他不但中文英文都写，而且文言白话不拘。他的书评，说是评书，实是作绝妙散文。正好像温源宁写的剪影，说是写人，其实是自己作文章。相形之下，林语堂的“幽默”就未免火气太大了。

译者南星是我的五十多年未再见面的老朋友。想当年，一九三六年他北大毕业之前，北大宿舍东斋他的房间里有时会有我的大声谈笑从窗户里传出来。抗战时彼此隔绝，他发表过一篇怀念我的文章，战后我才见到。我几乎认不出文中的我了。他是用我作题目写自己的文章吧？

要想用很少的几句话说出一个人来是很不容易的事。这种剪影文章不但显出了一个人，而且更显出了说这个人的人。这书写的十七个人都是名人，只有三位我不大知道。有几位我见过，有的可说是认识，有一位还可以说是熟人。我不能说剪影没有突出所写的人的特点，可是我总觉得篇篇都显出了作者的似微笑又不能算微笑的神气。记得我在印度人的诗会上认识他时，听他低声念出中国诗“杨柳青青江水平”，忘了太平洋上正在弹火横飞，忘了他除了那四句诗以外讲的是英语，忘了他穿的是西装，竟仿佛会见了一位宋朝或明朝的词人、文士，那么温文尔雅。后来我又在一位朋友请他吃晚餐时作陪客。看他向饭店侍者要了一小杯碧绿的杜松子酒，举起杯来，好像叹口气似的说：“真没想到在这里吃到这杯酒。”我简直疑心是做梦进了《世说新语》了。“正不知一生能着几两屐！”他说的英语也使我闻所未闻。那么自然随便，轻轻的低语，和他的中国话一模一样。法国的蒙田，英国的爱迪生，中国的陶渊明，化为一个人来到我的面前了吗？我如入梦境，竟不知道怎么和这样一个人谈话。他是飞去伦敦宣传中国抗战的，名义是半官方的外交人员。重庆、伦敦、加尔各答、珍珠港等等话题和他说话的语气全不是一回事。他眼中心中仿佛只有那一小杯绿酒，仿佛世界大战的炮火赶不上这杯酒有味。后来叶公超去英国代替他，经过加尔各答时我又作了陪客。他指着餐厅中跳舞的人群问我：“像不像萨克雷的《名利场》？”我本想回答：我想到了托尔斯泰的《战争与和平》。可是没有说出口。叶先生的言谈举止，讲的中国话和英国话，都和温先生的神气完全两样。叶才像是去宣传抗战的。他后来告诉我，在伦敦，他标出的中国抗战形象是一个手持步枪的农民。那时温先生不知是从伦敦直接飞到什么地方去了。听说他以后还当过国民党政府的驻希腊大使。我想他的兴趣不在大使而在希腊吧？

在初见温先生的诗会上还见到英国诗人艾克敦。他曾任北京大学教授。我听过他在演讲中高声朗诵艾略特的《荒原》，好像铁板铜琶唱苏东坡的“大江东去”。我真想不到《荒原》能够这样读。本来嘛，“四月是残酷的季节”这句诗就可以有种种不同的语气、意味。那时这位诗人教授被征入伍，穿的是空军制服，配上他不矮的身材，真有“赳赳武夫”气概，可是说起话来仍是一个浪漫诗人。听说他晚年住在意大利。我觉得他演意大利人也许比当英国人更像些。温、叶、“艾”这三位都对英国文学有很高造诣而又各有自己独特风貌。看来都是文不如其人又都是文如其人的。这本《一知半解》中写的人，除几位外，差不多都是欧洲文学尤其是英国文学的学者，又是文人。大约有一半是在各种政府中作过各种短期或长期的官的。这也是人人不一样。有的是“玩票”，有的是“下水”，也有以官为职业的，如顾维钧。他的官做得最大也最久，有福又有寿，晚年口述了一大部《回忆录》，所以也是文人。

南星是诗人，《石像辞》的作者；也是散文家，《松堂集》的作者；气质有点像温源宁。不过温能隐于官场，南星只能隐于乡间。南星的散文也有英国气，但和这书的风格迥乎不同。译这些文章时他恐怕是改变自己写作风格去传原作者的兰姆式散文之神的。这很不容易而他做到了。不过也有不关文章和翻译的小疵，好像美人脸上有两三个雀斑。开篇写吴宓的“头发”的那句俏皮话是笑胡子。吴先生的头发平平无奇，有越来越少之势，但络腮胡子却越来越多。剃得越勤，长得越快。听说清华学生中有个笑话。问：吴宓先生的脸为什么左边比右边显得黑些？答：因为他刮胡子从左边刮起，到刮完右边时，左边又长出来了，所以总是左边的胡子厚些。南星和吴先生不熟，也许没见过，也许没想起来，这句话未能达意。还有两处小注需要改正：一处是第五页注“巴比特”为美国刘易士小说中人物。这在三十年代以后的文章中大概是不会错的，但原文中的同一名字却是另外一人。这人在当时，至少在中国，比初出茅庐的刘易士名气大得多。他是哈佛大学教授。吴宓和梁实秋都是他的学生。他们译作“白璧德”。这位教授宣扬“新人文主义”，尊崇古希腊，不是讲“人道主义”，虽则两字原文相同。吴在先，梁在后，都曾写过一些文章宣扬这位老师和他的“主义”。另一处是第十六页注六的那位“勃斯”是另外一人，不是文中所指。两人同姓而名字不同。文中说的是印度植物学家博斯，以发现植物有神经出名，三十年代曾轰传世界。这个姓是印度孟加拉的大姓，英文字母拼法有几种，原文一样。同姓的名人很多，政治家、科学家、艺术家都有。同姓的，分别了名字和职业、事业、时代以后，不小心还会弄错。印度人这类姓好比中国的张王李赵，单提姓不知是谁。此外，书中有些人名的译法和现在比较流行的不一致，那大概是因为南星是隐士不大管世事之故，无关大体。

书中人差不多个个都是有特色的。我几乎要说是荒诞人物。要画他们的脸谱很难恰当。作者用漫画手法，几笔勾出轮廓，主要是画一幅画，不是画一个人。读这书时最好也是看画，不必看画中人。人只是一个，画可以不同。例如名列第一的吴宓先生。当年这篇文一出来，头几句就传开了。林语堂一译，更成为“名言”。可是究竟说出了什么？又是什么也没说。不认识吴先生的人欣赏的是文章。认识吴先生的人欣赏的也是文章。但两种欣赏不一样。一无对照，一有对照，正如同看画。吴先生的刮不尽的胡子和他的喃喃自语背诵中外名诗都是有名的。当然更有名的是他的文学主张和恋爱。他以反对白话出名。实际上他不是反对使用白话，而是反对废除文言。他酷好《红楼梦》，主张小说应当用口语，可是诗不行，白话怎么也不如文言。他是个极其古板方正一丝不苟的人，写便条都用正楷，可是提倡浪漫，醉心恋爱。他对己严而对朋友宽容得有点过分。他没有多少恋爱经历，却闹得好像有许多恋爱故事。这大概是因为他太好作诗，又迷上《红楼梦》，所以为作诗而谈爱，进了太虚幻境出不来。我想，假如他的学生钱钟书写他，一定是另一副面孔，另一篇妙文。假如我也斗胆来写，又会是完全不同的一篇，当然文章决不会那么美妙。吴先生的门生故旧满天下，从大学一直到“牛棚”。若所有的同事和学生都来写吴先生，尽管写的都是一个古典诗人兼外国文学教授，可是不会有两篇相同的，相反的倒决不会少。书中名列第二的是对立面胡适博士。不用说，他也同吴先生一样，甚至超过。第三是徐志摩，第四是周作人，一直到梁宗岱和十七人中唯一此刻还在世而且住在北京的盛成先生，多多少少也都是这样。书中写的盛成先生和我见到的他大概在同一时期。他的本行是昆虫学，出名由于写了法文小说《我的母亲》。那时他的头发总要下垂到眉毛上，甩上去又掉下来，温先生说的只是他的一点神气，其他都没有提到。我看盛先生的生平经历就是一部小说。不知他写了自传没有。几年前还看到他写小文说是回巴黎去觉得法文又要从头学起了，不是几十年前的法国人讲话了。我从前见过的，现在多半已不在世的留学生，去东洋的，去西洋的，差不多个个都多少有点比小说更像小说的阅历，可惜没有人能写下来，只好去充实老朋友“谈天”（新名“侃大山”）。说到这里，我倒想起另外一点意思。

书中这样的文和这样的人现在只怕很少了。若是此时用这样的文章去写一位认识的或不认识的人，会不会引起麻烦甚至法庭相见呢？那时不会，只会引起微笑。所以这书中的人，书的作者，译者，作序的张中行先生（类似本书的《负暄琐话》的作者），还加上我这个读者，说得好听些是过去时代的人了，说得简短也不好听些就是过时的人了。近年来常有人提到“代沟”。这本来是外国话吧？现在是中国话了。无论是多么深的沟，最下面总是两边相连的，不然便不是沟而是分成两半了。人的“代沟”是从哪里划开的呢？“多年媳妇熬成婆”。婆媳之间有道沟。媳妇成了婆婆时，又和另一媳妇之间有了沟。这就是“父与子”之间的“代沟”吗？这是重复吧？眼光、心思和行动不一样，可是深一层看是不是照旧呢？同代之间的沟，如吴宓和胡适所争的问题，看来是早已解决了，然而，真的解决了吗？文言和白话不过是形式上的题目，实际内容是一个要保传统文化，一个要兴外来文化。只许有一个，那就势不两立了。如果知道“五四”以后有人不但要废除汉字而且要废除汉语，以世界语代替，以求达到全国语文统一而且现代化，世界化，那就不难理解要保中国文化的人为什么那样着急了。吴、胡两人都有自身矛盾。胡适“全盘西化”还未讲完，随即提倡“整理国故”。吴宓教外国文学同时大讲《红楼梦》，据说能讲得全场落泪。还有，周作人的矛盾使他不光荣地退场。辜鸿铭的矛盾使他的人出名而书很少人读。温源宁在文中描写他“以跟别人对立过日子”，说他是“鼓吹君主主义的造反派”。这些话当时也曾流传众口，现在被人忘了，然而是不是过时了呢？还有陈通伯先生，即陈源教授，《西滢闲话》的作者，现在以和鲁迅论战而留名。他们争论的问题，现在的一代新人在思想上真正都已解决了吗？“代沟”的底层是什么？我想就是上一代以至上上一代没有解决而要现在一代甚至将来一代去解决的问题。顾维钧、丁文江解决了当时的政治外交问题吗？顾维钧享大名不是由于他任过几天北洋政府的国务总理，而是因为他代表中国出席巴黎和会，拒绝在《凡尔赛和约》上为中国签字，发表反对日本继承德国在山东的特权的演说，与日本代表展开激烈舌战。他还在会上提出要求取消列强在华特权，被会议搁置。这是一九一九年五月四日政治运动的雷管。学生们由此上街，烧了赵家楼。这件事到现在整整七十年了。那时提出的问题完全彻底解决了吗？不写中文的王文显的戏剧《委曲求全》是他的学生李健吾译成中文的。记得原题是改动英国名剧题目（《屈身求爱》？）的一个字而显得有趣的。这言外之意无法译出来了。这戏当时也曾在很小范围内有过小小的“轰动”，可是现在呢？除了当时清华大学的学生外有几个人还记得呢？然而这场戏的戏中及戏外的问题就都没有了吗？只见沟的表面的断，不见沟的底层的连，恐怕是会一代又一代重复婆媳矛盾旧话重提的。父与子毕竟是有血统关系的。因此，这本书也还会有人读吧？

温源宁用英文写散文。他的学生，二十六岁早夭的梁遇春，却是写中文的散文家。温先生写这位学生的一篇就不免和别的篇风格不大一样了。梁先生遗文中的《失去悲哀的悲哀》至今还留在我的记忆里。看来我和他之间虽有沟，却是并不算深的，不过我写不出他那样的文章罢了。

科学与人生观

甲　你还记得，“科学与人生观”论战吗？

乙　怎么不记得？有人将当时一些文章编成一本书。我是看书才知道的。那是二十年代的旧事。

甲　我忽然发现那本论战文集和几十年后一些论战文集有相似之处。开头是张君劢的一篇演讲，以后便全是批判他的文章，给他加上头衔“玄学鬼”。这简直是一场围剿。结果是张落荒而逃，逃去欧洲了。

乙　我知道，抗日战争时张又在国内出现，已经是玩弄政治的政客了。那时他还在云南办了一所书院，可是已没有人当他是学者了。

甲　张君劢发表演说，论“科学与人生观”，说是科学不能解决人生观问题。他提出九个问题。然后问：科学能回答并解决这些问题吗？地质学家丁文江首先发难，指出张的演说是反对科学，提倡玄学，为害极大，必须迎头痛击，保卫科学。那时所谓玄学不是魏晋玄学而是形而上学，但又不是后来当作辩证法对立面的形而上学，而是现在所说的唯心论哲学。科学指自然科学，那时尚未通行社会科学之名。丁文江的文章出来以后，引起许多学者参战，包括胡适和心理学家唐钺，不限于自然科学家，好像还有政治家。每人都狠狠打了张君劢一棍子。然而奇怪的是，好像没有人答复张提出的任何一个问题，也没有人说明，科学能不能解决人生观问题以及如何解决。不知我记得对不对。

乙　手头没有书，只好相信记忆。那文集所收的恐怕也不全。

甲　不知算什么家的吴敬恒（吴稚晖）的一篇裹脚条似的长文提出了一种人生观，才算是正面答复了张的问题，被编者排在文集最后，大概是以为到此告一段落了。吴的文章只是讲了一个科学家（生物学家）的一种人生观，用实证主义公式“神学——玄学——科学”反对玄学。他只是把人看成生物，和猴子、老虎、乌鸦、昆虫同类，只有生存和生殖。人生观等于鸟生观、兽生观、虫生观。吴说的“人—生物”和更早的拉梅特里的书《人—机器》都是十八、十九世纪的一种思想。这不但没有答复张提的问题，还取消了问题，反而给张帮了忙。我的印象是，当时没有人指出张的问题是错误的，不能有答案的，不是科学的问题。谁也没问，什么是科学，什么是人生观，取得共识再讨论。谁也不问，人生观是不是科学研究对象？对人生观怎么做观察、实验、演算？

乙　论战是无疾而终的。只有一边的人讲话，而且讲话的人好像没听对方讲的是什么，只听说有人反对科学，便义愤填胸打玄学鬼保卫科学。群起打鬼，一阵热闹。好像是白话战胜文言的论战一样以科学胜利而告终。争论究竟是结束了，还是没有真正开始，我说不上来。

甲　我感觉到不仅现代，便是古代也常有这种情形。讨论不先说清并考察问题就各讲各的互相指责。有时吵得面红耳赤不过为了一个招牌，一个符号。科学与人生观怎么搭上边的？人生观是科学研究的对象吗？指哪一种人生观？指哪门科学？全不问。孟子和荀子当初论性善性恶就是这样。什么是人性？什么是善恶？为什么要争这个？他们两人可能心中有数，不说出来。

乙　照这样，动嘴解决不了问题，那就凭力量定是非。会场上说不拢，战场上见。人毕竟是动物，舌头不行，就用牙齿。

甲　别谈了。怪不得武侠小说畅销。行侠仗义凭的是武艺。这是人生观还是科学？

乙　不知道。

人苦不自知

近来耳目日益不灵，看书报如在雾中，听谈话经常打岔。有人拿来一本“鸳鸯蝴蝶派”作品的选本给我看，使我大吃一惊。什么是“鸳鸯蝴蝶派”？不是早已随着“桐城谬种”和“选学妖孽”一同不知去向了吗？旧帽子怎么翻新了？言情、社会、武侠、侦探，大约一直到张恨水，甚至林语堂，都加入了这一派。如此声势浩大的文学流派而我竟然不知，可见糊涂。

我不知眼前，倒记得过去。该记的记不住，该忘的又忘不掉。回想初入小学时，家中读过的“国文”在学校中忽然变成了“国语”。过几年，看到了《新青年》合订本，厚厚的几册，才知道欧洲大战爆发后，中国发生了新文化。“曳四十二‘生的’之大炮为之前驱”的就是这《新青年》。从文言转入白话的也是这份杂志。从“不谈政治”到大谈政治的也是它。小孩子爱追踪，不料再追下去，它成为共产党的理论刊物，进入地下了。从此以后，我对“孔家店”的种种货色以及《礼拜六》、《紫罗兰》、《红玫瑰》直到旧戏曲全避而远之。但对外来语“德先生、赛先生”和“布尔什维主义”并不明白。长大了，才知道从一九一五到一九二一年的中国文化大变化的中心是一九一九年五月四日北京学生游行反对巴黎和会及北洋政府，即五四运动。这历时几年的巨浪由语言而文学而道德而政治，由小而大，由隐而显，统称为新文化运动。从此我才认识了“文化”这个词，可惜只知道它包罗了这么多，却不知怎么给它作“界说”。

“五四”现满七十岁，又该做寿了。中国人好做寿，尤其是整岁生日更不能放过。必得大收寿礼，大开寿宴，热热闹闹庆祝一番。庆的不是生日那一天，也不是出生时如何红光照室，第一声啼哭如何洪亮。只有九斤老太记得自己生下时的重量去和不肖子孙比。作寿序的也不大讲出生的光辉，而是讲寿星做过和未做过的好事，说过和未说过的好话。不过，阔人才做寿。穷苦受难的，如犹太人约伯倒霉时，就会诅咒自己的生日。照中国说法就是生的八字不好，冲撞了什么星宿。

“五四”好像只是个符号，起先算做新文化运动，包括前后几年。后来又定为青年运动，突出了政治。不知何时把不是那一天请来的外宾德、赛两先生当做扛大旗的，“五四”又成为民主与科学的代号。实际上这两位早就来了。《新青年》不过正式发了一次请帖。德先生来要立宪，要共和。赛先生来要富，要强。修铁路，兴工业，办大学，中国人和外国人各为本身目的忙了几十年，都不怎么灵验。中国又穷又弱还要拼命打架，好像得了病。外来的大夫好治病。药方很多，一个一个试。开刀切除，又泻，又补。越着急，病越好得慢，不断反复。索性

“凤凰涅槃”，一把火烧掉，从头再来。但“涅槃”本来是“寂灭”。火中凤凰是诗人的想象，怎么能当真照办呢？断肢可以再植。全部内脏都换新的只怕办不到。从一八四〇年鸦片战争闹到一九四九年新中国成立。富了，强了，可是开门一比，还得赶超别人，还得开药方。药方不难找，一查《验方新编》就有。可是脉案难开。药不对症不灵。对症了，人的体质又不同。胖子一泻，好了。瘦子一泻，坏了。七十年以至一百多年以来，《皇朝经世文编》、《富强斋丛书》、《新民丛报》、《民报》、《新青年》都是病急乱投医，下药不辨症，又想服一味药就见效，包医百病，药到病除。可惜仙丹难得，所以时灵时不灵。

做寿也是查历史。专查好的，说恭维话，专查坏的，一棍打死，都有危险。从历史公式推演事实，不如从历史事实归纳公式。先定好歹再找事实，不如先弄清事实再分好歹。人讲历史不免动感情，也有观察角度即立场，但事实还是可以查清的。热情可以由冷静理智约束并指导。历史已成过去。不管你喜欢不喜欢，怎样涂抹，它还是那样，不作声，也不改变。我们是讲历史的国家。曾花大力量去标点“钦定”官书二十四史。可是自从前清遗老编了《清史稿》以后，接着修了什么史？专史只照顾一面。通史大而化之。自从清朝一个小外交官黄遵宪编了《日本国志》以后，我们有多少不是翻译的外国史？“平时不烧香，临时抱佛脚。”要和外国打交道时，抓着什么算什么。但合我意就行，不管前言后语对不对得上。一个外国人和一个中国人到一起，一个口译，一个笔受，这样合作译出来的科学书比日本维新早。日本人翻印并学习了我们译的书，灵了。我们自己反不见效。为什么？问题只怕不在药方而在脉案。讳疾忌医，乱服成药。而且，穷了就照富的学，弱了就照强的学，不一定都灵。轻量级和重量级同比，不上算，还有受伤危险。同样的气功，有人一练，祛病延年；有人一练，走火入魔。中国古人说：人苦不自知。外国古人说：要知道自己。不照镜子看不见自己，可是镜子里的像是左右相反的。

我虽比“五四”还痴长几岁，但七十多年也没有了解自己。现在看不清外界了，往往把旧识当新知又把新知当旧识，这才想到应当知道自己。那种看别人眼色下笔的交代和检讨并不是认识自己的好办法。我是老人。“五四”也不年轻。但国家、民族还不算老，青年、少年更加不老，如果多一点自知之明，至少可以少服错药而健康成长更快些吧？

1989 年

谈社会心理学

据说我们现在正处于一个信息社会之中，各种信息像雨点一样包围着我们。果真是这样，我们首先要学的就是怎样对付信息。要学会怎么搜罗、辨别、吸收或者排斥以至利用这些信息。可惜的是至今好像还没有这样一门学问。我们即使学了高等数学，学了信息论，也未必会恰当地对付信息，往往淋上信息的雨，也不能主动有效地应付。

我们究竟是怎么对付外来信息并做出反应的？这大概也是属于心理学的问题。由此我想到有一门学问好像是大家可以学一学的，这就是社会心理学。这也可能有助于了解信息社会。我幼年时曾在一位迷上心理学的小学教员家里见过这类书，他还劝我学。几十年过去，我没有学，现在要学也来不及了。

不久前欧洲和中国都发生过足球场上的风波，事后的防范措施，英国是禁酒，中国是加强管理。球场风波包含着社会心理学问题，预防措施也部分出于社会心理学知识。尽管制定措施的人可能根本没有想到这些，可是有一些人认为风波的罪魁是酒，另一些人认为要控制球场就要先教育看球的人。他们不但依据自己对社会心理的看法决定行动，而且本身也处在不同的社会心理环境之中。英国和中国的社会制度不同，社会心理也不一样，可是都出现了球场风波。闹事的人心里怎么想的？为什么会这样想？有的社会心理学书中就有足球场上狂呼乱叫的照片作为插图。不知道现在研究这类问题到了什么程度，有多少成果可供决策参考？

我不妨谈谈翻阅过的几本美国书和一本苏联书。这些书都标明是大学社会心理学课程用的，内容却不大相同。可以想到这是由于两国情况不同。美国的几本书也是彼此大不相同，这可以说是由于派别或者时间不同。60、70 和 80 年代的书的许多内容不一样，这显然是因为美国的社会问题重心有了变化。由此我们想，这门科学说来也有百年左右的历史了吧，成就不小，进展很快，可是还作不出像古希腊欧几里得几何学那样公认的定理系统，也许永不能开出万应灵方。这门学问必须结合当前社会实际，又涉及许多其他学科（不仅是社会学和心理学），而且很难像物理和化学那样在实验室实验，又不容易照生物学那样采集标本来解剖。美国的大学也做社会心理学的实验，还有不少的实验技术，但仍和社会上的实况不能等同。社会上的事又不能重复试验。不能再制造一场同样的球场风波去测量群众心理，搜集数据，只能分析并预报。不论预报灵不灵，由于干扰因素太多，一次、几次也摸不清规律。这些特殊困难并没有阻止科学家前进，他们还不断有新发现。听说社会心理学在有的国家还成了热门，大有供咨询的价值，引起了不少人的兴趣。

不过确实有个实际难题：社会心理学可以学，应当学，但我们一般人怎么学呢？听说我国有的大学开了这门课程，可惜有机会听讲的只是能上大学的少数人。苏联1979年的大学课本译出来了，只是理论，远远不够用。美国的本子不同，实例太多，实在不好译出。一是太乱，没有“统一教材”；二是变得太快，译本尚未印出，原书可能已改版；三是内容讲的是美国，和我国很不一样。我国人自己写的社会心理学的书听说也出版了一本，我没有见到。我想这书无论怎么好，一本也不够用吧？我谈了半天岂非都是废话？因此我只好拿出一个外行的可笑主意了。那就是，自己动手研究。不从定理出发，而从实际出发。比如，足球场同排球场、羽毛球场不同，场内、场外不同，赛跑、跳高、游泳等运动场上情况不同，同一个场上的运动员、教练、裁判、主持人、观众又不同，这些“场”上的人心理状况怎样？为什么足球场上爱起风波，中外都有？又如随地吐痰，不仅是生理问题，还有心理问题，不止一个人是这样，所以还有社会心理问题。这些人是怎么想的？为什么会这样想？研究时首先要自己提出问题，分析一下，加上看书、问人并且亲自观察、思考。其实我国从孔子起就开始研究社会心理问题。比如他说：“及其壮也，血气方刚，戒之在斗。”如此等等。古人不会现代科学，说话另有一套。我们要找点现代科学书和杂志来看。有了问题，自己动手，再参考别人的说法，一比较，兴趣也有了，道理也来了，说不定还对工作大有益处，对身心健康也不无小补呢。这当然不能应付考试得分数，不过比啃书本背诵现成定理总会更有意思吧？

无声的惊雷

年近八十，有件小小的憾事，说也好笑。在三十年代初“九·一八”以后，许多青年学日文，不是为迎日本人而是为抗日本人。大家急欲知道日本小国为什么能欺负中华大国。这正和甲午战争吃败仗以后，前世纪末，本世纪初，许多人学“东文”去“东洋”的一阵热类似。那时我才过二十岁，没有热起来，不学日文。过了近五十年，七十年代末，我快七十岁了，忽然读日文。可是不行了。尽管学得不慢又能领会，独自啃得起劲，却随学随忘，记不住了。听说王力教授八十岁学日语。他是语言学家，照学不来，只好废然知返，不学了。学了一点点、我的微末企图也算实现了，尝到了日本人讲话作文的语气味道，不仅是说“初次会面，多多关照”。本来就没敢存直接读夏目漱石的奢望。《我是猫》、《哥儿》连题目都没有传神译法，不学日文也能知道。这也不是学会普通日文就能领会的，我只是有一个不好的习惯。读文学作品若一点没接触过作者所用语言，不明语气，就觉得不大舒服。不能读原文也得知道一点原来是什么样子。读译文会忽而想起原来该是什么样子。占文古诗。若不官己也尝试写写，作为自己的用语，就觉得耳边听不到“觚不觚，觚哉！觚哉”的叹息之声。在没有听到人说苏州话以前。我一直觉得《海上花》中的“来哉”像古文，话一上口，就活了。哪怕少到只有可怜的一点点，我也要想方设法去直接看看对方的真面目。从“一斑”去测度“全豹”。这大概就是从小在偏僻小县寒微家庭里养成的狭隘心胸吧？

我为什么到老年忽然对日文有了兴趣呢？其实不过是为了想知道一点夏目漱石怎么说话。这位先生名气很大，汉译作品一直很少，而且例如《草枕》，连题目都没法懂，译文比《易经》还难读。到八十年代才陆续出了一些可读的译本。他的早期以后作品如《二四郎》、《门》、《心》等，我才读到译文。

我发愤要学日文时这些书还未出版。我感到如果不去见见这位明治时代的五十岁就去世的老先生，听听他的讲话，恐怕就往上无法了解维新前夕狱中办学被处死的吉田松阴，往下无法了解昭和时代的文学群星。难道夏目的小说里有这些人吗？没有。琐琐碎碎啰啰唆唆。那只是靠文字之美吸引人吗？不是的，这里面有深沉的心声，不是“于无声处”去“听惊雷”，而是一片乌云，内有惊雷，听是听不见的。越进入“云深不知处”，越是觉得夏目先生在本世纪初年好像已经看到本世纪末年的日本了。这雷是什么？是要用突变和极端来消除内心矛盾的行为吧？是郁闷的心声吧？连几部小说都讲三角故事。可是怎么变也走不出三角去。听说日本人现在也还在读漱石作品。他们怎么想的，我无法知道。便是我，若三十年代就学日文读夏目漱石，也不会听出什么惊雷，说不定只能欣赏他的早期小说《哥儿》的。

由此我想到一位欧洲古典小说家，本来地位不高，名气说大不大，说小不小，到二十世纪，到现在，忽然名声显赫了。我说的是英国中年早逝的女作家奥斯丁。她生当十八世纪末到十九世纪初，正是法国拿破仑在欧洲叱咤风云仅有英国据海岛以海军对抗之时，也正是英国殖民势力在全球膨胀之时，可是她的小说对这些几乎毫不涉及。四大名著说来说去是小城镇小男女的婚姻纠葛。难道作者是玩弄文笔小巧的仙子“不食人间烟火”吗？我看不是。我也是到七十年代后期才通读她的六部小说原文的。许多评论我几乎一点不知道。我只是有个感觉，那正是当时英国本土普通老百姓中一部分人没落的遗照。这样的人也许是再也没有了。这样的心还有没有？“傲慢”哪，“偏见”哪，“理智”哪，“情感”哪，难道仅仅是书中那几个人的心吗？这位女作家不是仙子。她跳不出当时英国及世界形势的如来佛手掌心的。

不是那样的时候不会出那样的人。她对这些人最熟悉，又最会“抓拍”表现，又会讲话，所以就写出来这样的小说了。若要她写威灵顿和纳尔逊两位将军，恐怕不行。那时女子还不能举重和踢足球的。当然她和夏目很不一样。夏目是自觉的，有意的，目光远射。她未必深入英国人心灵深处而且担心未来。两人相差有一百年啊！

还有一位西班牙作家阿索林。他是“九八年一代”即前世纪和本世纪相交的时期的作家，正当西班牙失去殖民帝国地位的倒霉时期，和夏目同时而处境相反。他的作品至今只有一些短小的散文译出来。这里面有当时的文学运动吗？

有潜伏着而到三十年代爆发的吸引全世界注意的内战的预兆吗？看不出来。难道真的没有？那些旧西班牙平常人的生活中撇不出无政府主义和法西斯主义所依据的心理影子？我看这些散文时总觉得好像进了一个无生气的古老世界，好比进了乌云。只怕这就是惊雷的老家。

还有一位和这些相仿佛而又不大一样。日本的自然主义作家德田秋声在一九四一年即日本侵略中国作战已久而又要进攻英美的前夕，在报上发表了连载小说《缩影》。写的是艺妓。这可谓远离生活了。然而日本军部可不这么看。他们下令把这篇小说腰斩了。这成了"未完"的连载。作者也不写下去，再过一年就去世了。到底德田当时是不是有意和军部做对而反战呢？小说里是看不出来的。

我唠叨这些话绝不是要说什么"淡化"。只是谈一点感想。作者是只能写他所熟悉或比较熟悉的面貌及心声，可是读者却可以在后来才明白的大背景上看当时的小人物小事件。正好像在天空中看到一片乌云听到隐隐雷声一样。"山雨欲来风满楼"，不一定人人都同样感觉得到云中有风，风中有雨，雨后回想就不一样了。这也许是许多老作品能一阵又一阵再度行时的缘故吧？作品的效应关键在读者。作者不过是巧妙地弹动键盘吧？当然，在作者有使命感和读者有受教育心情的今天，不会再是古典文学的时代了。所以我这些话只是谈谈过时的文学而已。古时，陶渊明不写"五胡"，曹雪芹也不会写"十大武功"的。然而他们都跳出了时代环境吗？

1991 年

寂寞

李白诗云："古来圣贤皆寂寞。"鲁迅的《呐喊·自序》全篇是寂寞二字。这也可算是他的大部分作品的总序吧？"两间余一卒，荷戟独彷徨。"这还不寂寞吗？屈原、陶潜当然寂寞。"国无人莫我知兮！""奚惆怅而独悲？"正是寂寞。《秋声赋》、《赤壁赋》至今还有人读，但有几个人体会到六一居士欧阳修和东坡居士苏轼的寂寞呢？龚定庵（自珍）诗云："忽筮一官来阙下，众中俯仰不才身。新知触眼春云过，老辈填胸夜雨沦。《天问》有灵难置对，《阴符》无效勿虚陈。宵来客籍差夸富，无数湘南剑外民。"末两句说的热闹，正是反衬前面说的寂寞。外国人也不能免寂寞。哈姆莱特、堂吉诃德是寂寞的。卢梭的《孤独漫步者的遐想》（汉译本名《漫步遐想录》）开头就说："我在世间就这样孑然一身了。"这是个人的寂寞吗？马尔克斯的《百年孤独》算不算民族的寂寞？夏目漱石的《三四郎》，川端康成的《古都》，不也是散发着寂寞吗？先驱者孤独，落伍者孤独，同有寂寞的感慨。但是究竟谁属先？谁属后？有的人在千百年历史中还反反复复不能论定。大哄大嗡有时是掩盖着内心的孤独。自称“孤家”、“寡人”的人，孟子赐名为“独夫”的人，同样是寂寞的。前呼后拥，一呼百应，可是最后连妻子儿女都不可信赖了，何况朋友？刺凯撒的不是他的亲信布鲁图斯吗？“你也……”凯撒的这句临终遗言道出了他的寂寞。难道友情毕竟是空话和幻想，而寂寞是人类与生俱来的吗？当然，不感寂寞的人不是没有，而且也许还很多。不过也许是自己不感觉而已，未必不是孤独的。害怕寂寞可能也是人类的天性之一吧？尤其是老人，看来是能耐寂寞，其实是身不由心。儿童没有不喜欢有伴侣的。十载寒窗独守，心中想的还是“颜如玉”，要做“人上人”。深山隐居也免不了要耕田、种花或读书；成不了木偶。鲁滨逊独自生活在孤岛上是不得已的，他也还要有个“礼拜五”作奴仆。笼中鸟、哈巴狗和小花猫不是为了排除养它的人的寂寞吗？奇怪的是，人既不甘寂寞，又要伤害伴侣。不吵嘴、不反目的夫妇能有几对？“相敬如宾”或者“夫唱妇随”可以相安无事，然而前者是套上玻璃罩子保持距离，后者是一个主宰另一个，一比零。一加一等于二，怎么二人就不能“亲密”成为一个整数“友”呢？难道人真是类似箭猪或刺猬吗？刺猬即使成为排队的兵马俑，也不能在伸出刺时互相依靠的。那怎么能不感到寂寞呢？相对无言大概可以保持友谊。怪不得有人说：妙论是银子而沉默是金子。原来沉默不仅是寂寞的伴侣，却也是对付寂寞的办法。能用“呐喊”对付寂寞的恐怕只有鲁迅那样的人了。多出来几个鲁迅好不好？

1988年

批评

批评之难，难在见识高明，并不难在博学多闻；难在认识人家所不注意或看错了的货物，并不难在知道人家所见不到的古玩；难在既能“目光如炬”又能“心细如发”，并不难在能抓住一种商品做出有声有色的广告；难在能说出人家乍看吃惊以后经过思索才佩服的话，并不难在能说出人家想说未说因而觉得“适获我心”引为同志的话，因为那样不过是会说话而已。平常以为敢骂名人的难得，其实往往有的也只是“立异以为高”；而且人孰无过，能找错并不算大英雄；敢指出人家所未赏识的好书才真正难能可贵，因为既见实力又见魄力，自己有真知确信，人家也从此得益；而且有书为证，有目共赏，只要批评者但求推荐，别无野心，并不是倡言“提拔”，藉资号召，这种批评就真不容易。否则，批评者若只做应声虫而已，批评云乎哉！

1936 年

（“批评”指文艺批评和书评，这是三十年代说法。1991 年自注。）

不悔少作

古代文人常“悔其少作”，这是“文章老更成”的表现。我老年回想起少年时习作，不但不悔，反而有羡慕之意，可见没进步。

一篇是两三千字的小说，题为《雨》。写的是一个小男孩路上遇雨。一个经过他身边的坐轿子的少妇将他收进轿子，带回家，又派人送他回去。全篇只有男孩子在雨中轿中女人怀中的感觉和幻象。这是三十年代初写的。我刚满十八岁。这分明是十八岁青年对八岁儿童的幻想。现在八十岁老翁想起来，叹息再也没有幻想了。

又一篇题为《此中人语》，稍长些，也不过四五千字。日落后满天星斗，乱葬岗上飘浮起一个个古今鬼魂。男女老少各用不同语言，各有不同心事，互不相识又互有渊源，互不搭理又互通声气。明月升起，光照下一个个消失。这一篇比前一篇写时略晚，仍是一派胡思乱想。过了六十年，我的思想还没有走上正道，可是再想胡言乱语也办不到了。

过了二十周岁，我试写一篇独幕短剧。题目想不起来了。舞台上有几个男女青年出没，各个不同。或独白，或交谈，或辩论，做出种种形象，提出种种奇谈怪论。人物上下转场时舞台灯光随情调而变色，还配上音乐。青年不一定都是大学生。所谈的人生问题一塌糊涂。当时本世纪才过了三十三年，现在过到九十三年，快“世纪末”了。对人生，我没有明白过来，反而更加糊涂了。

三十年代第一年我到北京。那时首都是南京。北京叫北平，是“故都”。我一到就赶上九月。没过多少天，重阳节下大雪。马路冰冻到春天还不化。一阵阵春天的风大得可怕。出门便是尘土飞扬。

我见到的是一片荒凉冷落，处处是“古已有之”的气息。我白天去市立图书馆乱看书。晚上在公寓的斗室内听院中一片喧哗，有拉胡琴唱戏的，有开留声机放外国音乐的，有提篮子叫卖“半空”花生、冰糖葫芦等等零食的。偶然还有卖唱的小女孩随着琴师在隔壁房门口唱下流小曲给“大爷”听。那些“大爷”饮酒听歌常呵呵大笑，身份好像是大学生，挂名不上课。有一次居然还来了一位女客，被一口一声称为“密丝”。杂乱的“交响”“奏鸣”曲中有叫“伙计”拿“开壶”（开水壶）的大声呼唤好像节拍。在这样的氛围中，我只有提起小楷羊毫在“毛边纸”的本子上涂抹，一篇又一篇。毫无目的，也不是“习作”什么，不过为了排遣外界干扰而已。不料有位朋友当上某报副刊编辑，抢去我的本子，不征求同意便在缺稿时拿我的小玩意儿填充空白，随手代署上不同名字。好在我知道不会有人看，算是帮助朋友，也未抗议。现在想起来的这三篇都是他用过的。见报时我有点吃惊，又有些不好意思，还担心会遭耻笑，挨骂。幸而无人赏脸一看，蒙混过去。又不料至今还不忘，忽然想起来。词句怎么写的，一点也记不得了，总是够荒诞的。此时虽然脸皮已老，不会脸红，不悔而羡，究竟不大放心，不知会不会有人笑。

龚定庵（自珍）诗云："少年哀乐过于人，歌哭无端字字真。"对我来说则是："少年惯做荒唐梦，不哭不歌字字虚。"

老人多喜向后看，细数来时路。我也不免。想向前看，只见火葬场。入场以后呢？只怕是要参加"此中人语"了。少作想了起来，又胡涂乱抹了一篇。若能供人发笑，也就不虚执笔，算是老年的我向少年的我争胜吧。

茶毗前谈：逍遥游

一、茶毗

我在北京八宝山顶火葬场上飘飘然站了起来，说不出的轻松愉快。我没有了。是我，又不是我。还有知觉，一片清明，却没有形体，也不是灵魂。

我没有了。所以对我来说，一切都没有了。又可以说是一切都还有，只是没有了我。我成了一切。那多好啊！自由自在，无拘无束，无思无虑。再也没有什么遭遇了。更没有问题可想了。我不“在”，所以也就不“思”了。这比笛卡儿的“我思故我在”更容易证明，容易理解。

火葬，佛教徒称为“茶毗”或“茶毗”。前两个字也一样，本是一个字。又叫“阇维”，字异音同。这些都是一个印度古字用汉字记音。意思大概是火化了，变成了一堆灰，或者说是吹熄了火。一阵风或是一口气吹过去，火灭了，熄了，这叫作“涅槃”，又是印度古字译音。这字是佛教徒创用的，汉语意译是“寂灭”。照宗教信仰说起来，可就是另一番境界，有点神秘说不明白了，但说来说去离不开“寂灭”，不过是成为专门术语特殊符号了。

可惜的是此时此刻我还没有“荼毗”，更不能说是“人涅槃”。还活着，所以还存在，还思考，这就免不了要受苦。不能不思，那就思一思这个“思”行不行？

三百多年前欧洲出了一个笛卡儿，追究过这个“思”，说是“理性”（这词本来是译音兼译意）。两百多年前欧洲又出了一个康德，更加追根究底盘问这个“思”，对“理性”大加分析批判。一百年以内还有人追问。欧洲又有个维特根斯坦干脆以为思维离不开语言和逻辑（这又是音义兼译的词），因此问这以外的问题是白费脑筋。对逻辑（也是数学）的认识不大容易，对语言的认识比较不那么难，个个人天天都在说话嘛。于是对语言的探索大有发展，把种种语言当作思维的种种符号。符号不仅运载信息，而且制约思维，还在接收者那里变化信息。这种想法正在有些人的思想中爆炸。抽象难懂的物理学化为原子弹，大家就知道它的利害了。对符号的种种看法会不会也这样？那就要看种种通讯方式的变化和电脑、遥控及所谓机器人或人工智能的发展了。那些都是靠符号输入输出信息才会有的新东西的胚胎。岂但机器人？活人也免不了在符号圈子里转。大庙放火，小庙烧香，拜神像，佩戴神符，重复不断念咒语，这不都是符号在作怪吗？这类行为都不用思考，出了笛卡儿和康德等思想家的圈子以外了。

人是创造符号的动物，早就开始了符号活动，不仅是会用语言符号。但认识到符号的神通广大是最近才开始的。人创造了它，又受它的愚弄支配。这个孙猴子是不能压在五行山下的。符号是人类的创造物，也是人类自己。我“茶毗”了，这才明白过来。

闲话太多，便是在闲谈中也惹人厌，还是谈谈我自己在“茶毗”之前的一些想法吧。动嘴又何如动手？不吵架，不打人，手摇笔杆写点下来，也算是思而又行了。若有看官，请勿见笑。我随笔写出，你随手翻过，又何必去问，是“此中有真意”，还是“满纸荒唐言”呢？

二、逍遥游

我没有了。没有我了。没有形体，没有灵魂，最多剩下一个符号，这一下子就想到了庄子说的“逍遥游”。

《逍遥游》这一篇文说的全是有限，不是无限，没讲到“茶毗”，更没讲到“茶毗”以后。他在有限之中的思维方向路线是将确切引向不确切，和科学的讲定盘方向相反。

庄老夫子的观察、思考、想象、表现的能力实在可惊。他说：“水之积也不厚，则其负大舟也无力。覆杯水于坳堂之上则芥为之舟，置杯焉则胶，水浅而舟大也。”空气和水一样。“风之积也不厚，则其负大翼也无力。”这里几乎要像阿基米德那样叫出“优里卡！”（我找到了。）可是没喊。没找到，因为不想去找。

大约两千三百年前，阿基米德洗澡，泡在水里，这时他发现了浮力，喊出了这句名言“优里卡”，直到如今还在许多外国语中应用，字典里也有这个希腊字。庄子观察到了浮力现象，还想到了“风”（空气），他发现的是什么？有什么下文？阿基米德想到排水盆，想到物体的成分、重量和水的浮力的关系，由此观察实验又经过数学推导出液体特性和一条定理。这些是庄子丝毫不感兴趣的。庄子问：“天之苍苍，其正色耶？其远而无所至极耶？”已经问到近代天文学的问题了。然而他的问不是为了回答，是为了不回答，提出问题随即取消。

和这两位差不多同时的孟子说：“天之高也，星辰之远也，苟求其故，千岁之日至（冬至、夏至）可坐而致也。”这个“故”是什么？他并不去“求”，反而说：“所恶于智者为其凿也”。他厌恶“凿”，要求“智者亦行其所无事”。这就引不到算术代数几何了。那都是无事找事，而且要求确切，太“凿”了。苹果落地，本来如此，是自然之理，何必问其“故”？火星运行不规则，那就叫它“荧惑”，何必因此去问，天昼夜旋转到底是以地球为中心还是以太阳为中心？

古时地中海沿岸的欧非亚三洲的人从观察引向解说，归于数学公式，几何图形，演算推导。中国古人也会观察，会提问题，但不是为追究而是为判断。会创造发明而不“求其故’。又喜欢用形象誉喻符号而不爱用抽象数学符号，不去列麻烦的符号推导公式，讲“术数”也是向算卦算命摆阵图的方向发展。

印度人又不同。他们习惯说“无始时来”。这不是中国话。我们说什么都是有确定起点的，自从什么什么以来，怎么能“无始”？“自从盘古分天地”就有个“始”。中国人想的是直线，有向线段。印度人想的是循环圆圈。地中海人的几何图形兼有两者。印度人还分析有形之物（“色”）到不可再分，取了个名字。中国南朝梁陈之际（五世纪）有个印度和尚真谛来中国广州、南京，将此字译成“邻虚”。实在是好。紧靠旁边就是盛空，零。到了无限小的极限。玄奘改译成“极徽”，正面落实，合于中国习惯。印度人爱从负号一边想。中国人爱从正号一边想。然而印度人走到这一步，方向也不是数学而是宗教哲学。他们发明了记数目的零（就是佛教的“空”，一个字），但不把极限也用符号表示，没有把极大极小符号的各种关系引进数学，以致“小石头”（微积分一词的本义）到十七世纪才由牛顿和莱布尼兹发明出来。“空”（零）和“邻虚”（原子），印度人想得到而不追问，中国人不去想。我们喜欢务实，不喜欢“空”，厌恶抽象思维，瞧不起“凿”。欧几里得在非洲亚历山大城讲抽象的点、线、面，编出“几何原本”。这书（改编本）在明清之际就传过来，译出来。那已经是十七世纪，笛卡儿发明解析几何了。我们连在那以前一千多年的开山之作基础读物也没有几个人愿意学。

一个圆内的多边形发展到极限就接近圈了，但还不是圈。这和“邻虚”是一路想法。一丝一毫都不马虎，真“凿”啊！单是想还不成。若不符号化，不推究，不演算，哪里来的微分，积分？中国人早就想到函数关系，知道“勾三股四弦五”的勾股定理，有人精确计算圆周率，可是在一般习惯的思维方向路线上，我们和古时地中海沿岸的欧非亚三洲的人，和古印度人，都很不相同。我们很容易学会他们的实际结果，但很不容易创造出那一类符号体系。我们发明了实际东西如火药、罗盘，都只起一个头，留给人家去发展，自夸是“老祖”，有时还扬扬得意。我们爱好的是类推比喻，“东风压倒西风”。往往不问后事如何，“且听下回分解”。好预言而不好预测。

我没有了，但仍不逍遥，仍旧胡思乱想，只算是邻于逍遥吧。摆不脱老习惯，仍旧不能抽象思维，所以我毕竟是中国传统的人，“茶毗”以后也变不了。

泪

“男儿有泪不轻弹，只因未到伤心处。”这是昆曲《林冲夜奔》中的台词，好像是出于明朝李开先的《宝剑记》。近来不止一次见到报刊上有人引用，由此想起，有男无女，岂不偏向？是不是古代女子都像老前辈贾宝玉先生说的那样是水做的，容易流泪，和男的不能相比？可是也不尽然，那位以流泪出名的林黛玉女士魂归离恨天时只说了半句话：“宝玉！你好……”并没有大哭一场。大概是伤心哭过以后泪就干涸了吧？于是我想补一句：“女儿有泪不重弹，只因已过伤心处。”

我一生认识的女的，除去家里人，连勉强可以算是朋友的在内，好像全是嘻嘻哈哈的，没有愁眉苦脸的。这并不是说，她们个个都没有伤心事，不过是不肯当着人在脸上表现出来罢了。有一回，我和一个女朋友谈到此事，当然那是在青年时代，她嘴一扁说：“人家有眼泪也不会当着你哭。”我问为什么。她说：“怕你笑。”说着她自己也笑了。笑确实是止哭的妙药。

又一次，我和另一位女朋友谈天。两人都是二十几岁，彼此对坐，并无他人，说话毫无顾忌。忽然不知说到什么事，我说了大概是不大妥当不好听的话。她脸一板，转过头去对着墙。我也下意识地转过脸对着窗户。窗外有一棵小树，仿佛是月季，正开着几朵花，在阳光下显露红艳艳。我忽觉不对，转过头来，恰好她也同时转头，脸对着脸。我还看见她手中拿着一块小手帕正在往袋里塞。她仿佛生气了，问我："你为什么转过脸去？"我脱口而出："你为什么转过脸去？"她愣了一下，说："你别以为我哭了。我没流眼泪，你不许瞎胡想。"我忙回答说："我看得见你脸上没有眼泪。我又不是瞎子，怎么会瞎想？"她一听，笑了。笑解消了差一点酿成的心里疙瘩。

有时也不是那么容易以笑解哭。整整六十年前，一九三三年，我还只有二十出头的年纪，有一位好朋友突然被捕了。他是无缘无故受连累，所以不久便放出来。但我听到消息时以为入狱就不能活着出来，很伤心，又哭不出，便信口占了一首五言律诗，还加上一段小序。这诗后来给那位朋友看到，他又转给别人看，过了些年，再转回到我手里，所以至今还能记起来。不用说，这是一周甲子以前属于过去时代的过去故事，诗也是古老的作品了。但也不妨写出来再看看。诗题是《即事》。序中说：

"癸酉冬，至友某突遭禁锢。怀璧其罪，腹诽当诛，天王圣明，夫复何言！结习未忘，缀成四十字。代哭不成，书愤不敢，聊以记事耳。"

诗云："泪尽何堪哭？心伤转不惊。有头皆罪犯，识字是灾星。止渴安求鸩？入山莫避秦。同怜亲尚在，南望白云深。"

这一回我没有哭，没有流泪，但还作了诗。从此以后不但没有哭过，连这样的诗也不再作也作不出了。真是泪尽了，或者是本来就没有眼泪，眼泪都在前世浇了什么草了。那草生在沙漠里，泪水也没有救活她，所以今世不仅我自己没有泪，也没有看见人对我流过泪。

1993 年 9 月

遗憾

一生快到尽头了，照说是往前看不见什么，多半要往后瞧，检查一生走过的足迹。我耳目不灵，动作不便，不宜出行，一个人躲在小屋内最便于回忆，却胡思乱想，偏要向前看。几年后，几十年后，几百年后，一直可以想到地球末日。于是记起梁启超《饮冰室文集》里译的一篇小说《地球末日记》。说的是太阳冷却，地上全是沙漠和冰雪，只剩下一对男女在赤道附近的最高山峰顶上晒夏天中午的太阳。他们指点江山，评说历史。落日下寒气越来越重，抵御不住，两人相抱，同归于尽。小说末尾是，死了的地球仍环绕正在死去的太阳旋转，只有爱留了下来，没有随这对男女逝去。我看时只有十二三岁，不大懂。这篇小说写前一世纪末欧洲人的知识和心情。他们的世界还很小，想不到会有人造卫星，人能上天。热力学第二定律正在行时，还不是生态学说。现在又到世纪末了。我向前看，不料回到了过去，看到十来岁的自己。这是不是爱因斯坦的说法，宇宙是有球性的，光线笔直前进会回到原处？于是想起了看《相对论ABC》迷上天文学夜观星象的我。那时我二十几岁，已来北京，曾经和一个朋友拿着小望远镜在北海公园看星。织女星在八倍望远镜中呈现为蓝宝石般的光点，好看极了。那时空气清澈，正是初秋。斜月一弯，银河灿烂，不知自己是在人间还是天上。

思前想后，一生有什么遗憾没有？从上面说的可以看出，若要说遗憾，第一件便是没学到科学。我的科学知识只有幼儿园程度。上小学时竟敢拿哥哥的《查理斯密小代数学》去看，还有严济慈编的初中用《混合数学教科书》三本，里面讲了代数几何三角。书一开头便讲“格兰弗线”，还附一些数学家的肖像和介绍。爱看自己看不懂的书是我的老毛病。

到北京后知道上学无望，科学是学不到了，但还不死心，要去读外国大科学家写的小科学书。看懂了一点本来看不懂的书有极大的快乐，便想译出来给和我类似的人看。真是傻气十足，不自量力，居然译出三本天文学书。《通俗天文学》由商务买去稿，还曾再版。《流转的星辰》由中华出版。《时空旅行》译出交稿，正是抗战开始前夕，连稿子也不知何处去了。还和人合译《金枝》一卷本，想得点人类学民俗学知识，也遭到同一命运。那时我在西山脚下租了一间房，每天除译书外便学外文，还硬啃一本《光的世界》，一本《语言学》，都是英文的。房东是一位孤身老太太。租另一间房的一个人是学化学的，从日本回来，要到德国去。我向他请教，听他谈论日本。卢沟桥的炮声惊醒了我的幻梦。

这是遗憾，也不是遗憾，因为本来是做不到的事。我那时并不是狂妄，实在是无知，不懂得天高地厚，不知道自己能吃几碗饭。好奇心太大。不论费多大劲，能自己满足一点点就有无上快乐。越是难，越想试试，不可救药。

实在有点遗憾的是辜负了别人的期望。这就多了，要从我的母亲算起，算到老师，朋友。有人对我有点希望，我就觉得是欠下一笔债。令人失望岂不是罪过？有人也许说过便忘，我却难以自己勾销。在这里道歉也是白说。白说也要说，不好带去火化。想起这些还不清的账目我就头痛。拉丁文、罗马史，起了个头就断了。印度的古典、今典，钻进钻出，有理说不清，如入宝山空手回。这两个包袱已经压得我抬不起头来，别的更不用说了。鼓励的话，期待的眼光，想忘也忘不掉。

这一生东打一拳，西踢一脚，打一枪换一个地方，什么也说不上会，都比我读马列，学俄文，学锯木，抹泥，涂油漆，种稻子等等好不了多少。不管旁人怎么说，自己知道自己有多大分量。自知是块本来无用的废料，不过错蒙一些人赏识而已。所以尽管有遗憾，仍能笑口常开，时刻准备着上八宝山“火遁”去也。

告别辞

在由“八卦阵”中“休门”步人“死门”之时，我忽然想到，历来只有生者向死者遗体告别，然后离去，照陶渊明说的，“亲戚或余悲，他人亦已歌”了。还没听说死者向生者告别的。古人有“自挽”，“自祭”，今人有“遗嘱”，没有“告别”的。生者致悼词，死者岂可无词？何妨“自我作古”，拟作一篇。

设想我躺在那里排队等候火化，那时该想些什么，要说些什么？先是想到，此一去能会见多少在活人中间已无法再见的人，亲人，朋友。提到朋友便想起前天才得到的我的最好的女朋友的死讯。信中只说了年月日，没有说地点是在地球的这一边还是那一边。不过这不要紧。死人的世界是超出时间空间普通三维四维概念的宇宙，是失去时地坐标的。要紧的是死后以什么面目出现。若是离开人世时的形貌，我和她都已经是八十岁上下，鸡皮鹤发，相见有什么好？还不如彼此都在心目中想着两个二十几岁的男女青年在一起谈笑，毫无忌惮。“相见争如不见”，那么不见也罢，还是向生者告别为妙。

这时我不由得想起了苏格拉底。据柏拉图所记，他听到死刑判决时在法庭上说了一番话，末尾是：“现在是走的时候了。我去死，你们去活。哪一边更好，只有神知道。”这算是他的告别辞吧。他是哲人，临终还要讲道理。我是凡人，只能谈自己感想，不配议论活人。

儿时听说，人在死时要去收自己的足迹，凡是到过的地方都得再走一次。我一生去过的地方不多也不少，不过大半是坐船乘车或者搭飞机去的，路上不会有足迹。挪动两腿在一条路上天天来回走的，除小孩子时上学的路以外，只记起了两处。那里重复足迹太多，恐怕是非再去一次收回不可。

一处是贵州遵义。这在唐朝是播州，又据说在汉朝是夜郎国，要和汉朝疆域比大小，以此出名。那是一九四〇年，我失业无事做，决定不下出国还是不出国，和母亲住在朋友夫妇家里，每天出门去沿着一条小溪走到僻静处去看那清澈的流水和水中的游鱼。走来走去不知有多少足迹印在那里。有当时作的诗为凭证。

我来不见谪仙人，洗马滩头独步频。
未肯临渊谋结网，已甘学道敢忧贫。
常钻故纸弭豪气，间作狂言娱老亲。
无菊犹堪乐重九，卜居新得柳为邻。

诗中引古代诗人一个又一个，未免沾染了一点夜郎国的自大之气。这足迹非收回不可。

终于出国，经云南、缅甸到了天竺。一路上乘车乘船没留多少足迹。留下脚迹多的路是在鹿野苑。那是释迦牟尼成道后度化五比丘初次讲出“无常”“无我”“涅槃”的地方，称为“初转法轮”之处。这又是有位仙人动凡心掉下来的地方，称为“仙人堕处”。我住在招待香客的“法舍”里，每天在太阳西下时赶到中国庙的“香积厨”里独自吃下中午剩的菜饭，再出庙门便看到“摩诃菩提会”建的“根本香寺”前面大路上有“过午不食”的和尚居士或零散或结伴奔走。我加入其中来来去去，由此明白，古时释迦佛带着弟子罗汉菩萨的“经行”原来不是中国魏晋风流人物的“行散”。中国古名士吃五石散求长生以致全身发燥，不得不宽袍大袖缓缓走动。样子飘飘欲仙，其实是要解除药性引起的烦躁。“经行”是印度人所习惯的运动，不是治病，更非闲散，乃是大步流星仿佛竞走。于是我也练成这种习惯，“散”起步来不由自主便紧张移动两腿，毫无悠闲气派。这也有当年的诗为证。

往时圣哲经行迹，寂寞而今生绿苔。
古塔有灵还伫立，野花无主为谁开。
鹿王已证涅槃去，乌鹊宁闻圣谛来。
入夜豺狐争号哭，应知大地有余哀。

那是一九四三到一九四四年。斯大林格勒的苏联军队里外重重包围了困在城内外的德军三十万人，血战正酣。蒙哥马利率英军在非洲驱逐德军的“沙漠之狐”隆美尔。艾森豪威尔任联军司令在英国筹划到法国的诺曼底登陆。东方的日本霸占了东亚的南北部，赶走英美法势力，要和中国作最后决斗，拼个你死我活，但胜极而衰，外强中干，踏上了下坡路，等候“败军之将”麦克阿瑟卷土重来占领本土。东半球战火弥天，印度人处于前线边缘，在外国人统治之下，对战争无能为力，怀有复杂的心情。鹿野苑是乡下，没有电灯，天一黑就只有星光闪烁，加上时圆时缺的月亮。地上有蛇爬行，天上有秃鹫飞，夜间野兽晦声此伏彼起。可以想见古印度林居野处的修行人在树下坐禅修道时的环境，了解三衣、一钵、一杖为何不可缺少。我早眠早起，夜不出户，遥望黑暗中星斗推移，恍如在世外，又明知在世内，这才感觉到当初佛讲“苦”讲“寂灭”的语言内涵。出世入世并无分歧。纸上千言无非一语。在那里的路上有我的无数足迹，现在该收回了。

足迹收完，行将离去，便由死日想到生日。六十年前曾作一诗《生日》。

点点的雨，点点的愁，
这古井却永远都依旧。
丝丝的恨，丝丝的风，
该收拾了：瓜架豆棚。
一支人影，一支蜡烛，
桌上摊着别人的情书。
一声蛩吟，一年容易，
一天又添了一岁年纪。

“别人的情书”，是谁的？是我的友人的女友写的。友人说是“失恋”了。我把一叠信从他那里拿过来，一字未看，一张一张烧了。自己有没有？又想到新去世的女朋友。她在最后的信中问我要不要她所保存的我的信。我回信说，不要了。人亡物在，何必呢？至于她给我的信呢？那能算情书吗？有情的是五十八年前我送给她的那首诗。题是《镜铭》，下注：“掇古镜铭语足之以诗献S”。诗云：

见日之光长勿相忘，
则虽非三棱的菱花
也应泛出七色来了。
明月无常，星辰流转。
切莫滥寄你的信心，
须知永劫只凭一念。
见日之光长勿相忘，
惟阴霾时才成孤影。
愿人长寿，记忆常春。

“夜台无晓日”，不见日之光了。但愿有时记起我的人在回忆的春天里发出会心的微笑。

别了。

1993年5月20日癸酉年闰三月末日

用艺术眼光看世界

世界本来就不大，现在更加缩小得快。我们对宇宙、对地球以外情况的认识还在扩大。地上的人来人往信息流通越来越快。我们对世界上事、物、人的认识也飞快地扩大。知识的扩大就是所知的世界在认识中的缩小。越看得远，远处就越近。从宇宙看地球，从世界看中国，从外界看自己，正好同从地球观察宇宙，从中国看世界，从自己出发看外界，是并行的两道眼光。有个时期我非常惊异于自己居然感觉到，所谓东、西、中、外以至古、今，虽有很大差别，却又是走同一条路，有同一个方向，而且还有惊人的相似。我看到欧美正在吹嘘的“解构”不但未能“消解”，而且是在思想上从现代向古希腊复归，从苏格拉底后走向苏格拉底前，从孔子走向老子（“孔子问礼于老子”），从《诗》《书》走向《易》。我不明白这是前进还是后退，所以我想起张果老倒骑驴的故事。我是不是张果老？

事实上我还在兜圈子，还在摸索。我随着二十世纪的外国和中国的一些思想家、文化人前进。确实是前进，不是后退。

可是走来走去竟发现，在相对论、量子论以至语言学、心理学等等许多方面大踏步前进的同时，现象、存在、结构、诠释、解构之类困扰人心的一些思想还是像在兜圈子。不停地前进，越前进越像是走向小亚细亚一带即中东。全世界人的眼光此时正在向中东集中。思想上似乎也在向这连接欧亚非的广大地区集中，这里本是人类文明思想的一个传播中心、出发点和中继线。这也就是东罗马帝国及其周围。罗马皇帝和中国汉朝皇帝是有来往的。彼此语言文献不同，各地各民族自有思想来源和特色，但是古代犹太人，阿拉伯人、希腊人、罗马人最早提出的问题和答案仍然在变换和扩大，以不同面貌困扰着世界各地的人心。这是无论如何掩盖不住的，忽视不了的。几乎是到处一样。东起日本，西至欧美，出现一波又一波的同性质事件。若用含混而通俗的话来说，也许可以说是，科学思想的发展很大很快，但始终超不过宗教思想的发展。后者更多带感情，力量更大。这里我说的是文化思想，不等于哲学，也不指教派。

于是我想到了艺术。本世纪初年，蔡元培曾提倡“以美育代宗教”。显然他是在德国受到了前世纪叔本华、尼采的影响。他喜爱而且推重美学，在他主持的北京大学创立哲学系并且聘请教授开美学课。不料这是完全脱离中国特殊环境，误把北京当作巴黎，以致惹起轩然大波，终于从此没有美学课程。全国好像也只有南京大学前身的中央大学有宗白华在哲学课中讲美学。清华大学的邓以蛰讲的课是美术史。朱光潜从欧洲回国在北京大学教的也是诗学和文艺理论。直到五六十年代之交，这几位教授集聚在北京大学，还加上讲马克思主义美学的蔡仪。由上海复旦大学的周谷城引起，开了美学讨论会。热闹之后又过了一些年，美学一词才大量出现，而且不只是讲文艺理论和文艺学。艺术和艺术思想才有人研究。艺术才不是仅仅作为技术或工具或武器。但美学一词的歧义仍多，难有共识，不如艺术和艺术思想较为明白些。

用艺术眼光看世界行不行？这类似于问用科学方法研究美学行不行吧？我以为这无法单用谈话答复，必须同时有实践。正像讲佛教或任何其他宗教，千言万语，从教外到教内，都离不开信仰和修行。否则就不好算宗教，只好算宗教言论或宗教哲学了。脱离实践，可以是学术研究，但对思想不会有多少实际效益。我们很容易以为外国人的宗教都是政治。外国人也很容易认为中国的政治是宗教。这都是从实际行为得出来的感受，不是从理论。还有，也许就是因为都有艺术性，不是讲道理的。说战争艺术，军事艺术，外交艺术，人不以为怪。说宗教是艺术，科学是艺术，哲学是艺术，怎么样？前些年说，挖好一座水库是打了一次漂亮的战役。近些年说，教育人，培养出什么家，是一项工程，是系统工程。这些话是不是隐隐认为都是一种艺术？一种艺？破坏是艺，建设也是艺。分析是艺，信仰更是艺。“就是好来就是好”，不容分辩，这是艺术语言。

艺术家好像是反对科学的分析和哲学的抽象的，例如泰戈尔。他认为科学是以抽象的割裂破坏了天然的美和人为的艺术。然而艺术不全靠天才，是要学习的。可以不学而能无师自通的也许只有散文、小说、新诗。无论形象艺术，声音艺术，动手的艺术，动脑的艺术，空间艺术，时间艺术，语言艺术，非语言艺术，不管怎么说，不学多半不会。创作要学，鉴赏也要学。要学就要分别步骤，就有分析。不但学武、习文，连参禅、打坐、祷告、忏悔、礼拜，也有教有学。顿悟的天才不能说没有，但那不是普通人。说艺术反对科学，反对抽象，反对分析，那恐怕是有点误会。艺或艺术是讲整体的，和宗教一样，但又是可以分析的。创作和鉴赏都有过程，可以分析。科学要求分析。分析是为了理解整体。宗教如佛教，最讲整体，也最爱分析。

二十世纪的科学理论越来越像哲学，哲学也愈来愈趋向科学。鉴赏艺术看整体，讲解和理解艺术靠分析。不分析就一句话也说不出。宗教信仰，科学研究，哲学思考，宇宙、世界、人、事都可以这样看，是整体，又可分。若用艺术眼光看世界，会不会看成这样？艺术必带感情。看世界能不能不带感情？从这一点说，艺术是不是与宗教同科？艺术品并不都是光彩的，也有阴暗的，有高尚的，也有低下的。有光就有暗。先是怎么看，看成什么样，以后才会有是美，是丑，是善，是恶，等等价值判断。那时就有价值标准了。看的过程可以是自觉的，而多半是不自觉的，是可以用语言说的，而多半是不可以用语言说的，如同感情，如同信仰。艺术眼光当然只是一种眼光，不能排斥其他眼光而独霸。美育或艺术修养可以有宗教功能。艺，艺术，能使人入迷。但美育代替不了宗教。可以有人脱离艺术，艺盲，很少有人完全没有一点宗教感情。信什么，不讲道理，这本身带有艺术性。入迷，不过自己决不以为是迷，反而以为是清醒，觉悟，悟了道。艺术也是一种道。

简单说我的想法，那就是：用科学眼光看世界，世界是有规律运行的结构，可以由人分析，可以由人认识，理解，不过很难穷尽，也许根本做不到。用宗教眼光看世界，世界是由主宰支配的，依照主宰的意志而运行的（佛教在理论上无主宰，在实践中仍有主宰）。人对规律，对主宰的意志，能认识多少，是有限度的，而且是极其有限的。拜神的是宗教，拜物的和拜人的（例如祖先崇拜，偶像崇拜）也是宗教。科学和宗教这两种对世界的看法有很大差别，但不是对立的，而是并行的。宗教徒可以研究科学（如唐朝一行和尚）。科学家可以是宗教徒（如哥白尼神父）。用艺术眼光看世界，世界是变动的复杂的艺术品。创作者不知是谁，但不是主宰。世界没有主宰，不过有规律，可以分析，但创作有步骤而无规律，鉴赏不依靠规律和分析。可以认识，但不能有完全确定的认识。因此，艺术类似宗教，可以入迷，甚至必须入迷，但又接近科学，可以不受主宰支配。哲学没有一定的对世界的看法，而是一种对世界的建构。欧洲哲学的大部分接近宗教，所要解决的是宗教提出的问题。中国的照欧洲说法的哲学也接近宗教，是拜现世的宗教，努力于不可动摇的建构。

古今中外的普通人，大多数人，对世界的看法是接近宗教的。他们的主宰可以是神，可以是人，可以是自己。他们相信感觉和常识和语言，不耐烦分析和追问。较少的人是接近艺术的。更少的人接近科学。最少的人接近哲学。科学很难像技术那样普及。技术接近艺术。哲学的普及往往是宗教。

我写了不少文章，照旧是暗中摸索，只能说是我不懂所以要求懂。懂得多少，便试试看能说出多少。这便是我和人类文化思想捉迷藏。用宗教语言说，这是修行。用艺术语言说，这是练功。说到这里，我也就无可再说了。

1995年11月

读书·读人·读物

据说现在书籍正处于革命的前夕。一片指甲大的硅片就可包容几十万字的书，几片光盘就能存储一大部百科全书；说是不这样就应付不了“信息爆炸”；又说是如同兵马俑似的强者打败病夫而“大生产”战胜“小生产”那样，将来知识的强国会胜过知识的弱国，知识密集型的小生产会胜过劳动力密集型的大生产。照这样说，像过去有工业殖民地那样会不会出现“知识殖民地”呢？这种“殖民地”是不是更难翻身呢？有人说目前在微型电子计算机和机器人方面已经有这种趋势了。从前农业国出产原料廉价供给工业国加工以后再花高价买回来，将来在知识方面会不会出现类似情况呢？不管怎么说，书是知识的存储器，若要得知识，书还是要读的，不过读法不能是老一套了。

我小时候的读书法是背诵，一天也背不了多少。这种方法现在大概已经被淘汰了。解放初，有学生找我谈读书方法。我当时年轻，大胆，又在学习政治理论，就讲了些什么“根据地”“阵地战”“游击战”之类的话。讲稿随后被听众拿走了，也没有什么反应，大概是没多大用处，也没有多大害处。后来我自知老经验不行了，就不再谈读书法。有人问到，我只讲几句老实话供参考，却不料误被认为讲笑话，所以再也不谈了。我说的是总结我读书的经验，只有三个字：少、懒、忘。我看见过的书可以说是很多，但读过的书却只能说是很少；连幼年背诵的经书、诗、文之类也不能算是读过，只能说是背过。我是懒人，不会用苦功，什么“悬梁”“刺股”说法我都害怕。我一天读不了几个小时的书，倦了就放下。自知是个懒人，疲倦了硬读也读不进去，白费，不如去睡觉或闲聊或游玩。我的记性不好，忘性很大。我担心读的书若字字都记得，头脑会装不下，幸而头脑能过滤，不多久就忘掉不少，忘不掉的就记住了。我不会记外文生字；曾模仿别人去背生字，再也记不住；索性不背，反而记住了一些。读书告一段落就放下不管，去忘掉它；过些时再拿起书来重读，果然忘了不少，可是也记住一些；奇怪的是反而读出了初读时没有读出来的东西。忘得最厉害的是有那么十来年，我可以说是除指定必读的书以外一书不读，还拼命去忘掉读过的书。我小学毕业后就没有真正上过学，所以也没有经历过考试。到六十岁以后，遭遇突然袭击，参加了一次大学考试，交了白卷，心安理得。自知没有资格进大学，但凭白卷却可以。又过几年，这样不行了，我又捡起书本来。真是似曾相识，看到什么古文、外文都像是不知所云了。奇怪的是遗忘似乎并不比记忆容易些。不知为什么，要记的没有记住，要忘的倒是忘不了；从前觉得明白的现在糊涂了，从前糊涂的却好像又有点明白了。我虽然又读起书来，却还离不开那三个字。读得少，忘得快，不耐烦用苦功，怕苦，总想读书自得其乐；真是不可救药。现在比以前还多了一点，却不能用一个字概括。这就是读书中无字的地方比有字的地方还多些。这大概是年老了的缘故。小时候学写字，说是要注意“分行布白”。字没有学好，这一点倒记得，看书法家的字连空白一起看。一本书若满是字，岂不是一片油墨？没有空白是不行的，像下围棋一样。古人和外国人及现代人作书的好像都是不会把话说完、说尽的。不是说他们“惜墨如金”，而是说他们无论有意无意都说不尽要说的话。越是啰唆废话多，越说明他有话说不出或是还没有说出来。那只说几句话的就更是话里有话了。所以我就连字带空白一起读，仿佛每页上都藏了不少话，不在字里而在空白里。似乎有位古人说过：“当于无字处求之。”完全没有字的书除画图册和录音带外我还未读过，没有空白的书也没见过，所以还是得连字带空白一起读。这可能是我的笨人笨想法。

我读过的书远没有我听过的话多，因此我以为我的一点知识还是从听人讲话来的多。其实读书也可以说是听古人、外国人、见不到面或见面而听不到他讲课的人的话，反过来，听话也可以说是一种读书，也许这可以叫做“读人”。不过这绝不是说观察人和研究人，我说的是我自己。我没有那么大的本事，也不那么自信。我说的“读人”只是听人说话。我回想这样的事最早可能是在我教小学的时候。那时我不过十几岁，老实说只是小学毕业，在乡下一座古庙里教一些农村孩子。从一年级到四年级都在大殿上课，只有这一间大教室。一个教师一堂课教四个年级，这叫做“复式教学法”。我上的小学不一样，是一班有一个教室的；我的小学老师教我的方式这里用不上。校长见我比最大的学生大不了多少，不大放心，给我讲了一下怎么教。可是开始上课时他恰恰有事走开了，没有来得及示范。我被逼出了下策，拜小学生为老师，边教边学。学生一喊：“老师！先教我们，让他们做作业。”我就明白了校长告诉的教学法。幸而又来了两位也不过二十岁出头的教师做我学习的模范。他们成了我的老师。他们都到过外地，向我讲了不少见闻。有一位常在放学后按风琴唱郑板桥的《道情》，自己还照编了一首：“老教师，古庙中，自摇铃，自上课……”这一个学期我从我教的小学生和那两位青年同事那里学到了很多东西，可是工资除吃饭外只得到三块银洋拿回家。家里很不满意，不让我再去教了，我觉得很可惜。现在想起来才明白，我那时是开始把人当作书（也就是老师）来读了。现在我身边有了个一岁多的小娃娃，我看她也是一本书，也是老师。她还不会说话，但并不是不通信息。我发现她除吃奶和睡觉外都在讲话，她发出各种各样的信号，不待“收集反映”就抓回了“反馈”，立刻发出一种反应，也是新信号。她察言观色能力很强，比大人强得多。我由此想到，大概我在一岁多时也是这样一座雷达，于是仿佛明白了一些我还不记事时的学习对我后来的影响。

我听过的话还没有我见过的东西多。我从那些东西里也学了不少。可以说那也是书吧，也许这可以叫做“读物”。物比人、比书都难读，它不会说话，不过它很可靠，假古董也是真东西。记得我初到印度时，在加尔各答大学本部所在的一所学院门前，看到大树下面有些大小石头，很干净，像是用水洗过，有的上面装饰着鲜花。后来才知道这是神的象征。又见到一些庙里庙外的大小不同的这样的神像石头以后，才知道这圆柱形石头里面藏着无穷奥妙。大家都知道这是石头，也知道它是像什么的，代表着什么，可是有人就还能知道这里面有神性，有人就看不出。对于这石头有各种解说。我后来也在屋里桌上供了一个这样的石头，是从圣地波罗奈城买来的。我几乎是天天读它，仿佛学习王阳明照朱熹的“格物”说法去“格”竹子那样。晚清译“科学”一词为“格致”，取《大学》说的“格物致知”之意。我“格物”也像王阳明一样徒劳无功，不过我不像他那样否定“格物”，而是“格”出了一点“知”，觉得是应当像读书一样读许多物。我在印度鹿野苑常去一所小博物馆（现在听说已扩大许多倍），看地下挖出的那些石头，其中包括现在作为印度国徽的那座四狮柱头，还常看在馆外的断了的石柱和上面的刻字。我很想明白，两千多年前的人，维持生活还很困难，为什么要花工夫雕刻这些石头。我在山西云岗看过石窟佛像，当时自以为明白其实并不曾明白其中的意义，没有读懂。我幼时见过家里的一块拓片，是《大秦景教流行碑》，连文字也没有读懂，读《呐喊·自序》也没明白鲁迅为什么要抄古碑。有些事情实在不好懂，例如我们现在有很多博物馆，却没有听说设博物馆专业和讲博物馆学，像设图书馆专业和讲图书馆学那样。有的附在考古专业里，大概只讲古，不讲今。听说南京大学和杭州大学有，但只是半个，叫做“文博”（文物考古和博物馆？）专业。北京大学曾有过半个，和图书馆学在一起，不知为什么取消了。我孤陋寡闻，不知别处，例如中山大学，还有没有。我们难道只是办展览会把古物、今物给别人去读吗？可见“读物”不大被重视，似乎是要“物”不要“读”，“读物”不如读书。记得小时候一位老师的朋友带给他一部大书看，说是只能当时翻阅，随即要归还原主。老师一边翻看，一边赞叹不已。我没见过那么大的书，也夹在旁边站着看。第一页有四个大篆字，幸而我还认得出是《西清古鉴》。里面都是些古董的画。我不懂那些古物，却联想到家中有个奇怪的古铜香炉，是我哥哥从一个农民那里花两块银洋买来的，而农民是耕地耕出来的，还有一把宝剑，被人先买走了。我想，如果这些刻印出来的皇宫古物的画都得到老师赞叹，那个香炉若真是哥哥说的楚国的东西，应是很有价值了。我却只知那像个青铜怪兽，使我想到《水浒传》中杨志的绰号“青面兽”。我家只用它来年节烧檀香。这个香炉早已不知何处去了。我提到这个，只希望不再出现把殷墟甲骨当做龙骨，当药卖掉、吃掉；只想说明到处有物如书，只是各人读法不同。即便是书中的“物”也不易读。例如《易经》的卦象，乾、坤等卦爻符号，不知有多少人读了多少年，直到十七世纪才有个哲学家莱布尼兹，据说读了两年，才读出了意思。这位和牛顿同时发明微积分的学者说，这是“二进位”数学。又过了两百多年，到二十世纪四十年代才出来了第一台电子计算机，用上了我们的祖宗画八卦的数学原理。听说《河图》、《洛书》中的符号在外国也有人正在钻研，有些是科学家、工程师，是为了实用目的。读《易经》《老子》的外国人中也有科学家，各有实际目的，不是无事干或为了骗人。物是书，符号也是书，人也是书，有字的和无字的也都是书，读书真不易啊！我小时念过《四时读书乐》，到老了才知读书真不易。

从读书谈到读人、读物，越扯越远，终于又回到了读书。就此打住。

自撰火化铭

先生金氏，东西南北之人也，生于清亡次年壬子。卒年未详。曾居教席于小学、中学、大学，皆机缘凑合，填充空缺，如刊物之补白，麻将之“所用”，不过“拾遗”、“补阙”、“后补”、“员外”而已。又曾入报馆，为筹衣食之资不得不“遇缺即补”，撰社论、译外电、编新闻、主副刊，皆尝试焉。少年时曾入大学图书馆任小职员，为时虽暂，获益殊多。战时至西南，逢史学名家赠以恺撒拉丁文原著，谆谆期以读希腊罗马原始文献，追欧洲史之真源以祛疑妄。启有缘至天竺释迦佛“初转法轮”处鹿野苑，住香客房，与僧徒伍，食寺庙斋，披阅碛砂全藏，比拟梵典，乃生超尘拔俗之想。适有天竺老居士隐居于此，由“圯桥三进”谓“孺子可教”，乃试以在欧美学府未能施展之奇想，以“游击战”与“阵地战”兼行，纵横于天竺古文坚壁之间，昕夕讲论，愈析愈疑，愈疑愈析，忽东忽西，忽今忽古，亦佛亦非佛，大展心胸眼界。老人喟然叹曰：毕生所“负债”（汉译为“恩”），唯此为难“偿”（汉译为“报”），今得“偿”矣。“所作已办”遂飘然卓锡远引，竟去不返。先生忆苏曼殊和尚诗句：“范滂有母终须养，张俭飘零岂是归？”遂南天万里飞越雪山而归奉母。适逢缘会，再入高庠，仍为“听用”、“补阙”。当时大言炎炎，事后追思，徒增颜汗。是年丙戌，溯戊辰初教小学已十八载，距己卯始入大学任教亦越七岁。碌碌无成，夸夸如故，终身以“听用”始，以“听用”终，可论定矣。

先生幼欲学农，不成，至“花甲”之年始得躬耕于南昌故郡之野。自选种、育苗、插秧、施肥、挠秧、收割、打谷以至晒谷、入仓、守仓，靡不与焉。两年为农，尽除文字障，大收脱胎换骨之效。少年又曾学工，于华北工业改进社实习羊毛纺织，由选毛、梳毛、洗毛、染毛以至纺织，手工操作。最难为纺，次为织。古式手纺车难于运转如意，毛又非棉，难匀易断，常孜孜终日不成一线。织布机亦古式，以足踏动，依花样节奏，若弹风琴。飞梭往复，常须续继。浪费无数羊毛，最终织成“人字呢”尺许而得卒业。然竟未能成工人。近至“耳顺”之年始获随习木工、瓦工，然俱为“劳动”，旨在“改造”，无技术可言矣。又于战时经友人怂恿为商，欲在西南一大城市新建商场中觅一席之地，求以贸迁有无糊口。市场主者命一妙龄女子接待。先生不谙“生意经”，出语即讹，备受讪笑。彼姝意存鄙薄而妙语温存，尤所难堪，遂废然知返。逢一鞋店主人，沦落天涯，一见如故。承其指教，乃知市场风云较之战场尤为难测，断非无财无勇无谋无庇荫之书生所可问津。战事方殷，又谋投笔从戎。友人为借乘军车与下级军官结队同行。途中合唱“我们都是神枪手”，意气风发，恍惚有“一去不复返”“马革裹尸”之概。横穿湘境至辰溪为友截留，入中学及大学补缺教课，重握粉笔。先生于农、工、商、军——涉足而无以立足，于是以书生始，以书生终，其命也欤。虚度一生，赍志而殁，悲夫！

铭曰：

空如有。弱而寿。无名，无实。非净，非垢。咄！臭皮囊，其速朽！

自挽联

幼时闻家中人说，我三岁即自称老。迄今几十年，从世纪初期到世纪末期，无日不在老化。有人不知老，有人不服老，我则知老且服老，时刻自觉为老。身在老中故不识老之面目，如不能自见其睫，无法谈论老。

我是壬子生人，正是孙中山宣布共和之年，照甲子算，今已八十。幼时周围所见所闻无非前朝遗老旧事，男的拖着辫子，女的裹着小脚。以后接触的也是老的居多。无论书或人，都是讲光辉的过去多，说光明的未来少。我受感染，一直有点老气横秋，盖存在决定意识也。

好像罗马的元老西塞罗有一文论老年，现在一个字也想不起来了。中国的谈老句子一个一个奔来。“老吾老，以及人之老。”不知是什么意思。“吾闻西伯善养老者。”好，老人皆大欢喜。“老子其犹龙乎？”“就算儿子打老子。”两个“老子”不同。“吾老矣，不能用也。”老是好理由。尊人称老，骂人也说老，老之义大矣哉！

想来想去实在无力作文《谈老》交卷，并非不识抬举，出于万般无奈。

幼时见过一副自挽联，用愈平常，措词幽默，对仗工稳，现在还记得。作者是何人，早已忘了。抄在下面，将原文“七十”改为“八十”，加上标点，便可明抢来算我的了。

非儒，非佛，非仙，廿四番花信关心，天上传呼，我欲乘风归去。是梦，是真，是幻，八十载春光弹指，人间如寄，谁能系日长留？

第 三 辑
岁月留痕

我何尝每天按时起床？天晴天阴于我有什么关系？没有了时间岂不是正合吾意吗？那么当然是因为骤然离别了一个亲切的伴侣了。但是我向来对失落任何东西都只微笑而不肯皱眉，何以对这嘀嗒不休的闹钟倒会眷恋起来呢？聚散之理自觉早已勘破，然而在实际人生中仍不能排除极细微的人之常情，智慧者也就不仅是可悲的玩物，简直真是烦恼之根了。

学读书

教我读书识字的开蒙老师是大嫂，实际上教我读没写成文字的书的还是我的两位母亲。

大妈识字，大概不多。她手捧一本木版印的线装书看一会儿，这是极其稀罕的事。她看的书也是弹词。多半时间是半躺在床上，常要我给她捶背。或者自己坐在桌前玩骨牌，“过五关，斩六将”，看“酒、色、财、气”，一玩一上午。身体精神特别好时，她会叫我坐在她腿上，用两手拉着我的两手，轻轻慢慢一句一句说出一首儿歌。是说出或者念出，不是唱出，那不能算唱，太单调了。

“小老鼠，上灯台，偷油喝，下不来。叫小妞，抱猫来，叽里咕噜滚下来。”

我跟着一句一句学。什么意思，她不讲，我也不问。

妈看到大妈这样喜欢我，很高兴。在我跟着她睡的自己房间里，她也轻轻慢慢半说半唱教我。

“打起黄莺儿，莫教枝上啼。啼时惊妾梦，不得到辽西。”

她不认识字，怎么会背这首古诗？是我父亲教她的？还是她听来自己学会的？我不知道，也没问过，只是跟着她像说话一样说会了这四句诗，也不知道这叫做诗。

大嫂教我《三字经》时，她不看着书，和大妈、妈妈一样随口念出，用同说话一样的腔调，要我跟着学。我以为书本就是这样说话的，不同的只是要同时认识代表每一个音的字。这有什么难？大嫂用手按住教的两句，只露出指缝间一个字，问是什么。我答对了。不久，她又拿出一个纸盒，里面装了许多张方块纸片，一面是楷书大字，另一面是图。这是“看图识字”，都是实物，也有动作，正好补充《三字经》所缺少的。像“人之初”的“之”字画不出来，好像是没有，也许是有字没有画，记不得了。

每天上午大嫂在房里非常仔细地做自己的美容工作，我坐在桌边读书认字，看着她对镜子一丝不苟地整理头发，还刷上一点“刨花水”，使头发光得发亮。还用小粉扑在脸上轻轻扑上点粉，再轻轻抹匀，使本来就白的脸更显得白。那时大哥还在北方，不在家里，她又不出门，打扮给谁看？是自然习惯吧？她已经满四十岁了吧？她是大哥的继室，自己只生过一个女儿，七岁上死了。是不是她把小弟弟当做自己的孩子教，排除寂寞？

我把《三字经》和那些方块字都念完了。觉得大妈、妈妈、大嫂的说话都不一样，还有书上的，口头的，“小老鼠”“黄莺儿”“人之初”也不一样，都很自然。她们说的话我都懂，不论音调、用词、造句有什么不同。书上文字写的就不全懂，我想，长大了就会懂的。她们不讲，我也不问，只当做都是说话。

这时三哥中学毕业，天天留在家里了。那时中学是四年制。他上的是省立第一中学，是全省最高学府。全国的大学，除外国人办的不算，只有戊戌变法时办的一所“京师大学堂”，改名为北京大学。中学毕业好比从前中了举人，还有人送来木版印刷的“捷报”贴在门口。大哥是秀才，在山西、陕西、河南什么“武备学堂”当过“督监”。二哥和三哥本来在家塾请一位老师教念古书。大概父亲后来受到维新变法思潮影响（这从家里书中可以看出来），送二哥进了什么“陆军测绘学堂”，三哥进了中学。二哥成为高度近视，戴着金丝眼镜回老家结婚没出来。三哥念完了中学，成绩优秀，是家中的新派人物。

有一天，大嫂在午饭桌上向全家宣布，从今以后，四弟归三弟教了。第二天我就被三哥带到他的房间里。室内情况和大嫂的大不相同。有一台小风琴和一对哑铃。桌上放的书也是洋装的。有些书是英文的。有一本《查理斯密小代数学》，我认识书面上的字，不知道说的是什么。我正在惊奇和兴奋中，三哥教我坐在桌边，说以后我陪他念书，给我面前摊开了一本书。又说：“你念完了《三字经》，照说应当接下去念《百家姓》、《千字文》、《千家诗》，也就是三、百、千、千。那些书你以后可以自己念。现在跟我念这一本。”这是第一代的中国“国文教科书”吧？比开头是“人、手、足、刀、尺”的教科书还早一代，大概是戊戌变法以后，维新志士张元济，也就是商务印书馆的创办人和主持人之一，发起编订由“商务”出版的。

这书的开头第一课便是一篇小文章，当然是文言的，不过很容易，和说话差不多。三哥的教法也很特别，先让我自己看，有哪个字不认识就问他。文章是用圈点断句的。我差不多字字认识。随后三哥一句一句教我跟着念。他的读法和说话一样。念完了，问我懂得多少。我初看时凭认的字知道一点意思，跟着他用说话口气一念，又明白了一些，便说了大意。三哥又问了几个难字难句要我讲。讲不出或是讲得不对，他再讲解，纠正。末了是教我自己念，念熟了背给他听，这一课便结束了。他自己用功写大字，念英文、古文，我一概不懂，也不问。有时他弹风琴，偶尔还唱歌。我也看到过他两手拿着哑铃做体操。

这是我在家里正式上学了。这本教科书的内容现在记不得了。书中浅显如同口语的文言更使我觉得熟悉了书本的说话。现在回想，书中有两课讲的故事和画的插图又出现了。是不是在第一册里，记不准。

一课是“鹬蚌相争，渔翁得利”。文中对话平易而生动。三哥问我，双方对衔着怎么还有嘴说话，而且说人话？我答不上来。他便说，这是“寓言”。对话是作文章的人代拟的。以后读的书中这类话多得很，不可都当真。这是假做动物说人话，说的是人，重要的是意思，是讲给人听的。

另一课是“卞庄子刺虎”。“两虎相斗，必有一伤”。这时再去杀虎，两虎都不能抵抗了，还是第三者得利。意思和那一课一样，只是文中老虎没有说人话。忘了这是我提出来的，还是三哥讲的。

在争斗之中，双方都是相持不下，宁可让第三者得利彼此同归于尽，也不肯自己让步吃亏便宜对方。让渔翁和卞庄子得利的事不会断绝的。

小老鼠怕猫，黄莺儿唱歌挨打，鹬蚌、两虎相争，宁可让别人得利，这些便是我学读书的“开口奶”。这类故事虽有趣，那教训却是没有实际用处的，也许还是对思想有伤害而不利于处世的。到40年代初，我曾作两句诗，说不定是从这幼年所受无形影响结合后来见闻才会有的：

“世事原知鹿是马，人情惯见友成仇。”

1996年

学说话

人一出生就要学习，也就是在这世界上、宇宙中，探路，一直探到这一生的终点。

一出世就大声啼哭，这是学习呼吸新鲜空气。然后动手动脚试探活动，睁开眼看光和影，用耳朵听声音，学习分别事物，于是接触到了母亲的奶头，用口和舌试探吮吸，学会了做人要活下去的第一要义：吃。这大概是一切人共同上的第一课。

真正算得上学习的是学说话。这不仅是探路而且是走出第一步的路了。这一课好像是人人一样，其实是各个不同。学说话可以影响到人的一生。也可以说，人的一生都在学说话，学表现自己，与外界沟通，一直到不能再说话。

我现在快到不再说话的时候了，探路也快到终点了，这时才想起走过的路，想想是怎么一路探索过来的，也就是怎么学习这个世界和世上的种种人，一直到夜间仰望星空探索宇宙。想想路上的碰壁和滑坡，幻想和真实。心里想：是自己对自己说话。写下来，是对别人说话。想到自己，讲到自己，不能不从学说话讲起。

第一课的课堂是家，第一位教师是母亲，这就不是人人一样了。各人有各人的母亲。

第一个对我说话的，也就是教我说话的，尽管我记不得，也知道一定是我的母亲。可是我小时候有两个母亲，正式说是有五位母亲，我见过的只是两个。生我的是生母，还有一位嫡母，是我父亲的继室。从父亲的“神主”或说牌位上看，父亲有原配和两位继室先去世了。父亲突然去世时我名为两岁，实际只有八个月。他留下一位多病的妻子和准备继任而未能如愿的我的生母。她原来的任务是服侍那位继母，后来生了我，地位一再提高，原来的不好听的身份也就不再提了。我父亲是淮河流域的八公山下人，大概说的是家乡话，和我的三个哥哥一样。给我学说话“开蒙”的两位母亲说的话都和我父亲不同。

我出生时父亲在江西，我的生母是鄱阳湖边人，本来是一口土音土话，改学淮河流域的话。但她所服侍的人，我的嫡母是安庆人，所以她学的安徽话不地道，直到二十几岁到了淮河南岸一住二十年才改说当地话，但还有几个字音仍然只会用仿佛卷着舌头的发音，一直到七十五岁满了离开世界时还没有改过来。那位嫡母说的也不是纯粹安庆话，杂七杂八。回到老家后，邻居，甚至本地乡下的二嫂和三嫂都有时听不懂她的话，需要我翻译。她自己告诉我，她的母亲或是祖母或是别的什么人是广东人，说广东话，还有什么人也不是本地人，所以她的口音杂。我学说话时当然不明白这些语言区别，只是耳朵里听惯了种种不同的音调，一点不觉得稀奇，以为是平常事。一个字可以有不止一种音，一个意思可以有不同说法，我以为是当然。很晚我才知道有所谓“标准”说话，可是我口头说的话已经无法标准化，我也不想模仿标准了。

举例说，我应该叫嫡母做妈。很可能是我自己的发明创造，在前面加了一个大字，叫大妈。自己的生母也该叫妈。我想一定是她自己教我的土音土话，妈前面加的那个音很特别，我不知道汉字怎么写，也不知道汉语拼音中该用什么平常不用的字母。我的小名也是自己起的。原来大家只用一般叫小孩的叫法。到我三岁时，大侄儿生了一个小男孩，算是我的侄孙。我成了爷爷。家里人说，两个娃娃怎么分别。我便抢着说，我是老的。于是我不满三足岁便成为叔祖父，自称老了，别人也就叫我老什么，一直到我上小学才改为“小老四”，因为我有三个哥哥，另有三个姐姐不算。可是我的两个妈妈在没有外人时仍旧叫我的小名。

严格说，正式教我说话的第一位老师是我的大嫂。我不满三足岁，她给我“发蒙”，教我认字，念书，实际上是教我说话。她不是有意教，我也不是有意学，不过现在看起来，那不是教念书而是教说话。这以后八十几年我一直在学说话的路上探索，或者说是对语言有兴趣，可以说都是从学大嫂说话开始的。

关于大嫂的说话，我现在才能总结出来。她说话的特点是干净、正确，说的句子都像是写下来的。除了演讲、教课、办外交以外，我很少听到人在随便谈话时像大嫂那样说话。她不是“掉文”，是句句清楚、完整。她会写账，打算盘，但不会写信。她读的书主要是几部弹词：《天雨花》、《笔生花》、《玉钏缘》、《再生缘》、《义妖传》(《白蛇传》)等等，会唱昆曲，会吹箫，有《缀白裘》、《六也曲谱》，会下围棋，有《桃花泉》、《弈理指归》。她教我的是《三字经》。她梳头，让我看着书，她自己不看，背出两句，叫我跟着一字字念，念熟以后背给她听。过了将近三十年，我在印度乡下，佛教圣地鹿野苑，请法喜老居士教我念梵文诗时，开头他也是让我看书，他背诵，吟出一句原文，再改成散文句子，再作解说，和中国与印度古书中的注释一模一样，说出来的就是散文，吟出来的是诗。我恍然觉得和大嫂当年教《三字经》和唱念弹词给大家听完全相仿。我竟不知大嫂是从哪里学来的。她是河南人，讲的不是河南土话，是正宗的“中原音韵”吧。她七十岁左右，我最后一次见到她时，她对我诉苦，仍然不慌不忙不紧不慢地讲她的仿佛从书上学来的话。

人的一生是同外界对话的全过程。有两种表现：一是刺激——反应，仿佛是被动的，无意识的。一是观察——思考——表达，仿佛是主动的，有意识的。表达一是言语，二是行动，都是探索外界的反应。这些都是需要学习的。不过大家平常注意到学习的多是表达，用有声音的言语符号，或者是用有形象的文字符号，用音乐或是用图画。

我探索人生道路的有意识的学习从三岁开始。学说话的老师是从母亲到大嫂。学读书的老师是从大嫂到三哥。读书也是说话。当大嫂教我第一个字“人”和第一句话“人之初”时，我学习了读书，也学习了说话。说话的底子是我的生母打下的。当她教我叫她那个写不出来的符号时，她是教我说话和对她做思想交流。到大嫂教我时，我觉得学读书和学说话一样。怎么发展下去的，那就要“下回分解”了。

学英文

1931 年 9 月 18 日，现在是属于上一个世纪了。那年我虚岁 20，十足年龄 19，住在那时叫北平，现在叫北京的一家小公寓里，没钱，没学历、没职业，还做着上大学的梦。我能上的大学只有宣武门里，头发胡同的市立图书馆。在那里看书，不要钱，也不问学历，资格。我在那里读了将近一年的书。

这一天，忽然看见石驸马大街的《世界日报》阅报栏前拥挤着无数的人，我就挤上前去，看见头号标题的大字《日军昨突占我沈阳》，还没看内容，就立刻觉得从头顶“轰”的一声：“完了，我还上什么学，国家都到了这个地步了。要亡国了，怎么办？”我只好在街头走来走去，图书馆也不上了。随后几天，全城都轰动了，无数大学生开会、游行、示威。要求政府立刻对日本宣战，出兵收复东北失地，我也跟在游行队伍里跑来跑去。后来有许多人到车站，要求上车南下，到南京去，找政府提出要求，说是请愿，我没有去，可是就在这杂乱中间，这些乱七八糟的会里面，我听到无数激昂慷慨的演讲，在这些会里头，也就认识了几个人，他们都是西城几个私立大学的学生，我也跟着他们去在那些大学的各种各样的会里头，听那些抗日的演说，觉得这些大学生都不上学了，都不念书了，我还上什么学！怎么办呢？也不知道怎么去抗日。

这时候认识的几个人就成为朋友了。几个月以后，风浪平息了，政府也没有出兵。学生仍旧上学，我仍旧跑图书馆。风暴过了，我们也不见面了。忽然有一天，正是冬天，我在街头碰见了姓沈的一个大学生。他一把拉住我，说："你还上图书馆看书？图书馆有什么书要看？现在要读革命理论书，那图书馆里哪有啊！现在西单商场书摊上正摆了一本新影印出来的英文书，叫《马克思的经济学说》，作者是考斯基，这本书是学革命理论的基本入门书。我们有几个朋友正想自己来学这本书。你要参加，明天晚上到我住的公寓来，好不好。"我一听，可以跟着他们学英文，又学了什么"经济学说"，这倒是好事，这也不要钱，于是答应了，就到书摊上去买了一本书，影印的，很便宜。

买了以后，第二天晚上，我去找他了。结果，他说的几个人，原来不过是他和另一个男的，我都认识，还加了一个女的，说是他们同学，但不在一个大学里。每人拿着一本考斯基的书，就说："每人念一句，翻译，不懂的大家讨论。"于是，第一个就让我念，我翻开一看，在家里看过，也没来得及查字典，就念了第一句，题目，是《what is commodity》，我一念，大家哈哈大笑，因为我这个英文是在家里跟哥哥学的，我的发音虽然也不是太错，可是第三个字"商品"我根本不认识，我把两个

“O”都念成“O”，他们哈哈大笑，于是姓沈的立刻纠正，他说：“不是你这个念法。”于是他念了一下。噢，我才知道，原来我一直照着字典拼音念的根本不是真正外国人口头上的英文。从什么是商品，然后接着什么劳动啊，价值啊这些字我全不认识。于是我只好在家里查了字典，然后再去跟他们一起学习。每天晚上也只不过念个几句。

他们的英文，两个男的都是教会中学毕业，都是美国人教的。所以他们的一嘴美国发音跟英文会话都很流利。但是他们对读书可不如我。他们念得很好，字也认识，但他们不懂讲的是什么，尽管他们是大学生。我也不懂讲的是什么，可是呢，我有一点底子，他们没有，我也没说。因为开头的英文字我虽然不认识，但什么是商品我倒是知道。什么价值啊，劳动啊。因为我看过翻译的马克思的《价值、价格与利润》，《工资、劳动和资本》。虽然不懂，可糊里糊涂也看过这两本小册子。所以比他们还有一点底，他们没有。因此英文是我跟他们学，可是内容，他们有时还要问我。这样一来，就能够继续下去了，大概没有一个月，也没有念到一章，那个女的走了，剩下我们三个人。这三人读书会也就不容易维持下去了。考斯基的马克思经济学说算是我在这方面读书的入门吧，而实际上我受到的教育却是英文，特别是英文发音以及英文的口语式的读法。这是我在这个时候的第一点收获。想不到的还有第二点收获，那是我第一次得到职业。也是从三个人中间的第三位，姓宋的那里得来的。不过这是后话了。

三人读书会虽然没有了，可是他们还借给我另外一本英文书，说是从一位教授那里借来的，他们现在要考试，没有工夫看，我可以先看。可是一个月以内必须还他们。这本书是曾任第三国际主席、《真理报》主笔的布哈林写的，题目是《历史唯物主义》。这时布哈林好像已经免职了，可是苏联清党还没有清掉他，所以不知怎么，那时中国忽然出了这书的几个译本，同时出现，所以有点名气。

我把这本书拿回来一看，又和考斯基的书不一样，不是英文不一样，而是内容不一样，也是一大厚本，我翻来一字一字看，很难懂，主要是第一，我学的文法没有用，我能把词型变化、句子构造都弄清楚了，还是不懂讲的是什么。第二呢，我的那本字典是《英华合解词汇》，英文中文合著，但不是为读这种书用的，所以许多字查不到，查到的意思也对不上。有这两点困难。我也不知道“历史唯物主义”讲的是什么。所以呀，忙了一天，也没读了几页，晚上我就赶忙跑到西单商场，到书摊子上找到一本这书的中文译本，翻开一看，噢，原来全书章节是这么些东西。再看看头几页，噢，我感觉困难的从中文译本里解决了，知道它讲的是什么了。于是几分钟，赶快把书放下。又跑到另外一个书摊找另外一个人的译本，翻开看看，这样一来，全书大意以及很难的查不到的字也知道了。于是跑回来，再翻看读过的那几页，就容易得多了，我就用这种办法，图书馆也不去了，就在家里，整天啃这本难读的理论书。读了把难点，查不到的字心里记住，晚上跑到书摊子上去找译本对照。这一来，居然读下去了，半懂半不懂的，很难的地方就跳过去，只知道大意就行，有些句子是很明白了。就这样糊里糊涂，糊里糊涂，不到一个月，居然把这一本书翻阅得差不多了。有些地方读得细，有些地方就是糊里糊涂地过去。

居然把这本书还给他们了，他们问我看过没有，我说翻看了一下，他们很惊奇，说是还有一本书，你也可以看，我们借的是两本。于是他们把那本书又给我看，但是限期还是一个月。这是苏联马列主义研究院院长，名字叫里亚扎诺夫，写的《马克思和恩格斯》。我以为是两个人的传记，拿回来一看，哪知道不是光讲生平，主要还是叙述他们两个人的学说，这一来，包罗的内容更多了。英文倒是基本差不多，可是内容不一样，关于他们生平，我也不大懂那时欧洲历史，所以也是半懂半不懂，至于学说就更难了，这书还没有中文译本，所以也没法子用我那个特殊办法，但是我还是硬着头皮啃。懂的就懂，不懂就不懂。什么《反杜林论》，什么《费尔巴哈论》，中文都没有翻译，好像有本《反杜林论》的翻译，我也没看过，至于马克思的那些书，只有那两本小册子。《政治经济学批判》郭沫若的译本好像还没有出来。但是呢，我也硬着头皮把这本书看了，觉得比那两本理论书还容易些。难的就是它把那些重要学说都做的是提要，我没有基础，它不是通俗的解说，所以也是半懂半不懂。然而不到一个月，我又把书还他们了，他们很惊异，说你居然把这么难的书都能看了？我说，难是难，我看是看了，懂不懂是另外一回事。

后来他们就忙着毕业，找职业等等，我们就不见面了。以后我也不再读这一类的革命书。可是，布哈林讲的那个辩证法和另外两本书说的不一样，布哈林用的那个什么“平衡”“均衡”，英文字很长，很难念又很难记，那两本书根本不用。布哈林说什么均衡、扰乱、再均衡，我想这不是中国的“一治一乱”吗？不是“分久必合，合久必分”吗？这就是辩证法？那黑格尔的正反合也太容易懂了。所以这到底留下了一个疑问。但是我的目的是学英文，并不是学理论，所以也就不管这个问题，一直到 1949 年。

我仍旧天天跑图书馆，看各种各样的书，混日子。学校也上不成了，家也回不去了，也不知道将来怎么办。可是到了冬天，忽然收到一封信，是那个姓宋的寄来的，说他现在在山东德州，一个师范讲习所里当教务主任。这个学校新改造，需要一个国文教员，问我肯不肯去。我觉得这是正在走投无路的时候的喜讯，马上回信说我立刻就去。于是到了德州。哪知一到德州，赶上要放寒假。这位教务主任就给我找了学校的一间房子住。但是现在不能开伙，寒假伙食团不开伙，他就带我到他家里去，见了他的夫人和他不满一岁的小孩，让我在他家里吃饭，住在学校里。以后他就匆匆忙忙，一放假就跑到济南去了。他留下一份报纸给我，他说他为了学英文，订了一份天津出版的英文报，是外国人办的，叫《华北明星》。他说，寄来了，你可以看。

他到济南去了，我在学校里住着没事，就从早到晚读那份报纸。一读报纸，又大开眼界，原来报纸上的英文又完全是另外一回事，不但和我小时候学的英文不一样，而且跟我读的那三本很难的理论书也大不相同。于是我看了前面的新闻以及社论、广告，还有些杂要，简直是莫名其妙，跟中国的报纸很不一样。好在学校里还有一份公订报纸，忘了是天津的什么报。我就看那中文报纸上的一些新闻，然后再到英文报纸上去找同样的新闻，这一来就容易懂了，还是知道了它讲的是什么，这就好办了，然后慢慢琢磨。先看中文报，然后再到英文报上去找，找新闻。慢慢我知道它的新闻体例跟文章做法了，于是就再读其他新闻，慢慢，慢慢，第一版的新闻我基本上都能看看了。然后就看看比较长的文章，社论有时懂，有时不懂。有点长的新闻我觉得好像很乱，怎么外国人头脑不清楚，天上一句，地下一句，还老是重复，觉得挺奇怪。后来才明白过来，原来外国人的报纸和中国那个时候的报纸不一样，中国的报纸是自己做文章，外国报纸是写给读者看的，所以它的重要新闻，一看题目就知道主要是什么，没有兴趣你就不用往下看，要有点兴趣呢，就可以看头一段或头两三段，那么它完整的提要就有了，你就可以不往下看了，如果你还有兴趣，那么就再往下看，于是底下它就从头到尾，详细地叙述一番，如果你看到事情完了，可是还很有兴趣，那么它末尾还可以添两句杂耍，闲谈，所以这样就是一条新闻，分成好几段落，随便你读者从哪儿看，你愿意光看标题也可以，只看头几句也可以，一直看到底也可以，但整个不是一篇文章，而是很多篇。这一明白，我就知道了，它非常简略的时候，简略得简直尽是些简化字，它要非常详细时，里头很多啰唆话。可是啰唆了一遍又啰唆一遍，原来是为你可以看少的也可以看多的，只看你的兴趣怎么样。所以它是为读者而写的，为读者方便而登载的。啊，这样一来，就觉得原来不是外国人头脑糊涂，而是我们不懂它的文体。然后就看看读者来信，随后就看后头的几版。它只有一张，四版。我都能看了。最困难的是它后头有一些经济新闻，跟我学的那个政治经济学的理论完全不沾边，就有什么股票行情之类的，那些字，字典上也查不到。还有就是体育新闻，我只知道一点足球，它几乎天天都登足球，登的都是一些外国球队踢，这个我也不怎么明白，很难看懂。再有一条呢，就是大概是美国人办的，所以它不但登了很多美国那些教会的活动，而且还登美国在天津的教会活动，还有美国本国的有些事情它也登，我也莫名其妙，不知道华盛顿、纽约发生的事情与天津有什么关系。所以这样一来，许多条条看不懂。可是很多能看懂了。最难懂的是广告，因为这广告好像跟我学的语法挑战，里头许多话都是半半截截的，许多话都非常奇怪，用的那些词也是非常奇怪，靠字典完全不行。只能靠它画的图、照片以及它要卖的是什么东西，这样能猜到一点。但这样呢，我学了一个月，从早到晚，一直就是念报纸。报纸星期天休息，所以一星期只有六张，我就每天从头到尾这么看。有的靠字典，有的也不靠字典，就靠猜。主要就是慢慢地知道外国的事情以及外国人关心的是些什么。我们中国人看了一点意思都没有的，他们讲得津津有味，可是我们认为很大的事情，比如日本军队在东北怎么样、马占山怎么抗日，它几乎一字不提，有时只有很短一句话，说“东三省还有战事”，就完了。我才知道，这个跟那理论书完全两回事，而且文章、文体也不一样，用字也不一样，甚至于我看连文法都不大一样。我才明白，跟中国一样，我当年看《聊斋》，看《史记》，看《三国演义》，再看《水浒传》、《红楼梦》，语言都不一样，可我们自己并不觉得。这样一来，我一瞧，才知道了，难道中国的报纸也不一样？上海的《申报》、《新闻报》是一个样，天津的《大公报》又是一样，北京的《世界日报》又是一样，都不一样。所以我这时发现了两样：一样呢，光靠文法和字典懂不了语言，要懂得内容以后再看语言，那就比较容易。但怎么能先知道内容呢？这是另外一件事情了。这就不是简单能讲的了。总之呢，不懂内容，光看语言不行。第二呢，就是语言跟文体有大关系，你要是分辨不出文体，你也就不容易懂得那个语言，或者看不惯，或者看得有气。

我这时已经有这么一点了解了，就回头看我带去的一本《威克菲牧师传》。这本书我哥哥在中学时念过。我到北京来，听说大学也在教这个。我也看了，一看开头，不知它怎么讲话，看不下去。这个时候，我一看头一句，啊，原来外国人讲话是这样的。19世纪英国人喜欢幽默，它是模仿一个牧师的口气，用讲道的话来讲，所以它头一句说："我一向认为，一个结了婚的人比单身汉对社会更有贡献，所以我就结婚了，还生了三个女儿。"我从小时候看就觉得这个人怎么这么啰唆，这完全是废话，讲这么多干什么，结婚就结婚，有三个女儿，我想直接就说我有三个女儿就完了。他怎么这么讲话，现在因为看了那些理论书，又看了报纸，特别是报纸上的各种题材，这才恍然大悟，原来作者这样讲话是模仿那个牧师讲道的口气，是一种幽默，带点讽刺，所以这就叫作好英文了，不是普通文章，绝不是新闻，新闻这句话完全不要，而是文学。这一来我就有兴趣了，知道外国文学，英文也有这种文体，也有它的特殊趣味。

所以它不是像新闻一样，光讲事儿，而新闻讲事儿呢，也有它的一套。这样一来，我就看下去了。看下去就越看越有意思，因为不但看了故事，而且还多少能够欣赏一点它那种英文。我才知道，这么一个莫名其妙的，好像很简单的故事怎么能成为名著呢？而且中国人还老当做英文课本来念。原来不只是念每句的意思，而是每句后面都含了一种趣味，就是另外有一种意思在后头，不是仅讲故事。这一点跟中国有相同也不相同。这样一来，我就居然把这本小说也看了。

这时我每天到宋家去吃饭，和宋夫人也熟了。她就跟我说，宋到济南去，是去活动官费补助留学，说他一心就想去外国，家里事也不管，这个学校新改组，找他负责教务，教育局长自兼校长，也不来。他请了几个教员，安排了课，就想诸事不管，准备出国。跟我说，他一定想要把自己的课都推给你，然后自己可以空闲下来，搞他的活动，这个家他根本不管，这个孩子他也没有兴趣，没有感情。我一听，原来是这么回事。寒假一完，果然宋回来了。“唉，”他说，“这个月的英文报白订了，我一张都没有看。”我就说：“我倒每张都看了，还学了英文。”他说，那好，还不是白订。不过下个月起，我不订了。讲到讲课，他说，本来三年级的课就都交给我教，另外还有一个教育学，一个儿童心理学，没办法，只有教务主任自己教。他也没学过，他请来的两个朋友，一个学经济，一个学法律。他说，这怎么办。我说，那怎么办，我看看书，我来教吧。他说，好。于是果然不错，他不教课了，他的课不知是什么。他把重要的课都推给我了。我因为听他夫人说过，所以心里有底，知道这个职业忽然从天上掉下来，也不是无缘无故的。

还有一件万万想不到的事情，是我从读理论到读报纸，尤其是这一个多月把天津出的英文报从头到尾，从新闻、社论到广告，都过细地学过，虽然是半通不通，但是对外国报纸比较有些了解。没想到，几年以后，我在香港走投无路的时候，居然跑进了报馆，靠翻译外电或编辑国际新闻混饭吃，过了一年。这是第二第三，又一次职业靠无意中学英文得来的。

总而言之，我的学英文从来没有规规矩矩学过。那个时候学英文哪有现在这样种种的便利，现在学英文的条件是那时想也想不到的。所以呀，我这个学英文讲出来成了一个笑话。讲了也不过给大家听听，作为闲谈，希望不要见笑。

最后一句话，就是常有人问我，说你教这么些外文，到底你的外国文外国话是怎么学来的？我说我自己也不知道，别人都以为我是托词，大概有些人很想从我这里取一点学习外文的经验。我实在是无可奉告，因为我实在是不知道自己怎么学的。就拿我最早学的英文来说吧，也就是我刚才说的，不知道怎么学的。从我在小学的时候，那时刚刚有注音字母，我的哥哥一边教我 1、2、3、4 的算数，又教我多、来、米、发，1、2、3、4 念成了音阶。然后又教我波、坡、墨、佛，汉语拼音，注音字母，又教我英文的 ABCD 字母。我也就糊里糊涂的，像跟大嫂学围棋一样，不知道怎么就学了。我还从我那个大侄从日本带回来的什么东瀛课本，看到日文有什么啊、依、呜、欸，我也知道了字母。就这样，开头就不知道怎么学的。后来也没有什么正式课本，也没有正式的老师，也没有那么些什么听课呀，什么作业呀，这些都没有。要说我没有老师，那可不是，我的老师可特别地多。像前面说的那两位教会中学毕业的学生，他们就是我第一校正发音的老师。我的别的外文也是如此，没有一样是正规学来的。所以我也不知道自己是怎么学的。但是呢，我知道一样，我哪样外国文也没学会，也没学好，就是要用的时候一着急，我就可以用一下，真正不用了我也就忘了。这也是真奇怪。就像中文一样，我也会写点文言，我也会写点白话，但是说我会中文，我可不敢说。我这个中文也不知怎么学的。

至于我那套怎么读理论书，我想来想去，我用的就是我小学四年级，跟我那位老师学国文学来的。因为他每课都要我做作业，作业第一条，段落大意，第二条，难字难句，这两条必须自己每课都写。所以我想起来我去读什么理论书，或者什么报纸，也就是这个办法，先搞段落大意，到底他讲的是什么，怎么得想办法知道他讲的是什么。知道他讲的是什么，这就因人而解了。那么第二呢，就是难字难句，讲的是什么知道了，可还有些东西挡在那里，这就是难字难句，也得想办法把它打破，这说起来也实在太可笑了。所以我的经验就是我在小学里头学汉文的经验，实在是说出来又是一个笑话。我讲的都是真话，可是都像笑话，所以我也就不便再多说了。这篇文章的题目是《学英文》，只能算京华随笔。

2000 年 1 月

（金木要根据录音记录整理，曾连载于《中华读书报》2008 年 11 月 19 日、26 日，12 月 3 日）

学拳

小时候看到不肖生的《近代侠义英雄传》，又找到一本《潭腿》，有图有解说，于是自己练起来。伸拳踢腿，自觉似模似样。后来知道要练“寸腿”，踢出去的脚离地不能超过一尺。这就难了，不如飞起腿来容易。踢对了，站不住；站稳了，踢不出；下身用力，上身倾斜；上身稳定，下身摇晃。这才知道“寸腿”是要全身力量配合发挥的。侠客不好当，废然作罢了。

过了十来年，住到北京的北海附近，每天早晨出去绕景山墙外散步。忽然看到有家门口挂着武术社的招牌。进去一看，大院子里有十来个十来岁的男孩子蹦蹦跳跳俨然是在练拳脚。旁边有位中年男子站着看。他既不是文质彬彬，也不是赳赳武夫，披着长袍，腰杆笔直，脸色红润。我过去一请教，才知他就是武术社，武术社就是他。三言两语讲好了，每天早晨我来学拳半小时左右。每月学费大洋一元（那时我每月饭费不过七元）。他收下钱，我们就结成临时师徒关系了。

一开始，他什么开场白也没有，就教我握拳。要求五指尖撮起来好像鸟嘴。握了半天才算勉强及格。接着是起手式，和潭腿完全不同（我当然没告诉他我私自从书上学过拳）。第二天复习后，再教下一式。我问这是什么拳。他说是燕拳。我一天只练这半小时，回去也不练，对谁也不说。同住的几人只知我出去散步，一直不知道我学武术。

一套燕形拳居然学完了。那些小师弟也认识我了，都喊我大师兄。我大有入了义和团之感。师傅又教我握拳，学另一套。这次不照燕形拳那样握了，打法也换了样子，难得多。练了几式以后，我想自己成为大弟子，不能不知道师傅门派，便问这是什么派的拳。他简单说了两个字：“形意”。这吓了我一跳，因为我从小说中知道这很难的高级拳法。不好再问，继续学下去，居然也能一式一式照样练，还每天先打一套燕形拳复习。这时我才发现那些师弟没像我这样学套子，只是各练各的功，不断重复。师傅也不当着我面教他们。

又一天，我再问到师傅门派。他仍只说两个字：“通臂”。我又一惊。这不是猴拳吗？便问：通臂是不是两臂相通？他答：不是。不过能长一点罢了。说完叫我平伸右臂，他伸出一臂搭上。两人臂都伸直了。他一声“小心了”，猛然一股力传到我肩部。真像是他的臂向前伸长了不少，身子却一点未动。我受这一推，连退几步，几乎撞到墙上。他说：“我没有用上力，怕你受伤。这就是通臂。”

他教我一套又一套花样，不教我练功；让我学一个又一个门派，不说他自己的门派。他认定我是来游戏，不是真学拳的人。我终于明白了。他没有收我做门徒，我也不是大弟子，大师兄。这样学下去也只是花拳绣腿打给外行看。我不属于他这一行，不是学拳的料。这也不是学拳的门路。我的拳打出去只怕连窗户纸也打不破。

从此我不再妄想学武，也怀疑自己能否学文，怕哪一行也进不去。我只学到一条：这样学什么也学不到，真要学什么，必须找到门道，入行。不得其门而入，转来转去还在墙外，白费劲。

1991 年

四十三年前……

四十三年前，一九四二年春天，太平洋战争爆发后几个月，晚间。

印度加尔各答的一间小房里，窗帘拉得严严的，因为日本飞机已经到过这里上空，所以实行灯火管制了。

房里是半印度式的布置：一张像炕一样的大木榻，旁边有一把椅子，对面还有一张沙发背窗放着，前面有一张矮桌子，上面有水杯、水瓶和一盘印度小点心，地面上铺满地毯，一盏电灯悬在中间。

不过十几个人，却把屋子挤满了。多数是印度青年人，席地而坐。椅上坐着一位身穿英国空军军服的中年人，军帽摘下来了，有点秃顶。榻上坐着一位印度中年人，陪着两个中国人，一个是中年，一个是青年。

中年印度诗人起身走过，坐上沙发，面向大家，说了一些孟加拉语，以后用英语说：

“今晚我们很高兴，来参加的有英国诗人哈罗德·艾克敦先生。他在中国北京大学教过书，译过中国现代诗。还有中国的温源宁先生。大家都知道，他是中国的英文杂志《天下》的主编。《天下》上刊登过一些中国现代文学的优秀作品，想必都读过。还有一位中国青年朋友，是新来加尔各答不到一年的。”

他随即半吟半诵一首孟加拉语的诗。没有诗稿，也不译成英语，大概是自己的新作。吟完了，用英语请艾克敦先生。艾克敦先生不吟诗，只讲了几句话。大意是说，自己现在穿上军服，成了武人，不好吟诗了。是可诅咒的战争毁坏了诗。原来他是被征入伍，紧急动员，飞来这里的。

主人又请温源宁先生。温源宁先生没有推辞，到沙发上一坐，用英语对大家谈了几句话。声音很低、很柔和，态度温文尔雅。他个子不高，虽穿西服，仍有中国文人气派，和那位英国诗人恰成对照。他说完引子，便一字一句诵出一首中文绝句，原来是“杨柳青青江水平……道是无情却有情”。诵完，用英语略说大意，站了起来，仍回榻上坐。

主人又请那位中国青年。他听主人介绍客人时有点吃惊，想起了在北京大学红楼听过艾克敦先生大声朗诵艾略特的长诗《荒原》，想起他的朋友，同艾克敦合作译《中国现代诗选》的陈世骧，等等。他还在半出神时，经主人一拉，不由自主坐上了沙发。他一着急，想出了一个救急药方，跟温先生学。用英语说了几句客气话后，说自己也只能像温先生一样诵一首古人的诗，用中国的传统吟诗调子。随即吟出了杜甫的《秋兴》八首之一。

印度主人笑着说，听来很像印度人吟唱《吠陀》古诗。接着他宣布，青年诗人毗湿奴·德朗诵自己的新作。这位青年后来成为孟加拉语的一位进步诗人。当时他站起身来，高高的，瘦瘦的，手里拿着几张纸，却不看，也不去沙发那边，只用英语说了一句："我的诗题是《南京》。"稍停一停便高声朗诵，抑扬顿挫，慷慨激昂。诗很长，是孟加拉语的，大概是以南京沦陷和日寇大屠杀为主题吧？诗诵完，全场活跃。其余几个人不用请就站起来在原地朗诵，全是孟加拉语的。吟诗的间隙中夹杂着谈话。

中国的宵年和温源宁说了几句话，知道他是路过，第二天就飞去伦敦。叶公超不久会来。青年又去同艾克敦先生说了几句。这位英国人本来沉默不语，一脸严肃，这时忽而睁大眼睛，问起陈世骧。青年回答说已去美国了。不料他接着问："卞之琳、何其芳有什么新作？"青年回答：卞之琳、何其芳和李广田，这三位合写《汉园集》的汉花园（沙滩）诗人听说都去延安了。他刚好收到一本卞之琳的新出版的诗集。是在前线写的，名《慰劳信集》。话未说完，英国诗人立刻说："你拿来我看。我们马上动手翻译。陈世骧不在这里，你来合作。我住大东酒店。"他说了房间号码，约定第二天就去，因为他不知道能在这里过几天。

在艾克敦的房间里，青年给他译卞之琳的给前线士兵的一首诗。诗中有个"准星"，他不知英文叫什么，随口照字面译出来。不料这使听的人大为兴奋。"什么？这是什么？我知道，一下子说不出。你看我这个军人。你说得好，瞄准的星星。哈哈！"他记下了诗意，又闲谈几句，约定第二天再去。

第二天青年看到他时，他正在房间里乱转。地上放着一口箱子。他非常愤慨地对青年说："我接到命令，马上飞锡兰（斯里兰卡）。战争啊！战争啊！这也好，我可以离开这地方。我不愿留在这里。可是我们的译诗完结了。只好等战后了，我想念那些中国青年诗人。中国的一切我都喜欢。"于是他对青年大发一通自己的牢骚。青年默然听着，好像听他讲课，不过是坐在旅馆房间的沙发里，喝着汽水。从此一别，没有再见。

他记下这件小事时已经是过了七十岁的老人了。

1985 年

文丐生涯

“Estuverkisto！”世界语者杨景梅送我到他住的公寓房间门外时这样说，这句用世界语说的话的意思是，当一个作家吧。

当作家，就是靠卖文吃饭，谈何容易。清末民初的上海文人中有人自嘲为文丐，看来不过是开玩笑，真正穷到那样地步的只怕不多。外国有站在街头拉小提琴或奏什么乐器的，表面上似乎自得其乐，实际上是指望路上行人在他面前帽子里放下一点钱。那可以叫做艺丐吧。他的生活大约和文丐的一样难受。杨君劝我当作家，也就是文丐，本是好意，无奈我不是不当而是当不起。我有过一段文丐生涯。此时回首当年，真有啼笑皆非之感。

写点东西给人拿去使用并不难，但要靠这个得钱维持生活就是另外一回事了。三十年代初我到北京，头两年家里还接济，后来哥哥一死，生活来源便断绝了。幸亏有朋友介绍我到德州教了半年书，没有挨饿。这时一位朋友当报纸副刊编辑，把我的一些习作拿去发表。我一文钱稿费也没得到。我算是给朋友帮忙，为那家报馆尽义务了。我写了几首新诗寄给《现代》杂志。发表了，可是诗没有稿费，据说是文人遣兴作诗，给钱便俗了。我从此知道，诗文不是可以和金钱交换的商品。卖文的不是做买卖，是讨饭，当文丐，凭老板赏几文是几文，不赏也没法。我这时进学校没钱，没文凭，找职业没学历，做工当兵没体力，只有手中一支笔，不当文丐又干什么。所以杨君才那样说。

不料天无绝人之路，那位编辑朋友居然说服报馆老板，让我和朋友黄力在副刊地盘上编一个文学周刊，每月四次，没稿费，给编辑费六元。黄君是大学毕业，有资格。我发表过诗文，有能力。黄君还没找到职业，他父亲继续供给生活费。他邀我同住，不要我出房钱。这六元他也不要，全归我。我们住在北京大学附近。东斋宿舍对面有一家饭铺，专做学生的生意。可以先交一元立个小折子记账，以后随时交钱，透支几顿饭也可以。我一顿吃半斤炒饼或烩饼，一小碗酸辣汤，约合一角钱不到。这样，一天两顿饭只要两毛钱。一月有六元收入，我勉强饿不死了。可是每月两三万字稿子，要分为许多篇，篇篇形式内容不一样，要求不低。写出各种各样文体，署上形形色色笔名，可不是玩的。没有外稿，有也不能用，没稿费。全靠我们俩人自己一字一字写出来。开头不难。黄君有了用武之地，大展鸿才，一篇又一篇。我又写又译。俩人大过写作发表瘾。几期以后不行了，字数不容易凑满了。我说黄君是“江郎才尽”，他还不服，说是很快就有杰作出来。果然，他没有食言，写出了长篇小说的开头。

黄君的小说题是《五丈原的秋风》，写诸葛亮之死。主题悲壮，文笔细腻，用诗的语言烘托出秋日荒原两军对峙的氛围，预兆悲剧即将到来。

“真不平常。”我说。他听了很得意。

连载几期之后，他愁眉苦脸了。我知道是遇上了困难，也不好问。

我们这间房的窗外，房东栽了丝瓜和扁豆。棚上的绿叶遮得室内一片清凉。黄君便取室名为瓜豆寄庐。他胖，是瓜。我瘦，是豆。种瓜得瓜，种豆得豆。这时已是秋天，开始落叶，稀疏的阳光射进室内。我望了望窗外，说：“瓜豆寄庐要改名了。”

他好像突然惊醒，开口便问：“你说，诸葛亮临死时是什么心情？”

“我怎么能知道？你打算怎么写？”

“我本来想写的是，他这位丞相的死和卧龙岗上农夫的死没什么两样。可是现在写下去就必须是英雄的死了。怎么办？”

“小说中人物往往是不随作者意图发展的。”

俩人都不说话了，各做各的事。到晚上，我提醒他，明天必须交卷。后天报馆工人一早来取稿。他没答复。

第二天早上我起来一看，黄君已经出去了。桌上留下一张纸条，写的是：“对不起，你自己填空吧。”这害得我忙了一天才补齐了稿子。

工人取稿时带来一封信，是那位编辑朋友王君写的。原来王君有妻有子，报馆给的钱太少，从下月起他辞职转业去汉口了。当然我的六元钱也告一段落了。黄君也不必为写诸葛亮的死发愁了。小说有头无尾不要紧，我的饭钱又没着落了。

更糟糕的是，黄君也要搬走了。他的父亲不让他长久闲住，逼他结婚，给他一笔钱，叫夫妇一同去日本留学。这样，我的住房也成为问题了。

绝处逢生，比我小一岁的张益珊自愿和我同住，房钱当然由他出。我不必搬家了。

一位东北朋友找我合作写一篇论世界经济与“九一八”的大文章。我跑了一星期北京图书馆，查抄外国杂志，拼凑出来，由他加上头尾，居然换来几十元。正当饭铺掌柜开口讨账时，我一次交他三元，对他的笑脸望也不望一眼就昂然出门。

辛辛苦苦伤脑筋的创作只值两角钱一千字，东抄西抄的论文倒值两块钱一千字，价值和价格的比例不知是怎么算的。

照这样当文丐，那几年我是活不下来的。居然活下来仍然是靠卖文，不过不是自己的文，是翻译洋人的文。洋人总比土人值钱，翻译是土洋结合，仗着洋人大名，文就比较好卖，这是我那几年文丐生涯的经验。至于怎么发现翻译的路，那就说来话长，要另起炉灶了。

1997 年 11 月

译匠天缘

黄金的青春与希望
今在何方？
已如吹啸着的风
风去茫茫！

这是我第一次翻译的一首诗中的一节，是从世界语译出的，30年代初发表在北平一家报纸的副刊上。那是北师大一个学生编的周刊，当然没有稿费。以后我和黄力给另一家报纸编了几期文学周刊，只有每月六元编辑费，没有稿费。为了凑数，我从世界语译出了两篇短篇小说，《海滨别墅》和《公墓》。两位世界语者，蔡方选、张佩苍，办起了只有名义没有门面的“北平世界语书店”，出版了两小本《世汉对照小丛书》，一是蔡方选编的《会话》，一是我译的这两篇小说。我得到一部世界语译本《法老王》的上中下三大本作为报酬。这算是我的翻译学徒时代，没有拿工作换钱。

我在蔡方选那里看到一篇《世界语文学三十年》，是用世界语写的文章，介绍本世纪的世界语的翻译和创作。我借回翻译出来寄给《现代》，发表了，第一次得到了稿费。接着又从蔡先生处借来英国人麦谦特用世界语创作的幽默小说《三英人国外旅行记》，译出来寄给《旅行杂志》，又发表了，又得到了一笔更多的稿费。这算是我学翻译“出师”了，进入译匠时期。匠，就是技术工人。我这一辈子正是教书匠兼翻译匠兼作文匠，不过大概只能评上二级，属于二流。

1931年南方江淮大水成灾。政府收银圆，禁止流通，发行纸票子“法币”，将白银存入美国换外汇，得到棉麦贷款。灾民遍地。大城市里报纸宣传捐款救灾。我写了一封信给《大公报》副刊，说我亲身经历过的淮河水灾惨状，无钱，以稿费作捐款，署名何如。刊登出来，编者徐凌霄加上题目《何如君血泪一封书》，还写了《编者按》。信不到千字，稿费最多不过一元。不知是否捐出，反正我没得到。

偶然在天津《益世报》副刊上看到一篇文，谈天文，说观星，署名“沙玄”。我写封信去，请他继续谈下去。编者马彦祥加上题目《从天上掉下来的信》，刊登出来，当然是没有稿费的。那位作者后来果然在开明书店出了书，题为《秋之星》，署名赵宰怀。

想不到从此我对天文发生了浓厚兴趣，到图书馆借书看。那时中文通俗天文书只有陈遵妫的一本。我借到了英国天文学家秦斯的书一看，真没想到科学家会写那么好的文章，不难懂，引人入胜。于是我照着这书和其他书上的星图夜观天象。很快就认识了许多星座和明星。兴趣越来越大，还传染别人。朋友喻君陪我一夜一夜等着看狮子座流星雨。朋友沈仲章拿来小望远镜陪我到北海公园观星，时间长了，公园关门。我们直到第二天清早才出来，看了一夜星他劝我翻译秦斯的书。我没把握，没胆量，没敢答应他。

我认识了读过教会中学又是大学英文系毕业的曾君。他从英译本译出苏联小说《布鲁斯基》，要我给他看中文。我对照着读了一遍，觉得这样的译文水平我也能达到。译科学书不需要文采，何况还有学物理的沈君和学英文的曾君帮忙。于是我译出了秦斯的《流转的星辰》。沈君看了看，改了几个字，托人带到南京紫金山天文台请陈遵妫先生看。稿子很快转回来，有陈先生的两条口信，一是标星名的希腊字母不要译，二是快送商务印书馆，因为天文台也有人译同一本书。我仍没勇气直接寄去，把稿子寄给上海的曹未风，请他代办。他立刻去商务。可惜还是晚了。答复是已经收了别人的译稿了。他马上去中华书局，很快得到答复，出两百元收买版权。他代我做主办了手续。我第一次卖出译稿得了钱，胆子忽然大了，想以译书为业了。实际上，商务出书后，开明书店接着出版另一译本。过了两三年，中华才出版我的译本。一本通俗科学书同时有三个人译，陆续出版，可见竞争激烈，但我没注意。三本书名不同，商务出的是《闲话星空》，开明的是《宇宙之大》，译者侯硕之，后来和我成为朋友，他译得最好。

此时我已经在北大图书馆当职员，每月工资 40 元。我想，一年译两本这样的书就够全年天天上班的收入了，何必还要坐班？忘了求职业的艰难，想不到译书卖稿的困苦，突然从自卑变成心高气傲，立刻辞职去杭州，在西湖边上孤山一角租房住下，到浙江图书馆找到一本《通俗天文学》，一面看，一面从上海买来新的书。看完就从头译起，自命不凡，以为当上译匠生活无忧了。

书译出来，再托曹未风去卖给商务，又得一笔钱。回北京后，下决心以译通俗科学书为业。凡是我这个科学水平低下的人能看懂而且感兴趣的书，我就译出来给和我同样的人看。外国有些大科学家肯写又会写这类书，内容新而深，表达浅而显。严复译的《天演论》不是赫胥黎的通俗讲演吗？沈仲章拿来秦斯的另一本书《时空旅行》，说是一个基金会在找人译，他要下来给我试试。接下去还有一本《光的世界》，不愁没原料。他在西山脚下住过，房东是一位孤身老太太，可以介绍我去住，由老人给我做饭。我照他设计的做，交卷了，他代我领来稿费。教数学的崔明奇拿来一本厚厚的英文书《大众数学》，说他可以帮助我边学边译。我的计划，半年译书，半年读书兼旅游，就要实现了，好不开心。哪知人算不如天算，我不是生活在真空中。这时是 1937 年 6 月，“七七”事变前夕。我 1928 年离开家当小学教员，到此时已有十年了。好不容易才有了活下去的条件，哪知仍是泡影。

日本军阀的侵略炮火和炸弹粉碎了我的迷梦。从此我告别了天文，再也不能夜观天象了。

抗战时期我奔走各地谋生。在香港这样的城市里自然无法观天，即使在湘西乡下也不能夜里一个人在空地上徘徊。只有在从缅甸到印度的轮船上，过孟加拉湾时，站在甲板上望着下临大海的群星灿烂的夜空，回想恐怕再也不会有的观星之夜，怀着满腔惆怅之情了。

在印度，城市里只能见到破碎的天的空隙。在鹿野苑，是乡下，没有电灯，黑夜里毒蛇游走，豺狼嚎叫，我不敢出门。在浦那郊区，不远处有英国军队基地，又是战时，怎么能夜间到野外乱走？悬想星空，唯有叹息。

1970年前后，我在江西鄱阳湖畔鲤鱼洲“五七干校”劳动。白天可以仰望广阔的天空，看不见星。夜里不能独自出门，一来是夜夜有会，二来是容易引起什么嫌疑。

80年代起，城市楼房越多越高，天越来越小，星越来越少，眼睛越来越模糊。现在90年代过了一多半了。我离地下更近，离天上更远了。

从1937年起，做不成译匠，望不见星空，算来已有整整60年了。

1997年11月

时间

五年前到北平时，为了要上课，配了一副眼镜，买了一座闹钟。五年来，人是流转了几个地方，却终于回到北平；闹钟也经了几个朋友的手，但最后仍回到故主身边来了。同来北平的朋友，甚至连好些来北平后才认识的，都星散了，眼镜也早另换了一副，有时望望这硕果仅存的闹钟竟不禁会发一点沧桑之感呢。

而且我这闹钟又有个特点，那是几乎所有我的熟朋友都知道的，便是永远快。朋友来找我，在屋里等了很久不见归来，便留字而去，字上的时间一定注明是“你的钟”若干时。因为“我的钟”既这样不同寻常，我也便建设了我的理论，说：人有过快钟的，有过慢钟的，为了共同遵守时间就必须各人照自己需要把钟拨得快慢不同。譬如宴会，有人好早到，有人好迟到，有人性急，有人性缓，若大家的钟全一样，大家的时间反不一样了；因为同是五点钟，在这些人心中等于五点半，在另一些人心中却又当做四点多的。然而，我自己却是个性急的人，所以这理论还是不能做我要把钟拨快的辩解的。

不过近来这钟却老而反常，竟需要我天天往回拨了。本来是永远快半点至一点半的，现在竟至少快到两点以上了。似乎将要到了赛跑的终点，几根针竟用上加速度了。起先，我还很高兴，以为这毕竟是我的钟；但后来它异乎寻常地疯了起来，连我也摸不着头脑了。有天正午十二点，我出去吃饭，饭铺里只有我一个客人，饭还没有蒸熟。又一天明明听到一声午炮，回头一看短针正指三点。如果任其自然，结果是很容易算出来的。第一天照常快一点钟，第二天快两点，第五天不快不慢刚差六点，第六天开始慢起来，一直到第十天恢复准确后又重新开始快下去。于是算了一算，便不得不咬咬牙关破例把针往回拨了。但仍要维持原来的快钟，所以规定一天往回拨半点钟。但是它跑是加速度，我赶是等速度，两者依然不成比例。前进两步，后退一步，本来是好事，但对我的钟而言，却是不大方便的。

因此，某日黄昏，把这位老友送去治病了。因为他照这样急于前进，结果一定会疯狂自杀的。

晚间回来后，进屋的第一个感觉，便是忽然阒若无人了。一想，很奇怪，岂不是天天也这样没有人陪伴吗，何以今晚才感觉出来呢？一人坐在椅上，越过越觉得寂寥得很。听到街巷中的汽车呜呜，更感到自己像突然埋在深谷之底听谷上的风水声了。凑到电灯下，想翻开一本书来看，却总是发呆，不能看书。起来走几步，在室内绕了两个圈子，又到院中望了望星，还是不能驱除这突然袭来的孤独之感。打算睡了，照例一望那边柜子，想照例去上钟，才恍然于这位嘀嗒不息的朋友今天倦勤休息了。

怪不得有的人出门要拿手杖，进屋要含烟斗呢。连这发挥单调的教训的老学究也不是能马上分离而不怅然的。“一个老朋友便是两个好朋友”。我擅自编改谚语了。

于是全神贯注回想嘀嗒的声音。奇怪，这嘀嗒的声音竟是那样亲切了。它亲切得像我母亲的絮语，听时那样厌烦，以后回想又是那样甜蜜。从母亲的絮语想到嫂嫂每晚灯下读弹词的歌音。那真是家庭幸福的最高点：一盏煤油灯，三五个缝衣妇，低而有抑扬的歌音缕缕叙出古时想象的女英雄的胜迹。这歌音对她们驱睡，对我却催眠：我是永远听不完故事就伏在母亲膝上睡熟的。

从迷茫的梦中回转来，微笑了笑，想该是上床睡的时候了。其实我是没有上床的准时候的，从晚八点以至次晨两点都是我上床去睡的时候。但这晚上却不然，竟想到是几点钟了该不该睡的问题。于是又起了无钟的怅惘。幸而还认得天上的钟，便打个呵欠起来到院中去看星。院子里多树，利于纳凉，却不利于观天。望了一会儿，把几颗明星略认定了位置，估量总有十点钟了，才进来准备睡。

上床以后更加想念这位老友的亲切的谈话了。因此想起了许许多多的事，反复不能入梦。有什么办法呢？已经觉到了的缺陷是越来越觉其为缺陷的。

醒来时望望窗外，天是亮了，却好像没有太阳。究竟太早或是有云，在屋内当然看不出，于是去望永远对着床头的钟，然而不见。无名的怅惘又来了。

我何尝每天按时起床？天晴天阴于我有什么关系？没有了时间岂不是正合吾意吗？那么当然是因为骤然离别了一个亲切

的伴侣了。但是我向来对失落任何东西都只微笑而不肯皱眉，何以对这嘀嗒不休的闹钟倒会眷恋起来呢？聚散之理自觉早已勘破，然而在实际人生中仍不能排除极细微的人之常情，智慧者也就不仅是可悲的玩物，简直真是烦恼之根了。

年纪轻轻正该念念《雅歌》，叫叫妹子和新妇，却连《约伯记》也不感兴味，竟咀嚼起《传道书》来，难道是正常的现象吗？敬老人，爱儿童，恶人类，惧女子，种种奇特的不该有的感情每天从心中过来过去，而实际生活中却连一座闹钟也流连不舍，这又是何等不调和呢？

人世不易住，因为存了住的心。若根本不觉得自己的住，又何来好坏与难易呢？但自己的客观自觉和对于他人的设身处地只是一件事，以主观观客、以客观观主而已。这当然是智慧的起始，可不也便是烦恼的根源吗？人类原只是能造出自己达不到的理想的一种动物。

又一觉醒来，居然红日满窗了。

这一天跑了好几位朋友处，畅谈了一整天。黄昏时忙去取出闹钟，提了回来。

骤然失去嘀嗒的老伴侣因而感到孤独；现在却因觉察出嘀嗒声的亲切而更感到寂寞了。中年丧妻者的悲哀我固然从此能体会到较深的地方，但续弦之夜的新郎居然也会有要哭的感情，却是我这一次的重大发现了。

然而，坐对着这新交的老友，我心中还有个问题：

到底是我又有了时间，还是时间中又有了我呢？

1936 年

联话

小时候到私塾上学，塾师陈夫子给我两个厚厚的本子，都是他自己选抄的，叫我自抄自读，作为背诵经书以外的功课。一本是《九家七言近体录》，选七言律诗，从杜甫、李商隐到吴伟业、黄景仁。另一本是对联，大体分类排次序，从祝寿、哀挽到殿堂、寺庙，附有一些带诙谐性的非正规的作品，如骂袁世凯的对联之类（“民犹是也，国犹是也，何分南北？总而言之，统而言之，不是东西。”骂袁世凯当民国总统）。老师告诉我，联语盛于清朝，有两大家，前是纪晓岚（昀），后是俞曲园（樾），都是大学者。这两位的联语在本子里选抄了不少，当时我用心念，以后都忘了。只记得纪昀给乾隆皇帝八十岁作的寿联的残句：“……八元进，八恺升，八方向化，八风和，庆圣寿八旬逢八月。”上联重复“八”，点八十岁；下联重复“五”，点乾隆五十五年。该记的记不住，不该记的反而忘不了，“不登大雅之堂”的有几副现在还背得出。为尊重老师，先引他自己作的挽联。挽的是和他齐名的另一处私塾的塾师，以能言善辩出名，又不像我的老师那么规行矩步。联云：

口讲指画授文辞，方从矩，圆从规，赢今朝丹荔黄蕉，雪涕同悲柳子厚。

妙语清言霏玉屑，出乎类，拔乎萃，叹此后红灯绿酒，风流谁嗣贾君房。

联中有自对、互对，暗示韩愈祭柳宗元，而且以借用的“雪”对借用的“风”，将“贾君房语妙天下”配上“红灯绿酒”，应是得意之作。作抄进选本，我也居然记了下来。

不雅之联有一副是民国时期兵匪横行中的牢骚，作者不知何人。

阳多匪，阴多鬼，我亦尘埃同靡靡。其呼我为马牛乎？唯唯！

醉里卧，梦里歌，尔胡冠带犹峨峨？行将尔作牺牲矣。呵呵！

有一副是该打下地狱的，偏偏记住了。那是一个鸦片烟鬼的作品。说是五十岁的烟馆主人娶了一个十五岁的女孩子。可能是欠烟债的以女抵偿，不知是续弦还是做妾。这位吸毒者瘾过足了，代表众烟鬼作对联一副致贺。联云：

十五新娘，五十新郎，天数五，地数五，他年五子登科，定卜枯杨占大过。

两三好友，三两好土，益者三，损者三，此夕三星在户，合将罂粟款同人。

“大过”、“同人”是《易》卦名。“枯杨生稊”，“天数五，地数五”，也是《易经》语。“益者三友，损者三友”，见于《论语》。“三星在户”，出于《诗经》。以圣人经典语言和“罂粟”鸦片烟土并列，真是该打。然而对仗工稳，措辞俏皮，以雅语说不雅事，正是古代文人的特长之一。老师抄在本子最后，大约是取其形式而弃其内容之意。我这个不长进的学生记不住圣贤语录，反而记得诙谐故事。由此可见，正面和反面教育往往效果不如预期，是值得研究的。

我的“偷袭”

第二次世界大战结束五十年了。追本溯源，大战的开始并不是一九四一年十二月日本偷袭美国的珍珠港，也不是一九四一年六月德国袭击苏联，又不是一九三九年九月德国进攻波兰引起英、法对德宣战，实际上是日本侵略中国战争中的一九三一年沈阳的“九·一八”和一九三二年上海的“一·二八”，到现在已经有六十五个年头了。提起“九·一八”，我不禁大有感慨。大事不说，谈一件个人小事——是我的一次“偷袭”。

话说“九·一八”后的一九三三年，我流落北平，无学无业，物质生活困难，只有精神生活过得不错。在东城沙滩原北京大学附近一家不挂招牌的公寓里，有一个和我同年龄的朋友租了一间房，约我陪伴他，不要我出房钱，他天天跳跳蹦蹦哼着歌曲去学英文和音乐，还准备考大学。我每天徒步走到北海旁边新建成的北平图书馆去看书。新到的杂志报纸和一些中外文参考书，都摆在各阅览室的架子上任人阅览。借书也只凭入门时领的凭证，不必花费一文钱，早餐吃豆浆烧饼，几分钱，中午晚上一顿炸公面或炒饼之类，都不到一角钱，每月饭费不过六七元。可惜的是，我家中这时断了接济，连这最低的生活费也没有来源，手里的钱快要用完，实在是快到喝西北风的程度了。同住的朋友只靠他的父亲每月寄来二十元，除了免费招待我住房以外，无力相助。其他朋友也差不多，想打工也没处去，没人要。图书馆毕竟是只供精神食粮不管饿肚子的。

忽然一位东北籍朋友来找我，开口便说：

“我要同你合伙做一笔生意，你不答应也不行。”

“我没有本钱，也不会做生意，快要饿死了。你还开什么玩笑？”我有点生气。

“绝不是开玩笑，是正经话。你的头脑就是本钱，听我说，我们的东北老家丢了，张少帅（学良）不能不照管我们这些流亡的老乡。有几个人办了一份杂志，找他出钱，算是救济我们，也让他少挨几句骂。这刊物办得还不错。我有个朋友是这杂志的编辑，找到我，出了一个题目，说是主编迫切需要这篇稿子。他来找我约人写稿。题目是《世界经济和“九一八”》。主编认为要赶在别的刊物前面发表这类文章，只是找不到人写。大学的专家教授不肯写，也不一定会写，要写也不给我们这流亡杂志。可是这杂志若能刊登这样又有学术又有政治既专门且通俗的论文就可以提高身价，找少帅要钱也就好张嘴了。只要文章好，有分量，作者有没有名气倒不要紧，署个笔名让人猜就是了。你说，这笔买卖送上门，哪能推出去？我一口答应找人合作。

“你不是正需要钱吗？弄一笔稿费可以混几个月。我是法律系学生，讲政治可以，论经济是外行。我可以写头尾的政治部分，主题的世界经济部分你来写。怎么样？为了吃饭，你答应下来吧。只是要快，不能等他找到别人。”

“我也不懂经济，不能无中生有哇。”我说。

“那我不管。你去大图书馆求救兵吧，过几天我来听你回话。”

晚上我对同住的朋友一说，他笑得止不住，急忙往床上一躺，哈哈了半天。

“说你写诗歌散文小说戏剧我都不奇怪，怎么会有人找你写文章论世界经济？那人是不是有神经病？哈哈哈！”

“你这样看不起我，我倒要写给你看看。”我说。

第二天我照例又去北平图书馆，直奔杂志室。先看要稿子的杂志什么样，心中有了底。再去翻新的中文外文综合性刊物，又借查当年的旧刊物。不用一天我就找到了。果然那位主编有眼光。中国杂志上除介绍经济恐慌的以外还不见这类文章，外国杂志上已经有了，也不多。尽管不是这样的“截搭题”，不提“九·一八”，可是关于一九二九年开始的世界经济危机以及对国际政治的影响，两年来已有了几篇。新的文章已经提到了德国的希特勒趁机给“纳粹”捞到一笔政治资本，准备上台。统计数字和图表都有，而且好像并不难懂，那些都不是专门经济学的刊物。于是我就一篇篇排起次序读了下去，随读随作笔记，抄下可用的资料，仔细想文中讲的理论和事实。不到一星期我就开笔写草稿。

东北朋友来了，一见我手中的一处笔记和草稿，大大开心。同住的朋友也把大拇指一竖，说："真有你的！我认输，向你道歉，致敬。我真心服你了。'

"免礼！免礼！惭愧得很。我不过是当了一次小偷，偷人家的，抄袭人家的。干偷袭的鸡鸣狗盗之徒，何足道哉！"我嘴里这样说，心里是高兴的，不过不踏实。

"这样的文，杂志会要吗？"我问。

"十有八九。我马上去要他开订单。想不到你能这样快。他找不到别人，就得用我们的。不用，我要他赔偿损失。我们不能白干。"

"什么损失？不过是坐着不动抄资料编排成文章的工夫罢了。"我说。

又一个星期，我们两人把文章拼凑出来了。从维也纳银行倒闭引起纽约股市风潮说起，讲到欧洲政治变化，再从欧洲"纳粹"的危险行动讲到亚洲日本的趁火打劫，还特别着重指出，中国的吃大亏在于不注意了解世界经济动向，不重视经济和政治军事的密切关系，所以必须对国人加强这种新知识的宣传，顺带暗中吹嘘了本刊的远见。文中的理论和资料都是人家的，只有文章是我们自己写的，特别是说了"九·一八"。

朋友拿去稿子，过了一个星期还不见下文。我想，这下子白忙了一阵子，下个月就要没饭钱了。同屋的朋友又想开口嘲笑，又有些不忍心，我看得出他的古怪神气。

终于东北朋友来了。一见面就掏出几张钞票，一共三十元，给我二十元，自己留下十元。

“真倒霉！文章卖掉了，稿费也预支来了。据说主编很欣赏，那朋友算是立了一功。为了赶时间，把刚发出的下期稿子换下来一篇。那篇只有六千字，于是把我们的将近一万字的删成六千字，还说是统计数字太多，删去不要紧。特别把两块钱一千字的稿费提高到三块钱一千字。我不答应，说一定得照原来一万字给稿费，还得比千字三元更高。那位朋友说，我们都没有专家教授头衔，无论如何不能拿到四元五元一千字。三元已是特别照顾了。说好说歹，拿了他三十元，多少还有救济我这个流亡同乡学生的意思。本来可以都给你，不料我忽有急用，只好拿下三分之一。”

我说：“怎么？你没说文章的背后有好几位洋专家，说不定还是中国教授的老师呢。十块钱一千字也不多，反正有少帅出钱。”

“得了，偷袭成功就不错了，还想夸口露馅吗？恭喜你，又有两三个月不愁吃饭了。”

过了六十多年，我交代这次“偷袭”，不怕追究知识产权。教书，作文，不这样“偷袭”的只怕少有。论文哪能都像文学创作那样处处自出心裁？大家多少都得“偷袭”，只看谁的手段巧妙花样翻新罢了。

凭这样的明偷暗袭拿到一千字二元的稿费，我居然在北平活到了一九三七年“七七”，才匆忙搭最后一班火车，离开了那里。

北大图书馆长谱

北京大学正在紧锣密鼓准备百年校庆。这是一举三得。庆祝本校一百周岁是一。纪念1898“戊戌维新”光绪皇帝下诏办“京师大学堂”是二。以五月四日为生辰纪念1919“五四”是三。热闹中我来谈谈要求安静的图书馆，不说别的，只讲北大的几位馆长。他们和北大、“维新”、“五四”都有关系。

李大钊。列位馆长中现在最为赫赫有名的是这一位，不必介绍，也不容我多嘴。

章士钊。这是大学建馆以来的第一任馆长，可说是传奇人物。他是“维新”时期“四大公子”之一的吴保初的女婿，李鸿章手下大将吴长庆（袁世凯的上级）的孙女婿，当时新派女子吴弱男的丈夫，孙中山的同盟会同志，民国初年（1912）议论政治的《甲寅》杂志的主编（笔名“秋桐”），北洋军阀政府的教育部长，后来在上海当大律师，曾主动为他的朋友、被国民党政府逮捕的陈独秀出庭辩护，晚年任中华人民共和国中央文史馆馆长，反对白话文，著作有《国文典》等书，在“文革”

中出版《柳文指要》。他先到日本，后去英国留学，刚好接受了严复回国后的欧洲思潮，可以算是学通中西，行兼新旧。从19世纪末到20世纪前半，有两个湖南人也许是集中表现了中国当时政治文化的复杂性。一位是章行严（士钊），另一位是杨皙子（度）。两人都是文人、学者、政治人物，和许多方面都有密切联系。杨度一生不得志。他本来和满清朝廷、维新派梁启超、革命派孙中山都有关系，后来成为袁世凯当皇帝前“劝进”的名人之首，随后在上海隐居卖字，死后多年忽然被宣布为中国共产党党员。研究这两位可以加深了解清末以来现代中国大半个世纪的历史。不过恐怕外国人无此能力，中国人有种种不方便，这事只好委托21世纪后半的人，但又怕那时的人很难理解一百几十年前的政治文化人的思想行为，会有现在想不到的误解了。

毛子水（毛淮）。他和傅斯年、顾颉刚、罗家伦、许德珩等人同是“五四”时期的北大学生，留学英、德，兼习文、理，回国任北大历史系教授，是当时唯一在文学院、理学院开跨院课程的人。三十年代初期北大课程表上我看见有他开的“历学”课，是历史系和数学系的学生都可以选修的。讲这门课需要懂得天文、历法、数学、中外历史。我偶然认识一位选这门课的数学系四年级学生。据他说，他上这“历学”课，增加了不少历史知识，没学到什么数学。学生的“口碑”是，毛先生在文学院是数学最好的，在理学院是史学最好的。在蒋梦麟主持北大时，他兼任图书馆馆长。到台湾后不知他教什么。抗战时他在西南联大。我经昆明出国，他托人替我办了去缅甸的签证。

我去看他，他胃痛，躺在床上。问他需要什么，他说："给我买一本莎士比亚吧。"后来我从印度托人带了一本剑桥大学版的小字单本《莎士比亚全集》给他，也不知带到了没有。那时他不算老，还没有结婚。他没有著作，听说到台湾后把《论语》译成了白话，不过我没有见到。

严文郁。他是主任，不是馆长。蔡元培当校长时定下的，馆长由教授兼任，参加学校领导，地位和院长、系主任相仿。比主任低一级，只管图书馆。1935 年北大在沙滩红楼后面为图书馆盖了新楼。毛子水辞职不兼馆长，主任一职，请在美国学图书馆学的严文郁担任。和我一同听法文课的沙鸥女士本是学图书馆学的，由严主任请去当阅览股股长。她出主意，请法国人邵可侣教授向严主任推荐我，她再加工，让我当上她的股员。于是我得到机会"博览群书"。她讲话是"中英合璧"，还会说日文，又学法文。她还逼我学英文打字，用她的打字机，照打字课本学。中午休息时把我关在她的办公室里，她出去吃饭，半小时后回来考察我的作业，放我走。可惜我年轻不懂事，大半年后便离开了北大，辜负了她培养我的一片好心。严主任是专家。我在布置新馆时见他又指挥，又动手，回答疑问时常说，外国图书馆都是这样的。沙女士听到就对我挤挤眼。从此时到抗战开始，这两年可算是专家治馆代替教授治馆时期。可是严主任对从京师大学堂传下来的核心，中文旧书库，动也不能动。架上的线装书仍旧照只有管库人才懂的特殊次序排列。那位拖着辫子没剪的老馆员照旧在库中踱着方步。还有一位穿长袍马褂的人物偶尔来到库中看善本书，名义据说是顾问，身份是我听来的，靠不住，不便说了。

向达。他是1952年北大和燕京大学等校合并以后的第一任馆长，史学家。有一次我去图书馆，见他正为将要买到一些旧田契之类文献而高兴，说，这些都是从废品堆里搜寻出来的。大概这也是1957年他受批判的一条罪行。他属湘西少数民族，为人很耿直，可能是带有自己的民族性格。

梁思庄。她是原燕京大学图书馆负责人，职称可能是馆长或主任，与北大合并后成为副馆长。她是梁启超的女儿，在美国和加拿大学图书馆学，得学位后回国到燕京大学图书馆任职。终身在图书馆工作。她对我说过，有一件痛心事是她辛苦编出的关于东方的中外书目连卡片都在“文革”中失落了，还要批判她，她不明白这是犯了什么罪，现在无法恢复了。七十年代我和她住得较近，常见面。初见时，没说几句话，不留意提起她父亲，我看她好像要照当时习惯给父亲“戴帽子”，连忙说，我的新学识的开口奶是《饮冰室文集》和《新民丛报》。历史人物是属于历史的。很快我们就可以不拘形迹谈话了。她是我所见过的人中一位热爱图书馆，热爱工作，天真无邪的人，老了还像个孩子。

以上是我想起来的几位馆长、主任，所说纯属闲谈，不是史传。

1998年1月，丁丑年终

教师应考

我在小学毕业后就没有再应过正规考试，但当教师却一次又一次应考，不过都是在我毫无准备甚至并未觉察下进行的。

我开始教书是教乡下小学。一间大殿是唯一的教室，初小四个年级全在里面上课。这要用所谓复式教学法，轮流上课。不上课的学生做作业。一个小时要教几门课。我在教课前由校长指点并代我计划安排，随后就去上课。我还没满十七岁，比高班学生大不了多少。好在农村孩子比较老实，不和老师捣乱，只是不安心做作业，在座位上有种种活动。一个照顾不周，就可能出现打闹。我没有表，心里不断计算时间，非常紧张，好歹把一堂课勉强照计划教下来了。下课后，校长笑嘻嘻对我说，可以，以后就这样教。我才知道，实际上我是考了一次怎么当教师。这是我从家庭到社会的第一课，过了从小学学生到小学教师的第一道关。怎么过来的，自己也不知道。

我教初中那年是二十一岁。教国文，没有课本，选文章教，也不都是我选的，许多是前任留下来的。有一次正在教课时进来一位中年人，站在门口几分钟就走了。我也没在意。下课后才知道那是县视学。他给我四个字的评语：不会教书。又过一些天，上课时进来了一位西装笔挺很神气的人物，由校长和教导主任陪着，在门口站了好半天才走。我下课一问，才知道，原来是省视学大驾光临。他给我的评语是，还没听到过这样讲课的。这话可以是好，也可以是坏。教导主任是我的朋友，对我说，“放心好了，他向我打听你是不是师范大学毕业的，怎么来这里教书，可见是欣赏不是鄙薄。”果然后来这位上级在教育局的会上提到我，夸奖了几句，什么生动活泼有创造性云云。其实我教书是一样，不过是他们两人的评价标准大不相同就是了。一个要求依照固定模式。一个讲效率，可以不拘一格。我的价值也就随之改变了。我实在没有什么创造，只是不知道有教案等等规定而已。

后来我居然教大学了。出面介绍的是以后到美国当教授的陈世骧。那是抗战初期，他在湖南大学教英文，随学校搬到湘西。他先介绍我到一个中学教英文，包下从初中一到高中一的四个班的英文课，每周每班三小时，共十二小时。过不多久，大学迫切需要法文教员。他又推荐我，其实心里没把握。我想是还有别的朋友在后面支持吧。大概学校因为实在找不到人，只好请我，仿佛有试聘来暂时应急之意。陈本来以为前任留下的课本是我帮助法国人邵可侣教授编的那本，哪知是用英文讲法文的外国书，更加不放心了。我却一点不知道，平平安安一课一课教下来。以后有一次闲谈，他笑着说，“你上头一堂课，我在外面听了半天。”我无形中又应了一次考。恐怕暗中听我的课的不止他一个。谁能相信一个没出过国的年轻人竟能对大学生用英文教法语做中国话解释呢？连我也不信。然而这是事实。学生也没提意见。不过这不是无缘无故的，连我自己也说不清楚，而且说来话长，就不啰唆了。总之，我由小学教到中学又教到大学是一步一步上升的，自己也不知道怎么那么因缘凑巧，又怎么一次一次能通过考试。也许这就是所谓运气吧。

上面说的考官实际都不是主考。真正的裁判长是学生。他们有权决定要不要你当老师。不赶走你，心里不服，甚至当面不说而背后说难听的话，仍是不承认你是老师。小学、中学的不说，我教过的大学生中就有一些很不错的，后来有人表现在我之上。我只是在一个小小方面做了一点初步的开路工作，讲一些粗浅知识而已，说不上真是老师。

最后得说一说那次“考教授”。说真不真，说假不假，北京大学确实举行过一次“考试”，对象是教授。那是七十年代中期的一次突然袭击，正在大学恢复考试入学，不靠保送，而知识分子仍在受种种方式的批判之时。报上大力宣传一个人交白卷进大学的革命事迹。一天夜里我得到通知要立刻去一个教室。到后一看，坐在学生位置上的全是教授，黑压压一大片。门里有几个人站着，也不知是代表什么方面的。过一会儿，好像是快坐满了，走进来一个年纪不小的人在教师位子上一站。我以为他要做报告或是传达什么指示，哪知他嘴里咕唧了一句什么话，我没听清。随即有人拿着一卷纸走过来散发。我一看纸上油印的字，都是数理化考题，才恍然大悟，是一场考试。考卷发完，那老人又开口说了一句话。这回我注意听出来了，是，

“周培源今晚有外事活动，不能参加。”原来如此。周培源教授曾经在报上发表文章，主张大学教育要重视传授科学技术知识。这是对付他的。那又何必把所有教授都拉来陪绑呢？这时在座列位表情不一，我也无心看别人。忽然门口出现一位白发老人，我认识他，是曹靖华教授。他住在城里，要用小汽车接来，所以迟到吧。他进门站住对大家望了望。有人在他耳边说了句话，递给他考卷。他不接，不看，一言不发，面无表情，转身就走。这时有些人在看，有些人在写，有些人站起来，走过去，交卷就走。我自然也要学习交白卷的革命行动，何况那些题目我也不懂，便心安理得交卷走了。后来听说这次突击不止北大一处。究竟是谁出的主意，谁下的命令，为了达到什么目的，结果如何，报刊没有宣传，我也不知道。交白卷既然能进大学，理所当然我照旧当我的“臭老九”，拿我的生活费，活下去。

我现在是退休教师，再也不会应考了，至少是我这样希望。

1998 年 2 月

一点经历·一点希望

我一九三〇年来北平（北京），无业在这古都漂泊。只有过一次短期就业，那便是在北京大学图书馆当职员，和一位同事对坐在出纳台后，管借书还书。那不到一年的时间却是我学得最多的一段。书库中的书和来借书的人以及馆中工作的各位同事都成为我的老师。经过我手的索书条我都注意，还书时只要来得及，我总要抽空翻阅一下没见过的书，想知道我能不能看得懂。那时学生少，借书的人不多；许多书只准馆内阅览，多半借到阅览室去看，办借出手续的人很少。高潮一过，我常到中文和西文书库中去瞭望并翻阅架上的五花八门的书籍，还向书库内的同事请教。当时是新建的楼，在沙滩红楼后面。书库有四层。下层是西文书，近便，去得多些。中间两层是中文书，也常去。最上一层是善本，等闲不敢去，去时总要向那里的老先生讲几句话，才敢翻书并请他指点一二。当时理科书另在一处，不少系自有图书室，这里大多是文科、法科的书，来借书的也是文科和法科的居多，他们借的书我大致都还能看看。这样，借书条成为索引，借书人和书库中人成为导师，我便白天在借书台和书库之间生活，晚上再仔细读读借回去的书。

借书的老主顾多是些四年级的写毕业论文的。他们借书有方向性。还有低年级的，他们借的往往是教师指定或介绍的参考书。其他临时客户看来纷乱，也有条理可寻。渐渐，他们指引我门路，我也熟悉了他们，知道了“畅销”和“滞销”的书，一时的风气，查找论文资料的途径，以至于有些人的癖好。有的人和我互相认识了。更多的是我认识他，他不认识我。这些读书导师对我的影响很大。若不是有人借过像《艺海珠尘》（丛书）、《海昌二妙集》（围棋谱）这类的书我未必会去翻看。外文书也是同样。有一位来借关于绘制地图的德文书。我向他请教，才知道了画地图有种种投影法，经纬度弧线怎样画出来。他还介绍给我几本外文的入门书。可是我只当作常识，没有学习，辜负了他的好意。又有一次，来了一位数学系的学生，借关于历法的外文书。他在等书时见我好像对那些书有兴趣，便告诉我，他听历史系一位教授讲“历学”课，想自己找几本书看。他还开了几部不需要很深数学知识也能看懂内容的中文和外文书名给我。他这样热心，使我很感激。

教授们很少亲自来借书。有一次进来一位神气有点落拓的穿旧长袍的老先生。他夹着布包，手拿一张纸向借书台上一放，一言不发。我接过一看，是些古书名，后面写着为校注某书需要，请某馆长准予借出，署名是一位鼎鼎大名的教授。我连忙请他稍候，不把书单交给平时取书的人，自己快步跑上四楼书库。库内老先生一看就皱眉，说，他不在北大教书，借的全是善本、珍本，有的还是指定抽借一册，而且借去一定不还。这怎么办？后来才想出一个主意。我去对他恭恭敬敬地说，这些书我们无权出借。现在某馆长已换了某主任，请他到办公室去找主任批下来才好出借。他一听馆长换了新人，略微愣了一下，面无表情，仍旧一言不发，拿起书单，转身扬长而去。我望到他的背影出门，连忙抓张废纸，把进出书库时硬记下来的书名默写出来。以后有了空隙，便照单去找善本书库中人一一查看。我很想知道，这些书中有什么奥妙值得他远道来借，这些互不相干的书之间有什么关系，对他正在校注的那部古书有什么用处。经过亲见原书，又得到书库中人指点，我增加了一点对古书和版本的常识。我真感谢这位我久仰大名的教授。他不远几十里从城外来给我用一张书单上了一次无言之课。当然他对我这个土头土脑的毛孩子不屑一顾，而且不会想到有人偷他的学问。

又一次来了一位风度翩翩的女生借书，手拿一叠稿子向借书台上一放。她借的是一些旧杂志。我让取书人入库寻找，同时向那部稿子瞥了一眼。封面上题目是关于新诗的历史的，作者是当时在报刊上发表新诗的女诗人，导师是一位声名显赫的教授。我大约免不了一呆。她看出我的注意方向，也许是有点得意，便把稿子递给我看。我受宠若惊，连忙从头到尾一页页翻看。其中差不多全是我知道的。望望引的名字和材料，再看几行作者的评论，就知道了大意。大约她见我又像看又像没看，就在我匆匆翻完后不吝赐教。她说，这是导师出的题目，还没有人作过，现在是来照导师意见找材料核对并补充。她还怕我不明白，又耐心说明全文结构，并将得意的精彩之处指给我看。旧杂志不好找，所以等的时间长。她是以我为工具打发时间吧？不过她瞧得起我，仍使我感动。我由此又学到了一点。原来大学毕业论文是有一定规格的，而且大家都知道的近事也能作为学术论文的内容。

我当时这样的行为纯粹出于少年好奇，连求知欲都算不上，完全没有想到要去当学者或文人。我自知才能和境遇都决不允许我立什么远大目标。我只是想对那些莫测高深的当时和未来的学者们暗暗测一测。我只想知道一点所不知道的，明白一点所不明白的，了解一下有学问的中国人、外国人、老年人、青年人是怎么想和怎么做的。至于我居然也会进入这一行列，滥竽充数，那是出于后来的机缘，并不是当时在北大想到的。可是种因确实是在北大。

我的好奇心是在上小学时养出来的，是小学的老师和环境给我塑成的。这一时期，不论进不进学校，是谁也跳越不过去的，而且定型以后是再也难改的。大学教师，无论是怎样高明的“灵魂工程师”，也只能就原有的加以增删，无法进行根本改造。大学只是楼的高层而不是底层。中学、小学的底子不好，后来再补就来不及了。教育是不可逆转的。我们不能不顾基础，只修大屋顶。若是中文、外文、古文、初等数学、思维方式、艺术情趣、体育、人品的底子在幼年和少年时期没打好，只怕大学和研究院是修建在真正的“沙滩”上，而不是至今未倒的“沙滩”的红楼。北京大学现在有幼儿园、附小、附中，正是一个全系统教育结构。只管上层不管基础是不行的。北京大学到一九九八年一百周年时，也就是戊戌变法一百周年时，又是日本明治维新一百三十周年时，将成为幼儿园、小学、中学、大学、研究院合成的一个教育系统工程的全新工地。北大应当在当前已开始出现的全世界教育大变革浪潮中处于前列，到二十一世纪发挥国际性的作用，无愧于我们的伟大祖国。这是我的真诚的希望。

1988 年

忆昔流星雨

报载：今年（一九九八）十一月十八日狮子座流星雨又要来了。我好像忽然听人说到老朋友，不免唠叨几句。

一九三三年，我在北平（北京）见到报上说，这一阵特大的流星雨就要来了，过三十三年才有一次，如何壮观又难见。当时我开始对天文发生兴趣，一心想看，可是住在公寓里，是个大杂院，不便深夜一人独自在院中徘徊，便和友人喻君谈起。他邀我到他那里去看，因为他租的一间房是独院，房东住后院。院子不小，没有树，正好观天。可是两人通宵不睡，除看星外干什么，他又提议，翻译那本世界语注解世界语的字典，可以断断续续，与观星互不妨碍。当晚就做实验。哪知一试之下有了新发现。

原来世界语的基本词汇不到一千，全靠加词头、词尾变化出无数新词。若要靠本身语言注解。又容易，又明白，必须有巧妙思路。例如，一、是、有、来、美，好这类字，怎么解释才能不比所注的字难懂？那本字典的编者是波兰人，笔名Kabe，真有办法，不但解得巧而好，还加上一些他从其他语言翻译成世界语的谚语作为例子，自然而生动，往往使我们拍案叫绝。但欣赏之余发生了翻译问题。译文怎么才能配得上原文？又如“一石双鸟”要不要改译成“一箭双雕”？于是又有了讨论、争辩，常常相持不下。反正无人肯出版这种书，不必着急，就东译一字，西找一字，先自己试作解释，再与原文比较，进行辩论，消磨时间。一转眼，两三个钟头过去了。第二夜接着来。我花几个铜圆买了一包“半空”花生带去。他在生火取暖的煤球炉上，开水壶旁，放了从房东借来的小锅，问我，猜猜锅里是什么。我猜不着。他说，是珍珠。我不信，揭开锅盖一看，真是一粒粒圆的，白的，像豆子样的粮食。我明白了，是马援从交趾带回来的薏苡，被人诬告说是珍珠，以后就有了用“薏苡明珠”暗示诬告的典故，所以他说是珍珠。他是从中药店里买来的，是为观星时消夜用的。看流星雨，辩论翻译，吃“半空”和薏苡仁粥，真是这两个刚到二丨二岁的青年人的好福气。

可惜的是，这一年狮子座流星雨误了期，没出现，但我们也不是白白熬夜，我们过了非常愉快的几个夜晚，不过字典没有译成。

一九六六年又是这群流星朋友降临之年。赶上了我们正在创造“史无前例”的历史。那年十一月里还没有正式“牛棚’，有的只能算是预备班。我夹在一些修字号的书记和资字号的权威中间，到一个农村去白日劳动，晚间接受批判。那时只能低头认罪，哪敢抬头望天，都忘了头上有青天了。现在才知道，这一年老朋友们来了，但只到西半球，没来中国，即使恭候，也是白等，因此并无遗憾。

万没想到我又赶上了一百年来的第三次，可是没法亲自欢迎了。怕冷，眼花，久不出门，而且周围高楼丛起，夜间灯火通明，纵使能出去观赏满天花雨，也恐怕望得见的仅有稀稀落落了，何况说不定他们又会像六十五年前那样不肯露面呢？祝愿跨世纪的人们有福气欣赏这次的天女散花。看不到也不要紧，还有下一次。我都遇上了三次。下次你们可能有人登上航天飞机去看，可是别碰上了，那不是好玩的。

诗曰：忆昔流星雨，抬头苦望天。三逢皆未见，一笑叹无缘。

1998 年 11 月 1 日

第 四 辑
似是故人来

假如有人稍稍注意听一下这四位教师模样不过三十五岁上下的人谈话，也许会觉得奇怪。他们谈的不着边际，纵横跳跃，忽而旧学，忽而新诗，又是古文，又是外文，《圣经》连上《红楼梦》，屈原和甘地做伴侣，有时庄严郑重，有时嬉笑诙谐。偶然一个人即景生情随口吟出一句七字诗，便一人一句联下去，不过片刻竟出来一首七绝打油诗，全都呵呵大笑。这些人说疯不疯，似狂非狂，是些什么人？

珞珈山下四人行

四十八年前，一九四六年，武汉大学战后复员回到武昌珞珈山。山上仿布达拉宫外形建造的教学楼和学生宿舍依然无恙，另外的山前山后上上下下的旧房虽然还在却已残破了。

秋天傍晚，山下大路上常有人散步。有四个人在路上碰面时就一边走一边高谈阔论，还嘻嘻哈哈发出笑声，有点引人注目，但谁也不以为意，仿佛大学里就应当这样无拘无束，更何况是在田野之中，东湖之滨。

假如有人稍稍注意听一下这四位教师模样不过三十五岁上下的人谈话，也许会觉得奇怪。他们谈的不着边际，纵横跳跃，忽而旧学，忽而新诗，又是古文，又是外文，《圣经》连上《红楼梦》，屈原和甘地做伴侣，有时庄严郑重，有时嬉笑诙谐。偶然一个人即景生情随口吟出一句七字诗，便一人一句联下去，不过片刻竟出来一首七绝打油诗，全都呵呵大笑。这些人说疯不疯，似狂非狂，是些什么人？

原来这是新结识不久的四位教授，分属四系，彼此年龄不过相差一两岁，依长幼次序便是：外文系的周煦良，历史系的唐长孺，哲学系的金克木，中文系的程千帆。四人都是“不名一家”，周研究外国文学，但他是世家子弟，又熟悉中国古典。唐由家学懂得书画文物，又因家庭关系早年就得读刘氏嘉业堂所藏古书。他还曾从名演员华传浩学昆曲，又会唱弹词，后来在上海进了不止一所大学的不止一个系，得到史学大家吕思勉指引后才专重中国史学，但还译出《富兰克林自传》和赛珍珠的小说。他是为草创《孽海花》的金松岑代授课才开始教大学的。金是认识他的人都知道的杂货摊。程专精中国古典文学，但上大学时读外文，作新诗，所从的业师是几位著名宿儒，自己又是名门之后，却兼好新学。程的夫人是以填词出名的诗人沈祖棻，也写过新诗和小说。她是中文系教授，不出来散步，但常参加四人闲谈。

当时八年抗战胜利结束，复员后文化教育各方都想有所作为，谁也料想不到一年后烽烟再起，两年后全国情况大变，需要从头学习以适应新的形势要求。那时大学都还照老一套办事，想重振学风，勇攀高峰，参加世界学术之林。武汉大学校长周颁生雄心勃勃，做的第一件事便是请新教师。他要把文、理、法、工、农、医六个学院都办成第一流。单说文科，便有刘永济任文学院长，吴宓任外国文学系主任，刘绩任中国文学系主任，新从美国回来的吴于度任历史系主任，已在病中随后中年早逝的万卓恒任哲学系主任。万以后洪谦继任。全校各系都请了一些新的教授，真是不拘一格聘人才。谁能想得到不过一年以后便出现一九四七年的“六·一”惨案？学生宿舍突然深夜被军队包围，开枪打死三个学生，捕去五位教授：工学院机械系的刘颖，外文系的缪朗山、朱君允（女），历史系的梁园东，哲学系的金克木。

周煦良教了一年便离校回上海了（一九八三年底他病故时是华东师范大学教授）。两年后，一九四八年，金克木到了北京大学。程千帆多年脱离教学，"文革"后离武大，接受南京大学之聘。沈祖棻退休后一九七七年在武汉因车祸故去。上面提到的人大多已先辞世，此刻在世的只有南京的程千帆和北京的金克木，都已经年过八十了。

珞珈山下在一起散步的四人教的是古典，而对于今俗都很注意，谈的并非全是雅事。唐长孺多年不读《红楼梦》而对红楼中大小人物事件如数家珍，不下于爱讲"红学"的吴宓。周煦良从上海带来两本英文小本子小说。他在战后地摊上买了专为美国兵印的许多同一版式的小书，想知道战时美国军人的读书生活。他说，古典的不论，通俗的只有这两本可看。一是他后来译出的《珍妮的画像》，一是讲外星人来地球在爱中以"心波"不自知而杀人的荒诞故事。他还带来还珠楼主的《蜀山剑侠传》，说是当时上海最风行的小说，写了西南少数民族，有些"法宝"是大战前想不到的。金克木还曾到租书铺租来《青城十九侠》、《长眉真人传》等等还珠楼主的小说。四人都对武侠流行而爱情落后议论纷纷，觉得好像是社会日新而人心有"返祖"之势。雅俗合参，古今并重，中外通行，是珞珈四友的共同点。其实这是中国读书人的传统习惯。直到那时，在许多大学的教师和学生中这并不是希罕事，不足为奇。大学本来是"所学者大"，没有"小家子气"和"行会习气"的意思吧？当然这都是五十年代以前的古话，时过境迁，也不必惋惜或者责备了。

四人之外的沈祖棻以诗词名家。她由车祸不幸辞世以后，程千帆将她的著作整理出版。在《涉江诗》的最初油印本上，当时八十二岁的朱光潜题了两首诗。一首以李清照相比：

易安而后见斯人，
骨秀神清自不群。
身经离乱多忧患，
古今一例以诗鸣。

沈的诗中有一些《岁暮怀人诗》。忆周煦良云：

论文难忘山中夜，
访旧曾寻海上居。
如饮醇醪人自醉，
周郎交谊未应疏。

忆金克木云：

月黑挑灯偏说鬼，
酒阑挥麈更谈玄。
斯人一去风流歇，
寂寞空山廿五年。

一九八八年初，也就是旧历丁卯年除夕，唐长孺作一首七律诗寄给金克木，当时唐目已近盲。

负鼓盲翁百事虚，
更无才力应时需。
乾坤次第开新貌，
日月缠绵到岁除。
广座杯盘人散后，
山城爆竹梦回初。
商量七十余年事，
乞向书丛问蠹鱼。

金步原韵和诗一首：

七七春秋付子虚，
微躯此日尚何需。
少年衣食马牛走，
老境盲聋岁月除。
愧对文坛陪座末，
甘离教席赋《遂初》。
衰翁千里犹酬唱，
应笑执筌未得鱼。

唐得和诗后又步前韵作一首。金诗衰飒，唐再和诗似有劝慰之意。

扶衰却病事全虚。
那有神方应急需？
偶为谈玄开卷帙，
欣看新绿上阶除。
门前山色风吹去，
帘外桃花梦觉初。
海阔天空春浩荡，
忘情飞鸟与潜鱼。

沈祖棻《岁暮怀人诗》有序，其中云："磋乎！九泉不作，论心已绝于今生。千里非遥，执手方期于来日。远书宜达，天末长吟。逝者何堪，秋坟咽唱。"

如今唐长孺又在一九九四年十月十四日溘然长逝。上述诸人仅余程、金，一南，一北。周煦良谢世后，金有一诗寄程，述在珞珈山时事。诗中"幻波池"见《蜀山剑侠传》，"漱玉"借李清照词集指沈祖棻。录下兼送唐长孺之行。

倾盖论交忆珞珈，
西装道服并袈裟。
蟹行贝叶同宜读，
断简残编共叹嗟。
池号"幻波"波有梦，
集成《漱玉》玉无瑕。
剧怜摇落秋风后，
又向天涯送海槎。

送指路人

邓恭三（邓广铭）比我年长五岁，是我结交六十多年的老友，又是让我知道学术道路的最初指路人。他走了，我在随他去以前理当说几句话为他送行。

1935年我进北大图书馆当职员，管借书还书。有一天，一个借书人忽然隔着柜台对我轻轻说："你是金克木吧？你会写文章。某某人非常喜欢你写的文。"这个某某人的名字我没听清，不知道是谁。他以为我知道，我也就没问。从借书证上我看出这个人是历史系四年级学生邓广铭。我感到奇怪，我只有发表不多的新诗和翻译署这个名字，乱七八糟的文多半用笔名，而且是朋友拿去登在无名报刊上的。他说的那个人是谁，怎么会知道，而且告诉他我在这里？这个问题我没有问过他。他也不会想到有这种问题。从此以后，他来借书时往往同我说几句话。有一次竟把他的毕业论文稿带来给我看，就是他在胡适指导下作的《陈亮传》。这是第二次我见到同类清稿。第一次是中文系的应届毕业生徐芳女士，新诗人，她的论文是《中国新诗史》，也是胡适指导的，她有意无意把论文放在柜台上让我看见，由此互相认识。那不奇怪，我明白，她是为了显示自己是才女。邓给我看论文是什么意思？我从未想起去走什么学术道路，也不知道那条路在何方。万想不到他是来给我指路的。至今我也不敢说自己真是走上了学术正路。后来有一次他在我下班时来，一同走出馆外，走向红楼，在10年后有“民主广场”之名而现在已经消失了的北大操场上边走边谈。他谈起怎么写了一篇书评，评论一位名人的有关宋史的书。那时规定学生要做读书报告，他便交上这篇文，得到文学院长胡适赏识并鼓励他继续研究宋史。于是他写出《陈亮传》。现在发现宋史情况复杂，资料太多，问题不少，主要是对从东北南下的辽、金的和、战问题。他决心毕业后有条件就继续研究，不过一生也未必能解决多少问题。穿过红楼到了校门口分别时，我说，我们现在还是生活在宋朝，彼此苦笑而别。当时日本已占领东北，河北省已有一部分变相沦陷，几个月后就扩大到华北。“一二·九”学生运动由此爆发，再一年多全面抗战开始了。现代毕竟不是宋朝。但我们那时怎么能够预料到，不过10年（1935—1945）全世界就有翻天覆地大变化呢？从此我知道了邓不仅专心学术而且是爱国志士。

又有一次，他拿来一本装订成册的铅印的讲义给我看。原来是傅斯年讲的中国文学史。我说，傅是五四运动的《新潮》派，怎么留学回来成了历史语言研究所的所长？他说，“你先看这本书，看他有没有学问。”我拿回一看，不像讲义，是一篇篇讲演稿或笔记。开头讲《诗经》的“四始”，说法很新，但我觉得有点靠不住。看到后来种种不同寻常的议论，虽然仍有霸气，但并非空谈，是确有见地，值得思索。现在隔了大半个世纪，内容几乎完全忘了，但还记得读他比较唐宋诗那一段时的兴奋。真想不到能这样直截了当要言不烦说明那么范围广大的问题，能从诗看出作诗人的心情、思想、人品，再推到社会地位、风气变迁，然后显出时代特征，作概括论断。尽管过于简单化，不免武断，霸气袭人，但确是抓住了要害，启发思索。举出例证仅有两首七律，一首是唐代温庭筠的，末句是“欲将书剑学从军。”另一首是宋代黄庭坚的，末句是“暮窗归了读残书。”单从这两句就可以看出明显是两个时代两种文人的心声。这是精心挑选的典型例子。我由此联想晚唐李、杜，盛唐李、杜，初唐王勃，想到宋代苏东坡、陆放翁，回想这些人的诗，再加上两代的文，韩、柳、欧、苏，从记忆中寻找同例、异例，发现双方虽有交叉，而差别显然。又想到以前翻看过的顾亭林的《日知录》，才知道，举例何必多，再多也全不了，靠的是读者自己去思索，去查对。知者可以举一反三，不知者多举例也无用，重要的是顾所谓采山之铜，不重复别人。我还发现傅的比较法并非泛泛，有比较才有鉴别，有鉴别才会有发现，若没有发现，那研究什么。科学的比较不是任意拉扯猜测，看来容易，其实极难。费大力研究的结果可能只需几句话就讲出了要点。我只在幼年读过旧书，那几年只读洋书，但凭记忆所及就觉得傅的说法虽未必是结论，但确实是独具只眼，能引起人思考问题。于是觉得，学术研究不能要求到我为止，认为我所说的就是最后定论。切实的研究恐怕只能是承先启后，继往开来，不断出新，而新的又不一定全盘推翻旧的。研究学术问题好像是没有终点，看来是终点的实在是新的起点。记得我那晚边看边想竟忘了照例的读外文小说。可是我还书时两人只有这样两句话："有学问？""有学问。"接着他又谈他的计划，打算申请"庚款"资助，专心研究辛弃疾的词和生平事迹，说起研究这一课题的价值和困难等等。

这时他已毕业留校，属于文科研究所，但还没有交出学生宿舍房间，所以有一次邀我晚上到他住处去畅谈。我去时一看，室内还有两人，都是他的同班同学。一是傅乐焕，一是张政。经他介绍后，他们好像跟我早已熟识，继续天南地北古今中外漫谈。不知怎么忽然说到地理，我插话问起现代的地图画法，怎么把球面改成平面，怎么画出经纬度。傅一听就在桌上书堆里翻出两本书递给我，说："这是投影问题。这两本小书简单明了，容易懂，你看过就明白了。"我接过一看，是德文的，里面有数学公式和一些图，当然我看不懂，翻翻就还他。也没人问我什么，大家仍接着原来的话题谈。我发现他们虽然同班上课四年，所学却大不相同，都不是照着老师教的图形描画而是自辟道路。张熟悉古董古书。傅通晓中外史地。邓专心于中国中古史。可是彼此互相通气，并不隔绝。古典、外文，随口出来，全是原文，不需要解释，仿佛都是常识。他们对我毫不见外。明摆着我不懂德文和数学，也无人在意，好像认为会是当然，不会也没什么了不起。因为不久就要各自西东，所以大家谈得很热闹。我不觉拘束，没意识到自己的身份和学识远不如他们。后来我才知道，这种青年学者的风度不是随时、随地、随人都能见到的。恭三这时已经结婚，在宿舍只是挂名。他回家，我也一同走了。那一晚我见到三个不通人情世故不懂追名逐利的青年，以后这三人果然都成为学者。十分可惜的是，我听说，傅乐焕留学回国后在50年代由不幸遭遇而自动离开世界。邓如今又去世，三人行此刻仅有张君了。

这段时间我和恭三经常见面，不是仅仅空谈，也有实际作为。从一开始他就对我说，天津《益世报》有个《读书周刊》，由历史系教授毛子水主编，实际上是四个四年级学生每周轮流编辑。他是其中之一，每月轮到一次，要我写文章。他不想在这方面多花时间，也不习惯写这类报纸文体，最好我能给他帮忙，经常供给稿子。我说，我现在只看外国书。他说，谈洋书也行，不过报纸是天主教办的，别沾宗教，莫论政治，小小冒犯政府不要紧。于是我写了一些长长短短与书有关的文，每篇署上不同笔名。我随时交，他随时登，也不修改，还说是我帮助他省下不少写稿约稿时间。记得我写过短文，据英译本介绍俄国史诗《伊戈耳远征》，谈俄国无政府主义女革命家的《薇娜自传》（近年才有巴金译本）。还引过法国汉学家马伯乐在《通报》上评郭沫若《中国古代社会研究》的话，发挥几句。他说郭有中国学者所缺少的“科学的想象”，这指的是什么？我借此把当时被通缉逃往日本东京的郭沫若的名字点出来。现在的人不会感觉到，以上说的这些在那时都是犯忌讳的，许多报刊不会登出的。我也写文对名人提过意见，评过邓认识的人的书，自然用的都是笔名。被评的人不知道，不注意。毛主编说过什么没有，邓没说，我也不问。只有一次不同，不妨多说几句：

“周作人讲演，邓恭三笔记”的《中国新文学源流》出版后引起轩然大波。周提出“言志”和“载道”对立，提倡晚明小品。这不仅产生争论，而且引出大量古典小品纷纷上市。我对邓说，这是你闯的祸。他说与他无关，他不过整理笔记给讲演者看过，出版者出书赚钱，他得稿费买了一部《二十四史》，如此而已。文坛上风波怎么能涉及他？我说，不错。梁漱溟讲演《东西文化及其哲学》是罗常培笔记的，罗不讲哲学，笔记者不对书的内容负责。你没有提倡那种小品文，也不写，可是如今这种小品成为大潮了。其实依我看，“言志”仍是“载道”，不过是以此道对彼道而已，实际是兄弟之争。他叫我写成文章看看。我知道他又借此约稿，便说，写也是白费力，你能登？他说：“你写，我就发，只看你怎么写。”于是我写出了《为载道辩》，将近万言，没署笔名，交给他。话虽说得婉转，对周仍是有点不敬，以为不会发表。可是全文登出来了，一字未改，占了整整一期。我没问他，毛子水主编和周作人对此文有什么意见。后来见面时他笑着说：“朱自清以为那篇文是毛子水写的。每月照例由毛出面用编辑费请客，四个编辑也参加。朱来了，对毛说，他猜出了那个笔名，五行金生水，所以金就是水。当然毛作了解释，说那不是笔名，是一个年轻人。”

这样，由于恭三，我为《读书周刊》写文，又常听他的议论，多少沾上了一点学术的边。他使我望见了所谓学术道路和学者的基本功夫，不过我还没有想到自己要当学者，那太难了，我知道自己不行。恭三在这条路上走了一辈子。他给我指路。我好像没有真正走上去，走的不像是他指的路。现在他休息了，我就讲这指路故事为他送行。

1998 年 7 月

叹逝

“川阅水以成川，水滔滔而日度。世阅人而为世，人冉冉而行暮。人何世而弗新？世何人之能故？”

这是距今一千七百年前陆机《叹逝赋》中的句子。不错，河中流水永远是新来的。一代又一代的新人有谁能永留成为旧人而不逝去？

近年来故旧逝世的已经不少，但接二连三来讣告却是最近一两个月。先是诗人陈敬容，接着是北大三教授：徐继曾、杨周翰、王瑶。他们年纪比我小些，身体比我好些，比我有才学，有成就，对生活的信心又比我强，为什么都先我而去，留下我还在世上呢？

当卢沟桥炮声乍响时，极少人能料到一贯退让的政府竟能全面抗战。因此，我仍去中山公园赴邓恭三（广铭）的约会，去见诗人曹葆华。他来时身后跟着一位女郎，看来不到二十岁，戴一顶大草帽，穿一件“阴丹士林”蓝布旗袍。原来她就是新近在报刊上发表诗的陈敬容。过了将近四十年，我才知道她在

《世界文学》工作。那是“文革”末期，我去看朱海观，偶然提到陈敬容。朱说他们是同事，住家不远，便拉我去看她。这时她正在房门口走廊上炒菜。屋里有一个几岁的娃娃，她的外孙女。她头发白了一半。又过一些年,《九叶集》出版，她和几位诗人到我家来过。以后她又寄一本《陈敬容选集》给我。前年，她忽来我家，说是七十岁满了。带来她的外孙女，是她初见我时的年纪吧？怎么能想得到只过两年这位故人竟和海观一样成为故去的人呢？

二十年前我和一些“牛鬼蛇神”同去郊区劳动改造。有一天清晨，我在仅有芦席围着的露天厕所里发现一个人手拿一张撕下的外文书页在看。我正在极力忘掉学过的外文而怕忘不掉，怎么还有人怕忘掉呢？这人就是徐继曾。几年前，他送我一本他译的卢梭《漫步遐想录》。不到一百天以前，他见到我在一篇文中说，不知卢梭《忏悔录》译全了没有，便送来了一部全译本。前半是他校过的，后半是他译的。怎能想到这就是最后一面？卢梭在世间一直是孤独的。我曾为他译的书名省去了“孤独者”而感遗憾。现在有他去陪，卢梭又有一位中国朋友了。

“一二·九”前夕，沙滩北京大学红楼旁边，有七八个学生租了一间房子，自己起火做饭吃，取名“窝头饭团”。我不是学生，也被邀参加，我猜想那间房子是另有用途的，不过打出“饭团”牌子掩人耳目。这几个人都是学外语的。一位在抗战时打游击牺牲了。其余的人，除两人当教师以外，解放后都在不低的岗位上工作。两个教师，一是我，一是杨周翰。他在饭团没有多久便到欧洲和外国人合作编书去了。他从瑞典寄来一封长信，述说初到时对欧洲的人和文明的观感。记得他说在接触欧洲普通人时感觉到了平静中的危机。那时希特勒上台已两三年了。

王瑶是我在五十年代才认识的。三十年前"拔白旗"时我在市场书摊上见到批判北大几教授的文集，他也在内，不过被"拔"的人不知道有这本书。也不过是两个月以前吧，我在学校的一次会上见到他，依旧不停地含着那支烟斗。我曾劝他戒烟，说，在"劳改大院"中不是不抽烟吗？他笑了笑，说，现在不是不"劳改"了吗？他兴致勃勃周游全国，还到东京和巴黎，怎么忽然就不见了呢？

二十年前在江西鲤鱼洲北大分校劳动时，外语系科的人合组一个连。由于开始招工农兵学员到大学进行"上、管、改"，领导说，学外语的人可以重捡起外语了。有一次，恰巧杨周翰、殷葆书和我对坐在草棚中相距不过一米的双层床的下铺上，偶然提到了翻译。我问，"倚老卖老"在英文中有没有对应的话。大家想不出来。我说，我们把"封、资、修"的东西忘得差不多了。三人都不由得笑了起来。各人笑得不一样。但都是真正开心的笑，可见还是没有忘记老本行，一讲外文翻译，仍然兴趣浓厚。杨周翰想出了一句英国话，仍旧不大贴切。难在"倚老卖老"可以是对别人的讽刺，也可以是给自己的貌似自谦的挡箭牌，可以是轻松的谈笑，也可以是严厉的讥嘲。这类话是汉语中有文化思想背景的多年凝结的习惯语，可以随语境而变化语气，是很不容易在其他语言中有对应的，在汉文中用得不好也会出岔子。和王瑶的从中国中古文学转入现代文学类似，杨周翰也是从英语古典文学以及拉丁文学转入现代新学科比较文学的。大概古今中外新旧文学原本是互相通气而又彼此不能完全通气的吧？执一端而以为天下之学尽在此，恐怕是不大行的。我说这话是不是也有点“倚老卖老”了呢？

悼念这四位新去世的朋友，感到知人真不容易，对今人和对古人，对生人和对熟人，都一样。我对他们所知不多，自不能“谬托知己”，只能说，我以为他们有一点共同之处是我实在赶不上的，那便是对“真”的追求和执着与确信。陈敬容是以诗文追求情感的“真”，另三位都一直在大学教书，是在学术上追求“真”。他们很谦虚、又很骄傲。对自己真正知道的很骄傲，对自己所不知道或不大知道的很谦虚。知道学问无止境，即使是自己确实知道一点的，也不能说是全知道，也会有不足。我从未听到他们鄙薄别人，除非是“强不知以为知”的人。但对这种人也不出恶声，不过笑笑而已。陈是诗人，徐、杨、王是学者，所以有点诗人和学者的气派，但不是虚架子，不是笑嘻嘻点头敷衍的面孔，也不带“拒人于千里之外”的神气。记得五十多年前曾见钱钟书有诗句云：“拚将壮悔题全集，争说文章老更成。”非常欣赏。这才是学者兼诗人的境界。我是学不到了。

还是再抄几句《叹逝赋》吧。

“亲落落而日稀，
友靡靡而愈索。”
“托末契于后生，
余将老而为客。”

1989年岁阑

三笑记

人生下来就大哭，过些天又会开口笑。婴儿自己不知道，这是哭，这是笑，是从大人的反应中知道效果的。于是哭笑不仅是发自内心，而且是有求于外，是含有预期得到效应的有意识的生理行为了。

开怀大笑，不知道为什么，两人同时开口，无因无由无求无欲，这才难得。我有过这样的笑，值得庆幸。

那是一九六六年夏天之交，大学里如同开锅，热闹非凡。不知怎么冷清的时候，有的地方会忽然平静无事，人都不知集中到什么地方去了。有一天，我正在和一些“牛鬼蛇神”搬运石头，从屋边拣起大小石块放在筐内抬过一片开阔地，卸在当年洋人修的燕京大学围墙下面。和我同抬一筐的是化学系的傅鹰教授。两人不发一言，全心全意劳动。来回抬了几趟，不知怎么，突然寂无人声。在墙下卸完石头，抬头一看，只剩我们两个人。其他人不知哪里去了。竟没人给我们打招呼。我们也没有抬头看过周围的人，只低头劳动，入于人我两忘的高级禅境。这时猛然发现如在荒原，只有两个老头，对着一堆石头，一只筐，一根扁担，一堵墙，一片空地。

傅鹰教授是从美国回来的。在“大跃进”中，科学研究也上马大干。要他发表对千军万马协同作战研究科学的体会时，他背诵两句唐诗：“一春梦雨常飘瓦，尽日灵风不满旗。”因此挨了一顿批判。可是好像批与被批双方都不知批的是什么，为什么批。有人问我。我说，古诗和大事同样难懂。以不懂为妙。何必不懂装懂？他的夫人也是化学教授。两人都已故去了。既已安息，就不必多说话打扰他们了。

又一次大笑是在这以后不到一年。我一直坚持劳动，但是同劳动的人却常常更换。有一天，留在空空一座大楼里劳动的只有三个人。我，教日文的刘振瀛和一位嫁给中国丈夫的日本女人，她取的中国的姓是李。我们的任务是擦窗户。我初见李时，她好像是二十岁上下的美丽活泼的小姑娘，此时她已经是两个孩子的母亲了。不知何时她当了职员，也不知为什么陪我们一起劳动。这个女的，据说当学生时在战后日本做过各种劳动，继承战时的“奉仕”（服务），不过是为自己生活不是为“圣战”了。她会操持家务，所以比两位老教授都“懂行”。她教我们怎么先用旧报纸，再用干布，然后用湿布，又重复用干布，从点到面擦玻璃。两个老学生随着她的示范倒也学得不慢。后来要站上窗台去清除上层积垢，两个老头都面有难色。虽是二楼，摔下去也不是玩的。还是她，自告奋勇，一跳便站上去。我给她递工具。窗子是开着的。她站得很坚定。我还是担心不稳。不一会，任务完成，她一回身便往下跳。我出于本能，不自量力，伸手去保护。哪知她心里也不踏实，跳下时怕往外倒，竟向内侧着，一见我伸手，转身一躲，反而维持不住平衡，一下子靠在我的手臂上。我本是无心举臂，并未用力，也跟着一歪。幸而她不到三十岁，我也不过五十岁，脚跟还站得稳，都没跌倒。旁边的刘出于意外吓了一跳。三人定过神来，不由自主同声哈哈一笑。我笑得最响。她也失去少女风度，张开大嘴。刘反笑得庄严，不失留学日本时受的“喜怒不形于色”的磨炼。这一阵笑声在空荡荡的大楼里和着回声仿佛突如其来的音乐，像有的交响乐的“曲终奏雅”，轰然巨响，真是难得。当然，这事除我们自己以外，谁也不知道。他们两位大约随后便忘了。只有我记到现在，因为这是我的第二次老来开心大笑。

现在刘已成为古人，李也回日本去了。三人余一，忽然想起这次三人大笑，接着又想起那次二人大笑，不由得又想笑，可是笑不出来。强迫哭比强迫笑容易。我老而不死也有好处，比别人多些时间回忆。记得笑比记得哭好。我的记忆中几乎都是一些可笑的事，都是我自己做下的。记不得生下来的哭。大约十岁以后就不哭了。二十岁时，哥哥突然去世。我艰难困苦回到家，见到老母忍不住伏在她膝上哭了一场。此外再也想不起什么时候哭过。那次哭后不久，我又离家外出，举目无亲，飘零各地，无论遇见什么事都不会哭，要哭也没有眼泪。我的女朋友告诉我，她好像不会脸红。我告诉她，我不会流泪。于是两人相对开心笑起来，觉得真够做朋友。

还有第三次的笑，那一定是在我登上八宝山“火遁”“尸解”的时候。但不会有人看见，自己也不知道了。所以预先在这里记下一笔。是为“三笑记”。记于一九九三年四月，癸酉闰三月前夕。

诗人的再生

诗人徐迟匆忙走了，像一枚爆竹，跃入太空，便无影无踪，只剩下音响。

有两类诗人，都是迷诗，爱诗，作诗，以诗为命。然而一类诗人还另有散文生活思想，而另一类的则把生活也要求诗化，化不成就无比痛苦，只好用诗的方式结束生命。这一类诗人中，最早的是屈原，后来又有李白，两人都消逝于水中。现代有徐志摩，他“想飞”，就飞上天，不回来了。如今又有了徐迟。这些诗人都到诗的世界再生去了。

一九八五年初，徐迟夫人陈松女士离开世界后，我写了一首绝句寄给正在悼亡中的徐迟：

南浔、香港、莫干山，忽漫相逢五十年。

泥上偶然留爪印，莫言天上与人间。

一九三六年春天，诗人戴望舒到杭州西湖孤山俞楼来，看到我正在翻译《通俗天文学》，回上海后写了一首诗寄给我。这便是那首《赠克木》(以后改题为《赠友人》)。我随即答了一首诗寄给他。不久他来信说，我那首《答望舒》被诗人路易士要去登在他和徐迟合编的《诗志》上了。这杂志只在当年十一月出了一期。我也没有留稿。直到大约八十年代初，老朋友喻君才在上海徐家汇的图书馆藏书楼中找到，抄下一份给我。现在我再抄在此处，隔了六十年重新发表，也算是对这些往生诗的世界的朋友们的一种纪念吧。

世人羡慕天上的星辰，
以为它们自由自在任意游行。
殊不知它们有无形的镣铐，
它们有丝毫不能错的轨道。
它们顷刻之间运动千百万里，
千百万年来还是没有大差异。
这样迟缓又这样匆忙，
这是既真实又虚伪的大梦一场。
宇宙原是个有限的无穷。
人类恰好是现实的虚空。
只有那无端的数学法则，
才统治了自己又统治了一切。
黑暗中的生物害怕光明，
因为光明中有奇异的寒冷。
光明他不能统治，黑暗也并不可爱，
然而在黑暗中他忘了自己的存在。
“一切皆数！”第一个人从黑暗中醒来，

从此传染了光明的悲哀。
小儿才不怕水没顶，不怕火伤手，
他不知道必然，他有自由。
星辰不知宇宙。宇宙不知人。
人却要知道宇宙，费尽了精神。
愈趋愈远，愈结成简单的道理：
不知道宇宙因为不知道自己。
分子、原子、电子、量子、中子、正子，
愈析愈微，愈难分彼此。
一度二度三度四度……几度的空间，
从方回开始，到不方也不圆。
欲知宇宙之大乃愈见其小。
欲知人事之多乃愈见其少。
“日光之下并无新事”。
知与不知，士各有志。
因为人生只有生殖与生存，
理智从来无用，意志又无根，
艺术宗教都是欺人自欺，
大家无非是逢场作戏。
于是有了看戏人的快乐，
他自以为置身戏外，不知结果如何。
谁知螳螂捕蝉，黄雀又在后，
又演又看的人才有彻骨的哀愁。
自知其不知乃是真知。

求糊涂的聪明人都是如此。
这样的人才有无比的痛苦，
自己的聪明和他人的糊涂要同时担负。
婴儿出世时要有一阵哭声，
从此便有了生，有了痛苦，有了光明。
这样的道理还有谁会不相信，
请看那为光明而烧灼流泪的天上流星。

此诗是一九三六年作，原答望舒，今悼徐迟。二诗友去世，我乃独存，是以不才得终天年吧。

1997 年

殉名记

现在常听人说，学术著作不易出版。我不知道，什么时候，什么地方，学术著作容易出版。

从前我在北京有一位忘年交。那时我不过二十岁出头不多，他顶多年纪比我大一倍，可是头发和牙齿已经开始脱落，显得很老，却又有一股孩子气，和我两人常常相对大笑。两人都没有学历和职业，互相不谈私事，谈的都是外国文和外国书，两人又都没有去过外国。我只知他孤身一人住在哥哥家。租的是后院，前院归房东，但没人住，所以每次我见他总是在房东的客厅里。他从不找我。这样有往无来过了几年。

我们最容易动感情的话题是日本的书业。例如东京的丸善书店，一张明信片寄去，不论要什么外国书，一星期后就必定收到邮局的 C.O.D.（代收货款）通知，便可去邮局交款取书。没有书也必有答复，说明已绝版，尚未出版，暂时缺货以后寄之类。日本人吹嘘，世界上不论什么地方出了有价值的书，不出半年必有日文译本，再过一两个月，书摊上就会出现有人看过卖出的旧书廉价出售。德国也是一样的翻译大国。单是一套英文原文的德国版小本子廉价丛书就有四千种以上。日本人在东单开的东亚公司只有小小一间门面，一边卖杂货，从服装到玩具，另一边是书架。有一架是三省堂、白水社等的各种词典、新书。有一架是岩波文库之类小丛书，印得又好，价钱又便宜。世界名著日译本多极了。高高在架上的是一部三大卷日译本《资本论》。那时中国还没出译本，还在为本文第一句话的一个字是“商品的什么”而争吵不休。中国人学俄文还只有用日本人八杉贞利的《露和词典》，仗汉字猜意思。更可恨的是那位日本老板娘，不但任人翻阅书，而且有问必答，一说话仿佛就要三鞠躬，好像存心要比我们这个三千年礼仪之邦更讲礼貌。这时日本已占领中国东北，德国希特勒已经上台，各自吹嘘是优等民族，把中国人比作犹太人，又聪明又有古文明，可是不会建国，所以是劣等民族。德、日两个文明国被两群野蛮人统治，真是气死人。我们两人认为这是无神论的证明。倘若有全知全能全善的上帝，为什么不叫德国、日本打败仗亡国也尝尝被外国人统治的滋味？真是老天没眼。那时当然不会知道后来的事。

有一次我去见他，发现他忽然面貌一新，简直是年轻了十岁。原来他偶然见到一位名流，顺便说起自己在编一部《中国山水词典》。那位名流大感兴趣，立刻写名片介绍他去找一位学术权威。那位权威一听他的设计更为兴奋，立刻介绍他去找一个学术机构的负责人。那位负责人一谈之下，一口答应给他一个位置，名义和待遇很低，不过工作只是编他自己的词典，在借书查找资料等方面都尽力给方便。他立刻答应，认为这比在卧房里床前小桌上编书好多了，何况还给饭费、车费、零花钱。他第一次有了职业，哥哥全家也都高兴。

他有了工作，我很久没去找他。再见到他时大吃一惊，好像比以前还老了十岁。见面后他一言不发，过些时突然一拍桌子，接着又长叹一口气。随后我才听明白，原来他辞职了。过程是：他工作了一段时间，作出了几张样品。负责人拿去给权威一看，大受赞赏，认为很有学术价值。负责人对他说，他若按计划一两年内完成这部词典，还可以留下来继续进行自己的其他著作。不过首先要让这部书出版。他们无力出书，只有介绍给大书店。书店不看书只看人，有权威题签写序推荐还不够。为了保证出版，最好他能委屈迁就一下，同意作为权威的助手工作，书的作者署上权威的名字……他不等对方把话说完就站起来说："我的书可以不出版，我的名字不能出卖。"收拾起稿子就走，也不再听负责人一句话。他许多天都在家里生气。连哥哥全家也不原谅，说，一个名字有什么要紧？先当一次助手，出书以后渐渐自己就会有名声，何不忍耐一时。我听明白了也无法安慰他，只好走了。不料以后发生"七七"抗战，我匆匆南下，再也没有见到他。

直到战事结束后三年我才又到北京来，再去访这位忘年老友。门庭依旧，还是那拉到后院去的门铃。想不到出来的是一位亭亭玉立的大姑娘。我还未开口，她先笑着叫道："你是我叔叔的那位朋友吗？没怎么变。还是那副眼镜。只是长袍换了西服。我认得你。我叔叔也一直记得你。他只有你一个朋友来找。"我才想起来，从前每次出门见我的是他的侄女儿，那时不过十来岁，转眼十年过去，自然大变样了。连忙问她叔叔好吗。她不笑了，说，“早已去世了。”原来他受了那次打击，精神便开始失常。日本占领北京后，他更是反常。家里怕出事，不放他出门。他有时清醒，有时糊涂，不过两三年就离开了人世。我问到他有没有遗稿，心里还想为老友出点力。大姑娘答道：“都烧了。叔叔临去世前忽然明白过来，叫我把所有稿子都在他床面前火炉里一张张烧成灰。他躺在床上瞪着眼望。烧完了，通向外面的烟囱不冒烟了，他闭上了眼睛，再也没睁开。”

我忍不住了。眼泪顺着脸直往下流。我转身就走。大姑娘在后面大声说了几句话。我一个字也没听进去，耳边只有五个字回旋激荡：

“焚稿断痴情。”

这时我已经知道，他遇到的是极平常的事情。外国同样有。美国一个名牌大学的一位名教授就曾要求一位印度籍教授将著作署他的名字以便出版。那位印度教授连标明合作共同署名都不肯同意，拂袖而去。为了书名上著者名字定不下来，已经排校完毕的学术著作不能付印。美国教授和印度教授先后故去，这书也不知下文了。

名啊！名啊！真的这么重要吗？

忘了的名人

《傅斯年选集》有出版的消息了。作者本来是个名人，后来变得无名了，被淡忘了。现在他又出场，与我何干？不免说一小段因缘。

我从小学跳到大学。转折点是在我教小学时认识了三位大学生同事。我是教书匠，居然有时也想敲敲学术研究的大门，转折点是在于见到一次这位傅孟真先生。这话得从头讲起。

三十年代初期，我和杨景梅在北平沙滩北京大学附近一家豆浆铺里用世界语谈话，被沈仲章误认为讲意大利语，从此我认识了沈。

沈认识一个新疆人正在穷困中，便为他组织了一个夜班，借北大红楼一间教室，请他教新疆话，邀我参加凑数。于是我学会了阿拉伯字母和很难发的几个深喉音。这位穆先生不大会讲汉语。他编印讲义，教语法和会话，还给我起了一个阿拉伯名字。可笑我还没弄清学的是什么语。当时以为是维吾尔语，以后才知道也许还是哈萨克语，或则竟是另外什么语。这个夜班维持没多久，老师就回新疆了。有一位罗常培教授也参加学习。他是音韵学家，北大中文系主任，支援这个班可能是为了调查研究语音，结果是认识了我，但并无来往。

一九三九年我以意外机缘到湖南大学教法文。暑期到昆明时便去访罗先生。他知道我竟能教大学，很高兴，在我临走时给我一张名片，介绍我去见在昆明乡间的傅斯年先生，历史语言研究所的所长。他没说为什么。我也没问。

在一所大庙式的旧房子里，一间大屋子用白布幔隔出一间，里面只有桌子椅子。“傅胖子”叼着烟斗出来见我时没端架子，也不问来意。彼此在桌边对坐后，他开口第一句就是：“历史是个大杂货摊子。”不像讲课，也不像谈话，倒像是自言自语发牢骚。“开门见山”，没几句便说到研究“西洋史”的没有一个人。我打断他，提出一位教授。他叭嗒一口大烟斗，说：“那是教书，不是研究。”这时我才发现烟斗里装的是云南烟叶碎片，不是外国烟丝，而且火早已熄了，只吸烟，不冒烟。

“不懂希腊文，不看原始资料，研究什么希腊史。”他接着讲一通希腊、罗马，忽然问我：“你学不学希腊文？我有一部用德文教希腊文的书，一共三本，非常好，可以送给你。”我连忙推辞，说我的德文程度还不够用做工具去学另一种语文。用英文、法文还勉强可以，只是湖南大学没有这类书。他接着闲谈，不是说历史，就是说语言，总之是中国人不研究外国语言、历史，不懂得世界，不行。过些时，他又说要送我学希腊文的德文书，极力鼓吹如何好，又被我拒绝。我说正在读吉本的罗马史。他说罗马史要读蒙森，那是标准。他说到拉丁文，还是劝我学希腊文。他上天下地，滔滔不绝，夹着不少英文和古文，也不在乎我插嘴。我钻空子把他说过的两句英文合在一起复述，意思是说，要追究原始，直读原文，又要保持和当前文献的接触。他点点头，叭嗒两下无烟的烟斗，也许还在想法子把那部书塞给我。

忽然布幔掀开，出来一个人，手里也拿着烟斗。傅先生站起来给我介绍："这是李济先生。"随即走出门去。我乍见这位主持安阳甲骨文献发掘的考古学家，发现和我只隔着一层白布，一下子不知道说什么好。他上上下下打量我，也不问我是什么人。我想，难怪傅先生说话那么低声，原来是怕扰乱了布幔那边的大学者。谈话太久，他出来干涉了。傅回屋来，向桌上放一本书，说："送你一本书吧。"李一看，立即笑了，说："这是二年级念的。"我拿起书道谢并告辞。这书就是有英文注解的拉丁文的恺撒注的《高卢战纪》。不学希腊，就学拉丁，总是非学不可。这也许就是傅的著名的霸道吧。我试着匆匆学了后面附的语法概要，就从头读起来，一读就放不下了。一句一句啃下去，越来兴趣越大。真是奇妙的语言，奇特的书。那么长的"间接引语"，颠倒错乱而又自然的句子，把自己当做别人客观叙述，冷若冰霜。仿佛听到恺撒大将军的三个词的战争报告："我来到了。我见到了。我胜利了。"全世界都直引原文，真是译不出来。

读时每告一段落，我便写信给傅，证明没有白白得到他的赠书，并收到复信。

这本拉丁文书，在我和书本"彻底决裂"时送给了一位女学生。到我和书本恢复关系时她又还了我。如今这本书还在书架上，使我忘不了送书的傅先生。

写下这篇小文好像还了一笔债，但并不感觉轻松。不知道柏拉图怎么说话，到底是缺憾。胖子的形象又出现在眼前，叭嗒着那不冒烟的烟斗，没有表情。

1996 年 6 月

悼子冈

我认识彭子冈很早，但她认识我很晚。

子冈的成名是作为女记者，但她的出色在于她有一支文笔。至于她的更出色处则是她的为人。不过，若就她对现代中国的贡献而言，还应当说她是第一批中的，甚至是第一个，当成了新闻记者而且一直当到底的女孩子，一个从向往革命到投身革命而对革命却充满热情而理解不足的天真的女性。

30年代初期，我在申报《自由谈》看到署名子冈的一篇小文，文中提到她住在北平西城一家女子宿舍，捎带了一笔那个宿舍的房主。我想这大概就是《中学生》杂志征文中第一名的那个子冈，而这宿舍无疑是我的朋友曹未风新开的秋城女子寄宿舍。于是我去看这位决心花20年时间译莎士比亚的朋友曹未风。他告诉我，子冈本名彭雪珍，是中国大学英文系的一年级学生。我立刻想到那是《中学生》上发表作文的苏州振华女中的学生，大概是叶圣陶先生的弟子。恰在我们谈话时，一位推着自行车的女孩子陪着另一位进了院子。同子冈在那篇文中说的一样，她把自行车向墙上一靠，便和她的朋友站在对面廊下谈起话来。曹未风说这就是子冈。隔着窗帘我认识了她。随后我知道她进大公报当了记者。当时有女作家、女编辑，还没有女记者，至少没有能长期正式当大报记者的女孩子。现在的年轻人恐怕不会想象得出50年前当记者多么不容易，女性对这种职业更是多么难以适应。有勇气的未必有能力，有文笔的又不见得能过忙忙碌碌在各种各样场合会见各种各样人物的记者生涯，受不了几乎天天会碰上的，从报馆内到报馆外，从政治界到文化界，种种方面射过来的责难和闲气。无本领的人，老板不愿用；有本领的人，老板不敢用。可是子冈居然闯开了这一关口，她仗的本身的条件还不是那支笔。会写文章的女孩子有的是。她所仗的是她的天真。我至今也难明白，她怎么能那么相信人，她仿佛想不到世界上居然会有坏人。她不会伤害人，受到伤害时也只是迷惑不解。好人相信她，坏人不防备她，也伤害不了她，因为她不懂人为什么要伤害。她受了气也不会去恼恨别人。她的文并不能完全表现她的人。当然左翼新闻界是另一种情形。抗战初年我在长沙和桂林认识了年纪很轻的高灏和高汾姊妹。她们进了夏衍主办的救亡日报当记者。那时范长江办的国际新闻社和陈农菲主持的青年记者协会都在桂林。高灏很快成为真正的女记者。可是皖南事变发生，救亡日报关门，她又当不成记者了。终于英年早逝，深可惋惜。女记者的人才到处有，可是能用又敢用而不会被封闭的报馆难找啊。高汾后来到重庆，也成为大公报的女记者。这时子冈已经闯开门路，女记者不稀罕了，但也还不是愉快的职业。太平洋战争时，我在印度认识了在赴美途中的杨刚。我知道她曾用杨缤的名字翻译《傲慢与偏见》在商务印书馆出版。她是作为大公报驻美记者出国的，我在大公报驻印记者郭史翼的办事处见到她。那真是一见如故。我实在不明白她为什么那么看得起我。我后来才觉得真有点对不起她的好意，我对她说："你改名为刚，可并不是真刚强。你的傲慢与偏见太多了。你真能忘记自己是女性吗？还是不要那么刚强吧。"坦率的谈话，从世界大势到生活小事。真不知两人怎么会谈得来的。后来我和子冈见面后，立刻发现她和杨刚大不相同。她天真得不知有险，所以能"履险如夷"；而杨刚不行，过不去悬崖峭壁。在郑振铎先生追悼会上我见到杨刚，她说是遇了车祸，神态黯然。我也不知说什么好。我隐隐感到，像郑先生那样正直豪爽的人会在空中遇难，杨刚这样的强者也在平地上撞车，恐怕她会去追随郑先生。果然不久她便向世界告别了。子冈却像是个大孩子，一直到去世前几年还是"不识不知，顺帝之则"。她的天真究竟是幸呢，还是不幸呢？

直到 1948 年，我在北平先认识了徐盈，那是由于我的老朋友郑伯彬，也就是杨刚被日本飞机炸死的丈夫的弟弟。我们在一起谈的是战时和战后的华北经济。我还没有去见和徐在一起的子冈。我随即结婚，才被带到大公报办事处去拜望我的伴侣的振华老同学子冈。大家谈起《中学生》、《自由谈》、大公报，我才发现文实不如其人。子冈和杨刚不同。杨是文学家、诗人，同时是政治人物；而子冈虽是革命者，却不是政治人物。她和我认识或见过的所有女性几乎都不相同。这样的人怎么能在波涛汹涌的政治和文化界当那么多年记者呢？也许是我错了。唯有她这样的人才能以一叶扁舟踏过风浪而感觉不到什么惊险。

杨刚向我提到过陈蕴珍，即巴金夫人萧珊。我在桂林见到她时，她还只能算是个大孩子，坐在那里一言不发打毛衣。到昆明见到时，她是西南联大的学生。在上海又见时，她成为一个婴儿的母亲。从此没有再见，但她给我的印象却不可磨灭。她有子冈的天真，又有杨刚的自信。这是难得的“二难并”，可惜并不是好事。她虽过了杨刚过不去的第一关，却过不了更高大的第二关。反而子冈都能过去，可以说是生于天真，没于天真，给她的友人留下一个无法描述也无可描述的印象。这没有她留给国家社会的文字永久，却更深刻也更生动。

对我来说，这世界是有点奇特的。有一些人见面很少，谈话不多；有的人几十年的交情不过是通信，对面谈话微乎其微；有的人仅仅是一般朋友的见面，甚至还不大见面；可是这些人却都留给我淡化不下去的影像。子冈属于最后这一种。这个名字和这个人，尽管在宇宙中仅仅是一闪而过，然而这道闪光是永存的。

1988 年

送俞敏教授

北师大的俞敏教授离开这个世界了。

我们两人不是同学、同事、同行、同乡。一九三五年认识以后，不久便分离，到一九九五年，六十年间才见面一次，通信一次，几乎是互相不通信息。我们由围棋结交，但彼此从来没有对局下棋。关系如此简单，然而我们决不仅是点头之交。

一九九五年六月下旬，他的儿子，在美国讲授美国文学的俞宁，回来参加关于女性文学的国际学术讨论会，要来北大，忽然打电话给我，说他父亲要来看我。我知道他虽然比我小三四岁，但身体不好，就劝他慎重。我住在三楼，连自己都很少下楼，怕他上下不便。我住的北大的一个宿舍园就是他住过的燕京大学的那个宿舍园。不过他住的平房早拆了，改成楼房有几十年了。只有荷花池塘和未名湖依旧。他若想访旧，可以乘车来转一通，我下楼去见他。过了一天，俞宁来，带来他送我的《俞敏语言学论文集》，说是他父亲腿痛不能来了，他在北大参加那个国际会议以后就回美国。不料七月初俞敏教授就去世了。我到七月中旬才从报上看见消息，随即收到迟来的讣文。尽管我让俞宁带去我送他的几本书，然而从一九三五年相交，只七十年代末他到我家见一次面，谈一次话，实在是太疏远了。特别是在重翻看他送我的两本论文集时，忽然明白了我们为什么在学术上谈不拢而又相通的原因。好比一个说英语，一个说法语，或者是一个说广州话，一个说上海话，又好像一个人说的魔鬼撒旦原来就是另一个人讲的堕落的天使，说来说去，似通非通。一旦知道两人讲的话的同和异，那就豁然贯通，由不通而通了。可惜此时已是人天相隔无从对话，只好仍然不通了。

说起相识的机缘，那是我在北京大学图书馆当职员管借书的时候。他是一年级学生，来借《海昌二妙集》。我一看借书条便问："你下围棋？"他便立刻对我有了兴趣。于是海宁的范西屏、施襄夏两位清朝大国手成为我们的介绍人。他每来借书，我们必定隔着柜台谈话。他是围棋迷，据说下得还不错，不知相当于什么业余段位。我是十七岁以前下过棋，和人一起摆过清朝棋谱，随后"暂停"到七十岁以后才又独自摆棋谱，从来不下棋，实在是不会下。小时候下的摆的都是中国旧式有座子的棋。老了"打谱"才学到日本式的棋。十几年也没懂棋。刚刚敢谈几句棋，我的这位真正会下棋而没有同我下过棋的棋友竟永别了，再也没有和他谈棋的可能了。

七十年代末期，他忽然给我一封信，问到与梵文有关的问题。我去图书馆查到资料抄译给他并提了意见。于是他来找我谈话了。他研究梵汉对音。那是钢和泰提出，汪荣宝首先应用于一篇著名论文中的。我对他谈了我的想法。最近我才知道德国人研究中国纳西族的东巴文献的消息，联想到欧洲人研究梵文文献以及中外许多专家研究中国古韵，才恍然悟到我说的对他们全是外行话。专家的构拟古音系除中国传统外还是欧洲古文献学的十九世纪以来的传统，而我所谈的是另一条道上的语文学。彼此都对，因为不是一回事。再想到我曾对不少大学者闲谈过我对他们专业的小意见。在他们听来，我说的全是外行话。这就是说，我是从他们的行外提出看法。他们都是从事本行学术研究的学者，对外行或行外的意见有兴趣听取考虑作为“他山之石”。此刻我才明白这是怎么回事。俞敏和我恐怕也正是这样，因意见不一致而为朋友。这才符合古人说的“如切如磋如琢如磨”的意思。全都一样，还有什么可谈？可惜现在他们都不可能再听我谈了。

俞敏对我说。他过去下棋太多，误了不少学术研究。他在日本出版的书我没见到，就这两本论文集说，已是不少了，尽管照他的路数说是不曾完工的。他不仅通晓许多外语和方言，而且对梵语、藏语更为注意，对北京话不是“大都话”有自己见解。这些都是为了对古今汉语的研究。他有许多独特见解，不是凭空大胆假设，而是观察细微，见缝生疑，又尽力广搜实例，追查究竟，论证真伪。我特别感兴趣的是他对汉藏语言关系以及西方羌族藏语和东方姜族齐语的同源相通的研究。他费大力编《汉藏同源字谱》，姜子牙和松赞干布可以直接对话竟不需要翻译。看来这是十九世纪印欧语系研究的方法，他用来构建汉藏语系。我对这种文献学的构拟确实是外行，但是见到《公羊传》中有那么多“齐语”，可见古书中有不少文言白话夹杂的词句。楚语已有人研究。齐语有没有人研究？《孟子》里不是说到这两大方言吗？那么，可能和西戎有关的秦语，可能和北狄有关的晋语呢？中原通行的书面语规范是怎么形成的？为什么“不学《诗》，无以言”？“诵《诗》三百，使于四方”，是不是学“外交辞令”？学“官话”？中国古文献中的规范语言和方言问题，印度及中亚语中的通行梵语规范和方言问题，两者是不是可以互相参照？这当然是文献语言学的行以外的想法。俞宁来时，我只和他谈到古典修辞学的传统和当代新趋向，此时想到他父亲的研究以及我们隔行而相通的种种，已经无法托他传达了。

于是我不得不写出这篇送行文，如同刘孝标“重答刘秣陵”的“悬剑空垅”了。

何容教授

何容（谈易）教授在抗战时曾以“老谈”之名与“老向”（王向宸）、“老舍”（舒舍予）并称通俗文艺“三老”。今年七月间他在台湾逝世了。我在九月中《文艺报》上一见到这条消息，便想到要为他写点什么，可是过了这些天，竟不知道要写些什么。

何容原是他的笔名，不是在北京大学时的“学名”。他的第一本书《政治工作大纲》署了这个名字。书的扉页后有一张照片，是作者的半身军装像，军帽、武装带俱全，还题着几句诗。末两句是：“这是从前的我，莫作现在的看。”又印着一方图章：“何容谈易”。姓何名容字谈易，也可读作“谈何容易”。这照片证明，他确实是北伐国民革命军中的一名政治工作人员。书是正正经经写的，不是开玩笑的。书名像教科书，其实不是，是记录一九二七年北伐军中的政治宣传工作的。可是说来奇怪，读者一看这书，不由得就要笑，也不知笑的是什么、为什么要笑。例如他分析标语的类别，有“软标语”、“硬标语”，其实就是写在纸上的和写在木板或墙上的。这有什么可笑？可是一看他的说法就想笑。这本北伐纪事的书被当时提倡幽默的林语堂看中了。在他编的《论语》杂志上当作幽默作品用幽默笔调一介绍，何容这名字顿时成为幽默作家。也许这真是“幽默”一词的本意吧？带着同情的微笑，或者含着眼泪的微笑，或毋宁说是引起思考的微笑。那时离一九二七年大革命还不到十年，见过北伐军的人记忆犹新。北伐军总政治部的正副主任邓演达、郭沫若声名显赫，尽管两人都在被通缉，后来邓演达还被捕“正法’。一位在军中做过政治工作的青年想记录这一段自己经历的史实，怎么写呢？只好出之幽默了。真亏他，怎么能那么正正经经讲正正经经的事而使人发笑，随着笑就又笑不出来，好像要流泪，可是泪也不会流出来。若不是那一时期的人，恐怕看那本书不见得会有那种感受。即使是经过那一时期的人，现在重看那书，也不一定会再有初看时的感受了。

我看到他时是在北京府右街中南海西门内的中国大词典编纂处。他在黎锦熙、钱玄同（疑古玄同）两位教授手下当一名工作人员。我是去找只有二十岁的世界语者周达甫的。已经快中午了。忽然从相邻的一间屋里开门探身出来一个睡眼惺忪的人，说：“你们谈什么这样起劲？把我吵醒了。昨晚看篇文章直到天亮才睡。原想睡到下午，现在睡不成了。”这人便是何容。问他看的什么书这样吸引人。他回答说是王国维的《殷先公先王考》。那时不但《观堂集林》早已出版，《王忠悫公遗书》也出来了。但那些开辟学术新天地的文章还没有多少人认真读过而且认识其价值。我听了，还以为“幽默大师”说这话是把考古论文说得像小说，又是幽默呢。不久，他就到北京大学教起“国语语法’的课了。许多人见到他那副相貌，想起他的书上的军装照片，不笑也想笑，不管他讲的话多么正经、严肃。可见一个人要改变别人得到的初次印象，对也罢，错也罢，真是“谈何容易”。

再一次值得记的会见是在一九三七年抗战开始后。我到了武昌，听说何容和老向在编冯玉祥主办的《抗到底》杂志，便去找他。那可能是冯将军的临时官邸。他接见我是在一间不知是客厅还是门房的屋子里。他要我给那刊物写点宣传抗战的文章。随后，一九三八年，我由曹未风介绍在香港《立报》萨空了手下当国际新闻编辑。知道《抗到底》还在重庆继续抗下去，曾寄去过两篇文，都登出来了。一篇是报导由朝鲜友人安偶生（化名王爱平）和匈牙利人布朗合办的世界语刊物《远东使者》所收到的外国人支援我国抗战的消息，题目大概是《正义的呼声和同情的反响》。另一篇记不清了，仿佛是记到了桂林的新安旅行团的儿童和他们的老师，陶行知的晓庄师范的学生汪达之。若没记错，后一篇应当是我一九三八年底回到桂林时写的。

一九四〇年我去重庆时赶上了大轰炸，是否还见到他，记不清了。那正是“三老”忙于抗战通俗文艺的时候。直到一九四八年我到北京大学来，见到从台湾回来的魏建功教授，才知道“谈何容易”（这是我的叫法，北大熟人叫他的号何子祥）到台湾推行国语去了。几个月前遇见一位从台湾来的出版界的人，我问到何容教授是否还在台湾师大教书。他说，这位教授办的推广普通话的小报销路很广，很有影响，对“推行国语”贡献很大。不料此后不久，这位自号“谈何容易”的老兄已成为古人了。声音笑貌犹在眼前，其实半个世纪以前的见面已经是永久的相别了。

我认识的在台湾的人极少且久失音讯，有的恐已下世。知道依然健在的老人还有两位。一是吴克刚（吴养浩）教授。他去年还回上海看望老友巴金，据说身体很好，不像近九十岁的人。还有和我曾在武汉大学同事的苏雪林教授。听说她年将九十依然健在。我在此祝愿他们二位和在台湾的所有曾经相识的朋友都身体健康，精神愉快！

1990 年 9 月

少年徐迟

徐迟比我小两岁，一看他的谈老年小文，觉得他仍是十八岁少年，和我初见他时一样。

上世纪30年代初期，我们都向《现代》杂志投新诗稿。主编施蛰存先生来信介绍，徐迟正在燕京大学借读，从郊外来城内和我见面，从下午谈到晚上，还请我吃一顿饭。以后他南下回东吴大学，见面只此一次，做了几年通信朋友。

他上教会大学，西装革履，一派洋气，又年少气盛，一心骛新。我是蓝布长衫，不学无业，在古书底子上涂抹洋文，被朋友称为小老头。我们一谈话，处处是共同题目，共同兴趣，又处处是不同知识，不同见解。从中国到外国，从现代到古代，从文学、科学到哲学、宗教，无所不谈，无处不是矛盾对立。正由于这一点，彼此都像发现了新天地，越谈越有相见恨晚之意。

1936年春我到杭州，他来信邀我去南浔他家。他已是大学毕业教中学在家奉母了。于是拱宸桥下搭船，当天下午在蒙蒙细雨中我由他接到家中。老母亲一口南浔话，我一句也听不懂，她也听不懂我的话。每天她去管理一所贫儿院。徐迟说，他父亲晚年得子，一高兴，用家产办了贫儿院，教贫苦儿童学艺。父亲去世，母亲继承，这就是他所承受的遗产。老伯母和我对讲彼此听不懂的话，猜错了，徐迟在旁大笑，好像看到错得可笑的翻译。他的大姐从上海来了，带来一个两岁多的小外甥，讲上海话，我依旧聋哑。小孩子拿我当朋友，不管我懂不懂，时常找我讲一通，夹着不少“金先生，阿是？”我很高兴，有了上海话老师，真学了几句。

我当时翻译《通俗天文学》，还缺一些，便坐在沙发里续译。徐迟给我一块小木板放在沙发上架着，我便伏在板上译书。他爱听音乐，有一些唱片。他对我的天文不感兴趣，我对一窍不通的外国音乐倒很想知道，他便滔滔不绝对我谈论。我仍然是不懂而好提出问题和不同意见，又是互相对立的谈论。我说，我不懂天文，看书懂了一点便译出来给和我一样的人看。你懂音乐，何不把对我讲的这些写出来给我这样的人看。我在他家住了大约一个月，译完了《通俗天文学》。他开始写介绍音乐的书。我们的书以后都在商务印书馆出版了。真是少年胆大，敢讲自己不懂的话，做自己不会的事，写自己也不知道明白不明白的文章和书。

徐迟和我做朋友不是由于同而是由于不同。越是彼此不同，越是谈得有兴味。同的只是题目，这就够了。两人的话一样，还有什么可谈？彼此都听到不同的话，增长了知识，磨炼了意志，这才能彼此都开心，也得益。这次我们两人各写了一封谈老年的信，两信又是大不相同。我说，像我这样的人，八十岁够了。老年来得好。他说，恨不得把老年一拳打跑。徐迟永远十八岁。

有不同才能结合长久而有味。清一色就是清汤，索然无味了。朋友，情人，夫妇，不都是这样吗？我的谬论何其多也，徐迟看到又该笑了。

刘教授文典

刘叔雅（文典）教授的《三余札记》作为安徽近世古籍重新出版了。我在少年时见到的他的书的第一部不是古籍，而是翻译日本人丘浅次郎的《进化论讲话》。书是通俗读物。译文是传统白话文体，一点欧化或日文化的句子都没有，比文言的《天演论》好懂多了。我还听过关于他的一些传闻，也知道他以《淮南鸿烈集解》著名，有胡适作序。后来又有《庄子补正》，由陈寅恪作序。有一次清华大学入学试题中有对联，陈曾因此给他写过一封公开信说明。那时他是中文系主任。当时我们青年人对他的书不如对他的人有兴趣。

他生于一八八九年，曾留学日本，参加同盟会，当过孙中山的秘书，《民立报》的翻译，参加过《新青年》的编辑工作。起先在北京大学教书，后来当安徽大学教授兼校长，不久就被免职。据说这是因为他得罪了蒋介石。那时蒋掌大权不久，想提高声望。这位刘校长“不识抬举”，竟拒绝请蒋到校“训话”，又不肯让师生在蒋参观时“迎送如仪’。那时流传他的一句名言是："大学不是衙门"这一来，他只好北上到清华园中讲古书，不再露面活动，生活也日益颓唐了。传说他曾住在白云观里读《道藏》，因私自吃荤被道士赶了出来。以后随校南下到昆明西南联大。抗战胜利，他没有北上，转到云南大学。五十年代初，他忽又出面，加入了民主党派九三学社，当了第二届政协委员。一九五八年去世。由他的一生可见尽管一遭挫折就意气消沉，又生活颓废，脾气古怪，但到晚年仍掩不住跟随孙中山和参加新文化运动时的少年豪气。在过去时代的文人学者中，这样的先例并不算少。今日看来的矛盾，当时人并不那么感觉而另有想法。这也是读古书所需要的常识吧？

这部《札记》是五六十年前出版过的。那时他已隐居清华了。书是照旧传统形式的零星考证，从诸子到《文选》。看来不过是古来学者习惯批在线装书"天头"上的资料和意见。例如考《韩非子》的就名为《简端记》。这书不仅纠正或证实前辈，提出新见，而且目光常不仅在字句考证。例如他引《宋史》说，"古人读书固极重标点。"还说他在北京大学讲授陶渊明的《闲情赋》，"俗士不达斯义，颇致低诃。"（这一条很有启发，但其意见今日还可再推进一步。）书中不止一处引欧洲及日本的事和书为证。例如阐发沈括等人说《神女赋》中的"王"字和"玉"字有误，应互换，梦见神女的是宋玉，并引日本人所说古本。又述同善社的历史来源，说这种迷信组织"真国家之隐患，世道之大忧"，应当"诛其人，禁其术"。可见他不是隐士。

学术界的新考证之风，照梁（启超）、胡（适）意见，仿佛是上承乾嘉学派，实际上这是接着道光年间开始的新风气。以政治大事件划界的“近代”和学术思想中的“近世”，二者年代稍有参差。照我看，近世学术思想应从道光元年（一八二一）算起，经历道、咸、同、光、宣、中华民国到所谓“中华帝国”“洪宪”八十三天（一九一六），历六或七朝，正接上《新青年》改名出版（一九一六），由此再变。道光二年查禁鸦片。三年起用林则徐。林的朋友龚自珍开创诗文新风格，讲《公羊传》。从此出现今文、古文学派。但这绝不是汉代的经学而是清代的重“经世”的学术，是接着汉学、宋学而起的。清代有两个“文达公”。前一个是主编《四库全书》的纪昀（嘉庆时去世），是作总结的，结了清代学术前期。后一个是阮元（道光时去世），可算新时期开山之人。他除印《经解》外，还著《畴人传》，倡天文、数学，并收外国人，是第一部新学术书。他辑古器物及铭文，说价值如“九经”，又重视地理等学。从此“经学”扩大，直到后来的章太炎、王国维、陈寅恪。他们都不是乾熹“小学”的继承人。刘文典也不是。相似的是形式·面。当然乾熹一脉并没有断。新的已兴起，旧的未灭绝。这是常例。不仅中国，欧洲的“文艺复兴”也是一样。这样看来，“红学”兴起绝非偶然，甚至《水经注》引起的争端也可另有一解。这个“近世学术思想”问题，绝不是像我这样的浅学之人能在“千字文”中说明白的。妄提鄙见，不知博雅之士以为何如。

1991 年

记徐祖正

“文革”末，我去北大图书馆，到编目室闲看，见到地上堆着许多外文书，捡起一看，都是日本印的英国文学书，老古董，想到这必是新故的徐祖正教授赠图书馆的遗书。随后翻看几本，不料有一本书里夹着一张纸。一望那写得满满的毛笔字就知道是周作人的手迹，不免匆匆偷阅一遍。开头是“耀辰兄”，末尾是“弟作人”，中间是借书。周作人早年译过日本的《狂言十番》，这信正是借《狂言》，还说到一些作者和版本，可惜我茫然没记住。我看信后既不敢“私下腰包”，也不敢告诉编目的朋友，恐怕一声张就会遭到销没，甚至于抄检书籍，影响到徐氏赠书的命运。于是悄悄夹回去，不露痕迹。现在不知埋葬在何处等待“有朝一日”发掘出来供人考证了。

我与徐先生忝为同事，却一直很少接触。我少年时就知道他的小说《兰生兄弟日记》，以为是写姐妹兄弟的事。后来见到，也没看懂，未留印象。他来北大没多久就划了右派。他自己不承认。“文革”末期，我从江西乡间回来，不再是“五七战士”，搬在他住的宿舍园子里，才在清晨园外散步时见到他。有一次，我对他提到三十年代初在北京教英文的几位中外男女人士，他都熟悉。当年那些人在我的青年眼光和他的同辈眼光中都各有不同趣味。我一提到，彼此所知的人和事一样而所见所感不同，四顾无人，不禁两人同时哈哈大笑。那一笑，对我是久别，对徐先生是稀客。很可能认识徐先生的人都不会相信，那个一向面无表情的老人怎么会笑得那么开心。但我敢对天盟誓，这是真的。他的嘴咧得很大，声音很响。当然只有一次，而且他也没有失去绅士体统。

辛亥革命时，即我出生前一年，投笔从戎的少年，我认识的有两位，一是许德珩先生，一是徐祖正先生。徐家还收藏着退伍时的证书。“文革”初抄了出来，作为参加反动军队的证据。徐先生对我谈起，不懂对清朝皇帝造反怎么有罪？不是“造反有理”吗？他退伍后去了日本，学的英国文学。回国后起先教的也是英国文学。听说有一次他请周作人代课，周因为自己的英文发音是日本式的，竟上了一堂英文课而一个英文字不讲，书让学生念，他口头翻译，又提问题让学生讲，他修正补充。学生说英文，他说中文。这是上过这堂课的学生对我说的。当时我们不由得又好笑，又佩服。

徐先生终身未娶,他的妹妹也终身未嫁。两人“相依为命”，去世也相差不久，妹先兄后。两人都是基督徒，很虔诚，在心里。徐先生个子很矮，皮鞋是特制的高底，手里经常拿着一根西式手杖。我一见他就恍惚遇上了没胡子的夏目漱石。“文革”时剥夺了他的皮鞋和手杖。他在“勒令”之下无可奈何，不能西装革履持手杖打扫厕所。到“文革”末散步时恢复了旧装，只除去西服领带。听说抗战结束时他走在王府井大街上被路人当作日本人遭到辱骂，不知挨打了没有。徐氏藏书还在书库，书主人及其好友也在旧书中安息了。不要扰乱他们罢。

陈寅恪遗札后记

唐长孺的小儿子唐刚卯在湖北省博物馆工作，最近给我一封信，附有陈寅恪致唐长孺的信的复制件，内容如下：

长孺先生左右：今日奉到来示并大著。寅恪于时贤论史之文多不敢苟同，独诵尊作辄为心折。前数岁曾托令妹季雍女士及金君克木转达钦服之意，想早尘清听矣。寅恪壮不如人，老更健忘，复以闭门造车之学不希强合于当世，近数年来仅为诸生讲释唐诗，聊用此糊口。所研索者大抵为明清间人诗词及地方志乘之书，而旧时所授之课即尊著所论之范围，其材料日益疏远。故恐详绎大著之后，亦止有叹赏而不能有所质疑承教也。旧作《从史实论切韵》一册附呈，借博一笑。专此复谢，敬颂著祉。寅恪敬启。九月十九日。（加标点及改写简化字是本文作者做的）

唐刚卯的信中说：

今寄上陈寅恪先生给我父亲的那封信的复印件。信封上的邮票是我童稚无知时剪下的，所以此信的时日成为有待考证之问题。大约应是在一九五五至一九五六年间。记得文革中，家中我父亲的信件，甚至有父亲眉批的书籍，都尽数由红卫兵拖一板车抄走（当时革命也是很艰苦的）。在抄走的家中旧信中，我清楚地记得有邓拓、吴晗、杨献珍的信件。因为当时他们都鼎鼎大名，我知道父亲与他们有书信往来，曾使我震惊不已。但在文革后，退还的物资中，这些信件都已不知下落，而陈寅恪先生此信倒是原封退的。恐是当时红卫兵大学生，不是学历史的，并不知陈先生为何许人而遗漏。今见在北京所搜寻到的杨守敬的从日本带回的卷子中，有的钤有“浩劫之遗”朱印一方。这封信大约也可钤上此印。

从陈信的内容可见是收到唐的赠书及信的答复。唐长孺的《魏晋南北朝史论丛》（三联书店版）是一九五五年七月出版。著者在八九月收到样书后即寄赠陈先生一册。陈信写明是九月十九日，当即一九五五年九月十九日。此时陈先生在中山大学讲课，著《论再生缘》，研究钱谦益和柳如是的事迹，以后出书即《柳如是别传》，与信中所说相符。随后运动频繁，“厚古薄今”逐步受批判，大约连此信所用的“荣宝斋摹古”信笺也不能用了。所以不必费事考证，可以定下此信年月。信封上住处也不错，见陈先生的《编年事辑》（蒋天枢著）。

这封信的字，一望字体笔迹，我就猜想大概是陈夫人唐晓莹（筼）女士的代笔。一对照她为陈先生的笺《秦妇吟》和《元白诗》的书所题的书名就可见其相似，当是出于一人之手。

信的内容不需要任何解释。不过信中提到了我和季雍，似乎我来作一点说明也非多余。

信的口气很客气，我想是因为我们和他的关系远。长孺一生没有见过陈先生，连“私淑”都怕不敢自认，更谈不上“亲炙”。照孟子说伯夷、柳下惠的话，“闻伯夷之风者……闻柳下惠之风者……莫不兴起也，而况于亲炙之者乎？”所以长孺告诉我，他写纪念陈先生百岁诞辰的诗的末句是“教外何妨有别传”。陈先生在此信中含蓄承认他是同行，大概可以说唐是闻风兴起者，够不上“亲炙”受教者。我虽然见过陈先生，也只有两面。我在一九三八年冬，到桂林的广西图书馆借出当时全部的《历史语言研究所集刊》，曾集中读过陈先生的文章，只能说是闻风而未兴起者。现在陈先生已享有“天下大名”（孔融语）。我这样说，想必是和二三十年前否认和“权威”有关系不一样吧？

至于我和陈先生见面的那两次，现在想起来还如在眼前，不妨多说几句，提供背景材料，也算作个“交代”。

那是一九四八年四五月间，我从武汉到北平（因为内战激烈铁路不通，只有搭飞机）。见到老朋友邓广铭时，他非常高兴，引我在北大校长室里见到胡适校长，听他异常兴奋地对我谈他对中国佛教史的见解达半小时以上，因为另有约会才中断。邓先生还说，他将借用胡校长的汽车去清华大学接陈寅恪先生进城到中山公园看牡丹花，请季羡林先生作陪，也邀我参加以便认识他们两位。

那一天赶上了天气晴朗，风和日丽，陈先生并不是一点看不见，至少是能分辨光影形象。在中山公园的茶座中，我们四个人围坐一个桌子饮茶。陈先生兴致很好，谈了不少话。现在我只记得一条。他说的大意是人取名号也有时代风气。光（绪）宣（统）时期，一阵子取号都是什么“斋”，一阵子又换了什么“庵”。举的例子我忘了。但当时我就想起小时候有两位本家的哥哥，一个号少斋，一个号幼斋，证明他们的父亲的号必是什么斋。教我的一位小学教师的号是少庵。他的父亲的号必是什么庵。恰好证明陈先生的话。现在想起来，这个传统并没有断绝。五十年代初期生的孩子常叫“志和”、“卫平”，六十年代后期生的常叫“卫东’，还往往不离一个“红”字。

这次见面临分别时，我向陈先生说，将到清华园登门拜访。

随后不久，我就和唐季雍女士结婚。婚后过了几天，我便和季雍同去清华，首先拜访陈寅恪先生并见到陈夫人唐晓莹（篔）女士。两人都一点也没有老态。我将唐长孺交我转呈的论文《白衣天子试释》奉上，说了武汉大学的一些人的近况。其中自然有陈先生的弟弟陈登恪教授（他用陈春随笔名作小说《留西外史》嘲讽留欧学生）和他的好友吴雨僧（宓）及刘弘度（永济）等教授。不久，这些照例应有的话就谈完了。还有什么问答，全记不起来了。

陈夫人陪坐听着。我随口介绍了一句：唐家和嘉业堂是亲戚。陈先生立刻问季雍，对刘翰怡（承幹）“怎么称呼”。季雍回答了。不料陈夫人顿时面有笑容，本来是对面坐着，这时站起身，走过来，和季雍并坐，拉着她的手问这问那。我听向觉明（达）先生说过，唐晓莹（篔）的祖父是当年的台湾巡抚，甲午战后因不肯让日本占领台湾，曾自立为“台湾大总统”而失败，但不知那唐家和刘家有什么关系。想来只是她知道刘家属于前清遗老，所以就有话谈了。这时我心想，我家和江西义宁也有关系，但说出来有攀附之嫌，向来不说，这时对陈先生也是想说没说。

陈先生忽然也站起走过来。我连忙起身。他对我轻轻问，是不是念了 Saddharmapundarika。他说这《妙法莲华经》的梵文名字慢而发音很准确。我回答，没有，但读过 Māhābharata（大史诗）。本想接下去讲，《法华经》用的是通行语，不是规范梵文，印度学者不会教，而且佛教在印度灭亡已久，少数学者知道的佛教是巴利语的佛教，也不懂《法华经》。不过我想对陈先生说这些话岂非“江边卖水”，就没有说出口。

大概是季雍看到我们站起来以为是告辞了，便也站起来。陈夫人也以为我们要走了。于是我说了以后有机会再到北平一定再来拜访请教一类的告别话。陈先生随手打开房门，当先大步走出。我没想到他会送，连“请留步”也来不及说。陈夫人也拉着季雍的手随着一同走出。陈先生已经走到小院的篱笆门外站着。我出来握手告别时，只想到内战不知还会打多久，我未必能从武汉再来了，想不到时局急转直下，这一次竟成永别。

假如能够预知永别，就会有不少闲话、旧话可以谈，说不定能多少安慰一下他们两位的晚年寂寞。然而那时他们还不见衰老，我也够不上有和他谈古话的程度。到汪篯南下请陈北上时，我和向觉明（达）私下谈话，都断言陈必不来，不来更好。迎陈是应有之举而又是无益之事。汪回来后我见到，也没有提，不再像初认识他时那样谈陈先生了。人事变化倏忽无常，不料唐长孺还在一九五五年三联书店出版《魏晋南北朝史论丛》时和陈先生通过信。而且陈的回信居然能保存到现在。照老古话说，真是“冥冥之中如有神数”了。照新话说，就是无形的传统不会在“彻底决裂”后灭亡。它只有在被理解之后才有可能起变化。

我想到陈先生不忘提起的《法华经》，再多说几句。什么时候会有人不照天台宗，也不照慈恩宗窥基的《玄赞》，又不照现代外国人一般的研究路数，而以一再发现的原文经为坐标轴，考察中亚新佛教的理论与实践及传播，从语言出发而不拘泥于章句之学，以说明亚洲古史呢？《法华》是一部“文丛”，但显然有一个中心思想，可能就是“一统”的思想。中亚正是连续出现大帝国的地方。今年百岁的已故考古人类学家李济在一九六一年宣布：根据考古发掘的硬性史料推论出，在公元前第二千年纪不仅完成了华北的统一，还吸收了华南和北至西伯利亚、西至遥远的西亚的文化成分，河南“安阳成了一个国际性的文化中心，成了青铜时代中期东方的一个极其独特的世界性城市”。(《古代中国文明》)以世界文化为背景考察中国上古史已经逐渐出现了轮廓。同样在世界文化背景下的中古中国文化当然也会有结合实物（不仅是文物）和文献（不仅是书本）的科学考察，在复杂中呈现出新轮廓。后人可以比王国维更前进一步，加上二十世纪发展出来的“诠释”和“解释”。这将使世界认识中国是世界文化里的中国，而我们也更认识自己和外界的真实面貌，不至于动辄“感情用事”。起于中古（公元初）中亚而盛于中国的《法华经》，可能是代表一种既外来又本土的文化思想，在从公元后（东汉）直到今天的中国人思想习惯中，不断显现其作用。其形成轨迹见于《宋书·东志》和《梁书》的一些传中记载，及《文选》、《文心雕龙》、《出三藏记集》、《弘明集》、《三洞经书》等的同时期出现。到隋唐完成而开始新变化。这样的非拼盘式研究，像对安阳那样，到二十一世纪是一定会出现的。单单中国人，单单外国人，都是不能孤立进行这种工作的。不过，当然，不止是陈寅恪、唐长孺看不到，我也看不到，只能在这里“画蛇添足”说空话了。

1996 年 11 月

雪灯——悼吴组缃教授

我知道吴组缃的名字很早，认识他却是在“文革”中共同劳动时。后来两人搬家，成为“对门居”。这时才经常晤谈，照他的习惯乡谈是“熟得要命”。以后两人搬家，又在同一园子里，不难相见。然而随着年岁增长，见面次数成为反比例越来越少了。去年秋天在未名湖边长椅上我们还曾并坐闲谈。不料此别竟成隔世。好在他比我只大四岁，走早走晚也不过是一步之差。

回想三十年代初期，有位朋友忽到我处，大声嚷：“了不起！清华学生里要出大作家了，而且不止一个。看这篇《官官的补品》吧。”随手把一本《清华周刊》掷到我面前。这篇小说的署名正是吴组缃。以后《文学季刊》登出了他的小说《一千八百担》，果然一举成名。两篇小说都是以冰冷笔调藏火热心情。作者佩服同乡吴敬梓的《儒林外史》。两吴的笔法是一路，好像我小时候玩的雪团中放蜡烛头点火的雪灯。现在有冰灯了，里面不是烛火而是电光，更强烈了。但这样的小说似乎还稀少。记得在那同一时期，我曾为了梅里美的《卡门》和《高龙巴》的“寒包火”风格和朋友争论了半夜，几乎提到了我们当时看过的所有古今中外好坏小说。最后他打出了一张牌是《三门街》。我没看过，只好听他说话，虽不甘拜下风，却也无法回嘴，讨论就此结束。

我和吴住对门时，彼此都已过花甲之年。他还留点少年火气，我已是烟消火灭。我们有时谈论小说，多少使我想起当年和朋友论雪灯风格时的豪情。在“文革”后期，他曾被指定写一篇论《金瓶梅》的文字，说是因为不准别人看这部书，所以只能由他来写。他拿稿子给我看。我随手在后面加了《圣叹外书》，说这是我所见过的，那时还很少的，对这部小说的古今评论中，从来未有的“大手笔”。这篇文稿后来不知何处去了。

我怕写当代名人，不拜寿也不追悼。即使是比较熟而应当写一点的，我也忍住不下笔。何必以微尘而附华岳？只有俞平伯先生逝世时我发表了悼诗和后记。那是由于我的脑中五十年代阴影犹存，错误估计，以为没多少人写他。哪知大谬不然。吴先生上过俞先生的课，也论《红楼梦》，但没有落进批判旋涡，所以学生的名气不如老师的大。俞平伯、许宝驯伉俪情深，人所共知。吴组缃、沈菽园夫妇感情之笃也是生死不渝。我在悼俞文中说俞、许到另一世界仍是一双“如花美眷”，现在正好把这话再说一遍送给吴、沈二位。

正是：相逢不恨晚，此别惜匆匆。

记一颗人世流星——侯硕之

侯硕之——这是我只见过两面而终身不忘的朋友。

“硕之性格孤僻，不好交际，没有多少朋友。他对我说过的朋友就是你。听说你们在清华园看星谈了一夜，你为什么不为他写点什么？”硕之的哥哥侯仁之对我说。

我也记得侯硕之。可是关于他，我又能说出什么呢？我们总共只见面两次。第一次在清华园，他还是学生。第二次在昆明，他已经工作，只在茶馆里谈了不多的话。随后过了没有几年，我听到传说，他在去西北的路上遭遇土匪，不幸被害了。五十年代初我见到仁之，才知道硕之在西北死得很惨，遇上的未必是土匪。这话大概是给他挑行李的人传出来的。他是个穷学生，孤身一人，说是去陕甘工作，怎么可能在西北荒原上有人对他谋财害命呢？究竟是谁害死了他？他究竟要去西北什么地方？要去做什么？谁也说不出。抗战时期的西北是会令人想到陕北的。难道这里面没有政治气味？

一个文科理科兼优而学工科的青年就这样不明不白地夭折

了。他像一颗流星，一闪光就没了，但不是在天上，是在地上，在人世。流星可以留下含有特种金属的陨石。他留下的是什么？是一本《宇宙之大》。

三十年代初期，英国天文学家秦斯的一本新书传到中国。这书用通俗文笔描述天象又解释宇宙膨胀学说。不约而同有三个人翻译。一是南京天文台的人，译出书名是《闲话星空》，商务印书馆先出版。一是侯硕之，清华大学电机工程系学生。译出书名是《宇宙之大》，开明书店接着出版。第三个是我。照原书名译作《流转的星辰》。本来译出很快，因为初次译书没把握，托人送给南京紫金山天文台的陈遵妫先生审阅。陈先生退回稿时让人告诉我，要赶快送去商务，因为天文台也有人译了。我不了解出版界情况，又将译稿托上海曹未风向商务接洽，已经晚了一步。幸而中华书局接受了，我不算白花工夫。我的译本是到抗战期间中华书局才出版的。

我的朋友沈元骥知道了这件事以后说："两个译者都是我的朋友，你们也作个谈天文的朋友吧。我来介绍。"

暑假刚开始，我收到清华大学侯硕之来信，约我去清华观星谈天。他住的宿舍是"五楼"。同屋的人回家了，我可以住一夜。英国天文学家的一本书使我们成为一见如故的朋友。人和人之间真像是有所谓缘分的。

在清华宿舍的在我看来很大的一间楼房里，我告诉他，我没学过数学物理。他笑了，说："我现在学工程，在高中可是学文科的。仁之学的是理科。考大学时我们两人颠倒过来了。他进燕京历史系，我进清华电机系。你猜我入学考试高级数学得几分？两分。”他怕我不信，还把一个文件给我看，作为证明，忘了是录取通知书还是学校印的什么分数册。那时高中文理分科，学文科的不进一步学数学物理。他怎么能进清华电机系呢？他解释道：“幸亏清华入学考试分两次计算。先算国文英文初级数学，我得了将近一百分。可是第二次照理工科要求考试计分，高级数学我全没学过，看卷老师开恩，没给零分，给了两分。清华规定有一门零分就不算总分了。有两分还得算。结果是除这一门以外门门高分。取不取？决定不下来。工学院长交给系主任决定。他判断这是个文科学生改学工科，不取太可惜了。进来再说，学工不成让他转系。这个学生一定要。就这样入了学。系主任告诉，头一年补习数学，有的课不能上，要多学一年。四年功课五年学，空闲多，所以翻译了那本书。”他还告诉我，他进的中学是教会办的，一直跟英国人学英文，有种种趣事。所以英文程度还可以，其他很普通，考试得高分算不了什么。他除国文课外一向是用英文作答卷写报告。他又说：“考大学时我想，得学点实用的东西。中国将来不管怎么样都需要发展电力工业。没有电，什么都谈不到。只要不亡国，就要有电。没有电，迟早还会亡国。不管清华电机系有多难考，我也要进。临时赶了一下没学过的数学，考试居然得了两分。这也许是看我答卷用英文的面子。”他笑了。真是个天真而有志气的人。他又为什么喜欢天文？

“我进工科，还是喜欢文科。理科中的文科就是天文。”我懂得，那时日本军阀已经占领中国东北。为了国，他放弃文而学工，但兴趣仍在文，那就是天文。

说着话，黄昏已到，他拉我下楼，介绍清华园几处“名胜”，终于到了一座塔形建筑边。他说：“这是气象台，算它是天文台吧。上不去，在天文台下观天象吧。你看，那颗明星出现了，是木星。金星此刻不在太阳这一边。”

于是我们进行谈“天”了。为观星，我选的是一个前大半夜无月的日子。记得当时我们最感兴趣的是观察造父变星。真凑巧，赶上了它变化，看着它暗下去了。后来，七姊妹结成昴星团上来了。我们争着看谁能先分辨出仙女座星云。那是肉眼能见到的唯一的银河系外星云。我们坐在地上，在灿烂的北天星空下，谈南天的星座，盼望有一天能见到光辉的北落师门星和南极老人星。后来我乘船经过孟加拉湾时，在高层甲板边上扶栏听一位英国老太太对我絮絮叨叨，忽见南天的半人马座、南鱼座、南十字座一一显现，在地平线上毫无阻碍，在海阔天空中分外明亮。我立刻想起了侯硕之，不知他还在不在昆明，我经过那里没见到他。谁知他那时是不是已经在，或者快要在中国的西北方化为流星了呢？

那一夜，我们谈天说地讲电力，把莎士比亚诗句连上宇宙膨胀、相对论，谈中国和世界，宇宙和人生，文学和科学，梦想和现实，希望和失望，他不掩饰自己的抱负和缺憾。我的倾听表明我的佩服。他又说又笑，我真看不出他平时是个不爱说话的人。那时我们只是在人生道路上偶尔相逢的两个过客，一无顾忌，放心，信口，谁也不笑谁。当时以为这一夜过去就忘了，哪里想到他久久不忘而我也记到了今天？

我在昆明再见他时，他已经毕业，在一个什么机关里工作了。那正是欧战爆发后不久。他完全失去了在清华园时的兴高采烈的气概，一副严肃而有点暗淡的面容使我很吃惊。他说，天文不谈了。在西南开发水电也没什么指望了，不知怎么才能为抗战出点力。他对我能到大学教书并不感惊异。是不是他会想到当初弃文学工也未必正确呢？仁之沦陷在北平，但燕京大学还在，日本还没有进攻美国，仁之还在研究历史地理。这时学文学理学工的差别不大了，都有点用处，又都没有多大用处。他透露出想到别处去，好像说过去西北可能有机会，我没有在意，我只觉得他和先前那位大学生真是判若两人了。

在“宇宙之大”中，一颗流星的闪过，不论多么显耀，也是极其渺小的。在中国之大中，一个极有希望的青年中途夭折也是非常微末的。但是在逝者的亲人和好友的心中，不论流星的放光时间是多么短暂的一瞬，它是永恒的，不会熄灭的。

1991 年 4 月

吴公子保初

明末有四公子，清末也有四公子，其中谭嗣同声名显赫，陈三立以诗名家，另两位是丁惠康和吴保初，现在有些冷落了。吴保初的《北山楼集》近收入《安徽古籍丛书》出版，恐怕能由此唤起记忆他的人也不会多，算来已是将近一百年前的事了。

吴保初（号彦复）何以能列名于四公子？他不过是一个大略相当于部中科员的小官，居然上书主张变法维新，在庚子年以后又上疏请慈禧太后归政权给光绪皇帝。他官卑职小不能直接上奏，被部里上司压下不予转呈，便辞官不做，因此也没有什么处分。然而他的奏疏在上海报纸上登出来了，以致出了大名。他又在上海苏报案中保护过入狱的章太炎，于是革命党也认他为朋友。他既维新，又革命，还和先维新后保皇的康有为有联系，又与毁了维新篡了清朝的袁世凯有过来往。这样一位出自名门的公子爷就非比寻常而进入四公子行列了。

《北山楼集》收进了有关的文献作为附录。他的墓志是康有为作的，墓表是章太炎作的。这两人互相敌对而在他的墓上墓下合作。唱和诗的有名僧八指头陀寄禅。当时是新小说家后来被谥为“鸳鸯蝴蝶派”的领袖人物包天笑在《钏影楼回忆录》中描述他。梁启超的《饮冰室诗话》中有他的诗。汪辟疆《光宣诗坛点将录》点他为金眼彪施恩。他和袁世凯通信，对袁曾寄托希望。这就无怪乎袁当了总统又想做皇帝时，民国二年（一九一三）他在上海大叫一声发泄胸中愤慨随即去世了。他只活了四十五岁。

吴保初之所以称为公子当然是由于他的父亲吴长庆。这是一员好文的武将，是淮军李鸿章重用的人物。袁世凯在他手下。状元张謇在他幕中，还教过吴保初。这些关系加上本人的品格和才华当然使他不成为名公子而不可得也。

他的长女弱男是章士钊的夫人，次女亚男。有《示两女诗》，末云：“女勿学而（尔）父，而父徒空言。西方有美女：贞德与罗兰。”要求女子效法为国为革命牺牲的贞德和罗兰夫人，这正是清末志士的口气。自题《批鳞草》诗有云：“谁为天下奇男子？臣本高阳旧酒徒。正则怀沙终为楚。子胥抉目欲存吴。”这里的汉、楚、吴当然是指清朝。上奏疏请变法维新归政正是为了维护清朝。清末维新志士的思想和心情同曹雪芹记的那个补天补不上的石头一样。《石头记》也可以作为理解和体会那一代文人的钥匙。也许是因此那时“红学”大盛。蔡元培也作《石头记索引》，王国维也论《红楼梦》，在相异之中似仍有一脉相通，都引雪芹为同道。

1991 年

由石刻引起的交谊——纪念向达先生

一九三九年夏天我到昆明，在吕叔湘先生住处初次认识向觉明（达）先生，但这次还谈不上缔交。向、吕都是吴雨僧（宓）先生的学生，那时我和吴先生见面不多却相知不浅，所以大家一见都很容易熟悉。

真正开始熟识是在一九四一年夏天。我去印度，又经过昆明，汤锡予（用彤）先生去乡间，无缘得见，我便去访汤先生的学生向先生。他住金鸡巷五号，是一个小院子。他听说我要去印度，很高兴，对我热情接待。

在中间屋里挂着一幅横批，是裱好了的拓片，上面是印度古文。有墨笔跋语说这拓片经向先生一看，立即认出是印度阿育王石柱铭刻，"即以相赠"，有宝剑赠与英雄之意。赠者的姓名现已忘了。记得当时向先生还曾取出一本英文书的插图为证。后来我在印度见到石柱原物，都已进入博物馆或用围栏保护起来，不能拓了。那张拓片大概是发现初期拓出供人研究的，相当珍贵。后来我们没有再提此事，不知这拓片到何处去了。这时我才深知向先生并不是仅仅钻研书本作文献考古。

第二次和向先生有了学术关系又是由于石刻。他在西北发现了一个经幢刻石，上有梵文刻字，拓了下来，将照片寄给当时在印度国际大学的周达夫先生。周将照片寄给浦那的郭克雷教授，因为他既研佛学，又通汉文。郭克雷教授很快就判定是《缘生经》，字体是古婆罗谜体，时代可能在十一、十二世纪。但是另几行汉文却读不成句。当我去浦那和他同校西藏收藏的《大乘阿毗达摩集论》梵本残卷的照片时，我们又研究那张残石照片。梵字和我们校的照片中的字体相去不远，只是字太小，又模糊，但很容易便可发现其中“缘生”字样。他在德国留学时的博士论文题便是汉译的《大乘缘生论》，所以对这方面的经典很熟悉。奇怪的是下面的汉字。字体是楷书，容易认，但横竖左右都不成句，也不是佛经常用语，而且首尾残缺。后来我提出一个解释是左行横读，起头是“日在角一”，是记刻经幢的日期和人事的，但作为“角宿一”解仍旧不大通，不合中国记年月日习惯，也不是印度的习惯。郭克雷教授写出文章，将我的说法列入注中作为一种假说，并附原件照片，在加尔各答的师觉月教授主编的英文《中印研究》刊物上发表。我本有此刊全部，可惜在十年浩劫中全部失去，现在无从查考了。这一次使我对向先生的治学谨严，注重实物和文献印证，不尚空谈，深为佩服。

我们的第三次学术因缘又是由古物而起。一九四七年向先生发表一文，提到出土的“式”。我便写了一封信给他，说明“式”是古代占卜用具，分为天盘、地盘，以天盘在地盘之上旋转，加上日、时、干支，求得“四课”、“三传”，旧称为“大六壬”。古时有实物，但很早便以手指关节代替地盘而将天盘在心中默想，“三传”、“四课”等等全在心中。这便是所谓“袖占一课”。这种“掐指一算”的占卜法和由《周易》以来用蓍草（最后改为铜钱）排八卦的占卜法是中国的两大系统，和原始的甲骨占卜系统不同。这三大系统都和中国、印度以及世界其他处的“星命”是两个不同门类。中国以星占卦的是“奇门遁甲”，但又不仅占命。至于所谓“先天太乙神数”则徒有其名，还不如“奇门遁甲”有书为证。我在信中只说了“式’的意义和“六壬”占法。写信是在一九四七年五月三十一日夜间。那时我在武汉大学教印度哲学史和梵文。不料，只过了几个小时，六月一日天明前，国民党反动当局出动大批军警，包围武汉大学，枪杀了三名学生，逮捕了一些学生和五位教授，造成惊动全国的“六一惨案”。五名被捕教授是：缪朗山、梁园东、刘颖、朱君允（女）和我。（目前只我一人尚在人间了！）这五人中没有一个是共产党员。估计逮捕原因是我们应了学生邀请在反饥饿反内战的“和平大会”上发表了演说。另一同时演说的陈家芷教授，因为警觉，在军警临门时跳后窗逃避，没有被捕。这次惨案遭到全校以至全国人激烈反抗。当局不得不把逮捕的人都释放。我回家后才得将致向先生的信发出。向先生将信摘出在上海《大公报》的《文史》周刊上发表，加上标题《说式》，并作了按语，说明原委，痛斥国民党反动派倒行逆施，对待学者和青年学生横加迫害凌辱。这一次我们两人不仅是学术交往也是道义上的朋友了。

向先生治学根底深厚。他校《蛮书》，我曾见到书眉上的蝇头小楷批注。他读书细心，一方面采用新式的卡片等方法，另一方面仍继承传统方法。古人大概从刘向、刘歆、扬雄在天禄阁校勘古籍以来就是用这种方法。记得幼年曾见到家中许多古书都是用朱和墨圈点批注过的。这是从前人的一种训练。先读《四书》、《五经》等基本读物。这些多是有圈点断句的。老师有时还代加圈点，在读音不同的字的右上角加一个小圈，重要句子在旁边加圈或点。读了这些以后，便要进读朱熹的《纲目》、司马光的《通鉴》和《史记》、《汉书》、杜（甫）诗、韩（愈）文，以及唐宋明清的笔记。这些都是没有点断句的，必须自己在上面加圈点、校注和表示自己意见的批语。老师检查学生的书本便知道学生的程度。书本都是用廉价的流行本，书中常有错字，需要自己发现改正。有的书要至少读两遍以上，第一次用朱笔点，第二次再加上墨笔点，并改正第一次读错的地方。古时的儿童和少年便是这样受严格的读书训练的。大约不用十年便可打好这个底子。这不是只在科举盛行以后的评阅法。也许上自孔子读《易》、删《诗》、作《春秋》的传说起便从刀削竹简开始了。后来用在小说上便是金圣叹、张竹坡、毛宗岗、脂砚斋等人的“评点”了。向先生是东南大学——南京高师毕业的，是新式学校出身，又通晓外文，从事译述，可是同时继承了读书的古老传统。我一见到他批注的旧书便立刻记起了自己的童年，想到自己从幼失学以致对中国书和外国书全无扎实根底，没有学通，于是更对向先生的学兼新旧十分佩服了。

向先生还经历过难得的社会和自我训练。他曾在商务印书馆任编辑。商务传统要求很严，审阅和编译稿件是比一般读书作文难得多的。以后他又到当时的北平图书馆（现在的北京图书馆）工作。三十年代的这所图书馆远不如目前这样庞大，但已拥有一些难见的书籍和文献。当时的馆长袁守和（同礼）先生招揽了一些有为青年进去，名为职员，实是从事整理文献的研究，又出版《北平图书馆馆刊》为他们发表成果。不几年便涌现了一批青年学者到大学讲课，随后当了教授。其中著名的除向先生以外，有王重民、贺昌群、赵万里、孙楷第、谢国祯、于道泉等先生，后来继起的还有万斯年先生等。在编辑部和在图书馆都是极好的学术训练机会，但有条件：一是领导者懂行并给鼓励而不阻拦和斥责。二是本人肯钻研。第二点尤其重要。若不然，历来受这两处锻炼的人何止千百，何以有人成材，有人就不行？若自己肯留心，善于利用条件，即使领导人不予理会也可有进步。机会随时都有，只看会不会用。向先生在这方面又是我所倾倒的一位。他后来在北京大学图书馆任馆长时，便有职员郭松年先生自学成为学者。至今这传统还未全断。

一九四八年我到北京大学来，和向先生住同一宿舍，因此有机会常见面，更了解一些他的为人。向先生为人耿直，说话不多而中肯要。我曾在湘西住过约一年，对那里的风土人情略有所知。我觉得向先生和沈从文先生都带有浓厚的乡土气息和他们自己的民族性。他们使我对中华民族构成的特性的理解开了一个窍。我以为若仅仅以所谓“炎黄子孙”的黄河流域中段上古时期的汉族来认识是远远不够的。春秋战国时就已开始了民族的扩大和形成，即使“中原”也不是例外。若不改变古老的“蛮、夷”或“夷、狄”的陈旧观念，恐怕很难真正了解我们自己的国情、人情。我从没有和不同民族的人共同研究民族性问题，但从接触中自己体会到，不论中国或则外国，都不能那么单一概括以致无意或有意接受成见和偏见。这一点也是我从向先生学习到的，而他自己并不知道我所学习到的就包括他本人在内。

一九六五年我的母亲病故时，向先生是唯一前来送葬的朋友。这使我不胜感念。这也表现了他的为人。因为无论照当时的情势或则他和我的私交，他都毫无必要这样做。但是他一闻讯便来了。他这样做既不是出于公谊，也不是出于私情，而是出于他的个性，只是要为他所认识的一位邻人老母送葬。总而言之，他就是这样一个人，一个正直的中国学者。我现在提笔写出这些话，也同样不是由于为公或为私而是由于为了纪念我所认识的这样一位不应被人忘却的中国式学者。

1987 年

第 五 辑
天 竺 往 事

他是温州人，到“西天”来朝圣，在这佛“涅槃”的圣地发愿一定要见佛，就住下修行。起先搭房子，当地居民不让他盖。他几次三番试盖都不成，只能在野地上住。当地人也不肯布施他，他只能到远处去化点粮食等等回来。这里靠北边，近雪山脚下，冬天还是相当冷。他急了，就上了树，搭个巢。可是当他远行募化时，居民把巢拆了。他回来又搭。这样几次以后，忽然大家不拆他的巢了，反而有人来对着大树向他膜拜。他也不知道是怎么回事。往后就好了，他安居了下来。

鸟巢禅师

鹿野苑的中国庙的住持老和尚德玉，原先是北京法源寺的，曾见过著名诗僧八指头陀寄禅。他偶然还提起法源寺的芍药和崇效寺的牡丹。但他不写诗，只是每晚读佛经，又只读两部经：《法华》和《楞严》，每晚读一“品”，读完这一部，再换那一部，循环不已。

他来到“西天”朝拜圣地时，发现没有中国人修的庙，无处落脚，便发愿募化；得到新加坡一位中国商人的大力支持，终于修成了庙；而且从缅甸请来了一尊很大的玉佛，端然坐在庙的大殿正中央，早晚庙中僧众在此诵经礼拜。

他在国外大约有二十多年了吧，这时已接近六十岁，可是没有学会一句外国话，仍然是讲浓重湖南口音的中国话。印度话，他只会说两个字：“阿恰（好）”和“拜提（请坐）”。

有一天他对我说，他要去朝拜佛教圣地兼“化缘”，约我一起去。我提议向西北方去，因为东南面的菩提迦耶、王舍城和那烂陀寺遗址我已经去过了。他表示同意，我们便出发到舍卫国、蓝毗尼、拘尸那揭罗去。这几处比前述几处（除迦耶同时是印度教圣地因而情况稍好外）更荒凉，想来是无从“化缘”乞讨，只能自己花钱的。我只想同他一起“朝圣”作为游览，可以给他当翻译，但不想跟随他“化缘”。

这几处地方连地名都改变了，可以说是像王舍城一样连遗迹都没有了，不像迦耶还有棵菩提树和庙，也不像那烂陀寺由考古发掘而出现一些遗址和遗物。蓝毗尼应有阿育王石柱，现在想不起我曾经找到过，仿佛是已经被搬到什么博物馆去了。在舍卫国，只听说有些耆那教天衣派（裸形外道？）的和尚住在那里一所石窟里，还在火车站上见到不少猴子。

老和尚旅行并不需要我帮多少忙，反而他比我更熟悉道路，也不用查什么“指南”。看来语言的用处也不是那么大得不得了，缺了就不行，否则哑巴怎么也照样走路？有些人的记忆力在认路方面特别发达。我承认我不行。

老和尚指挥我在什么地方下车，什么地方落脚，什么地方只好在车站上休息。我们从不需要找旅馆，也难得找到，找到也难住下。我这时才明白老和尚的神通。他是有目的有计划的，他带着我找到几处华侨商店，竟然都像见到老相识的同乡一样，都化得到多少不等的香火钱，也不用他开口乞讨。

到佛灭度处拘尸那揭罗，我弄不清在一个什么小火车站下的车，下车后一片荒凉，怎么走，只有听从老和尚指挥。

他像到了熟地方一样，带着我走，我也不懂他第一次是怎么来的。这有的是很少的人家和很多的大树。他也不问路。原来这里也无法问路。没有佛的著名神圣遗物，居民也不知道有佛教，只是见到黄衣的知道是出家人，见到我这个白衣的知道是俗人，正像中国人从佛教经典中知道“白衣”是居士的别称那样。

“这里只能望空拜佛。有个鸟巢禅师住在这里，我们去会他。”

我知道唐朝有位“鸟巢禅师”，是住在树上的一个和尚。如果我没有记错，《西游记》小说里好像还提到过他。怎么这里也有？

“他是住在树上吗？”我问。

“那是当然。”老和尚回答。

又在荒野中走上了一段，他说，“就要到了。”我这时才猛然想起玄奘在《西域记》中记山川道里那么清楚，原来和尚到处游方化缘，记人，记路，有特别的本事。

突然前面大树下飞跑过来一个人，很快就到了面前，不错，是一个中国和尚。

两人异口同声喊：“南无阿弥陀佛！”接着都哈哈大笑起来。我向这新见人物合掌为礼。

这位和尚连“随我来”都不说就一转身大步如飞走了。还是老和尚提醒我说，“跟他走。这就是我说的鸟巢禅师。”

走到大树跟前，我才看出这是一棵其大无比的树，足有普通的五层楼那么高。在离地约一丈多的最初大树杈上有些木头垒出一个像间房屋一样的东西。树干上斜倚着一张仿佛当梯子用的两根棍和一格一格的横木。

鸟巢禅师头也不回，一抬腿，我还没看清他怎么上的梯子，他已经站在一层“楼”的洞门口，俯身向我们招呼了。他仍不说话，只是打着手势。

老和尚跟了上去，手扶、脚蹬；上面的人在他爬到一半时拉了一把；一转眼，两位和尚进洞了。

这可难为我了。从小就不曾练过爬树，我又是踏着印度式拖鞋，只靠脚的“大拇指”和“食指”夹着襻子，脱下拿在手里，又不便攀登，因为手里还提着盥洗用品之类。勉强扶着“梯子”小心翼翼地，手脚并用地，往上爬，一步一步，好容易到了中途。大概鸟巢禅师本来毫不体会我的困难，只拉了老和尚一把就进去了；现在看到我还没有“进洞”，伸出头来一望，连忙探出半身，一伸手臂把我凭空吊上去了。我两步当一步不知怎么已经进了“巢”，连吃惊都没有来得及。

原来“巢”中并不小。当然没有什么桌、凳、床之类，只有些大大小小的木头块。有一块比较高而方正的木台上供着一尊佛。仔细看来，好像不是释迦牟尼佛像，而是密宗的“大威德菩萨”，是文殊师利的化身吧？佛前还有个香炉样的东西，可能是从哪位施主募化来的。奇怪的是他从哪里弄来的香，因为“炉”中似乎有香灰。

三人挤在一起，面对面，谈话开始了。鸟巢禅师一口浙江温州口音的话同老和尚一回湖南宝庆一带口音的话，真是差别太大了。幸亏我那时年纪还不大，反应较灵敏，大致听得出谈话的大部分，至少抓得住要点。

湖南和尚介绍了我并且说我想知道鸟巢禅师的来历。禅师听明白了大意，很高兴。大概他不知有多长时间没有和人长篇讲话了，尤其是讲中国话。我想，他也许会同这次路上“化缘”时见到的一位华侨青年一样干脆夹上印度话吧。然而不然，他非常愿意讲自己的家乡话。

“我一定要见佛，我一定能见到佛的。”这是他的话的“主题”。“变调”当然多得很，几乎是天上一句，地下一句，不过我还是弄清楚了大致情况。

他是温州人，到“西天”来朝圣，在这佛“涅槃”的圣地发愿一定要见佛，就住下修行。起先搭房子，当地居民不让他盖。他几次三番试盖都不成，只能在野地上住。当地人也不肯布施他，他只能到远处去化点粮食等等回来。这里靠北边，近雪山脚下，冬天还是相当冷。他急了，就上了树，搭个巢。可是当他远行募化时，居民把巢拆了。他回来又搭。这样几次以后，忽然大家不拆他的巢了，反而有人来对着大树向他膜拜。他也不知道是怎么回事。往后就好了，他安居了下来。

“我也听不懂他们的话。后来才知道，他们见我一个月不下树，也不吃东西，以为我成佛了，才让我住下来了。我也就不下树了。索性又搭了两层‘楼’，你们看。”说着他就出了巢。我同老和尚伸头出去一望，禅师正在上面呼唤。原来再上去约一丈高的又一个树杈处，他搭了一个比第一层稍小的“巢”。他招手叫我们上去。这可没有梯子，只能爬。老和尚居然胆敢试了几步。禅师拉着他时，他在巢门口望了一望，没有钻进去，又下来了。禅师随着出巢，三步两步像鸟一样又上了一层。从下面望去，这似乎又小了一些。仿佛只能容纳一个人。他一头钻进去，不见了。我看那里离地面足有四丈左右，也许还不止，不过还没有到树顶。巢被枝叶掩住，不是有他的行动，看不出有巢。

过一会儿，禅师下来了，他毫不费力，也不用攀援；不但像走，简直像跑，也可以说是飞，进了我们蹲在里面的第一层巢。

“我在上两层的佛爷面前都替你们拜过了。”

这时我才明白，他上“楼”并非为显本事而是为我们祈福。不过这一层的佛像前，我们也没有拜。老和尚没有拜，可能是因为他看那神像不大像他所认识的佛。禅师却替我们拜了一拜，嘴咕噜了几句。我忍不住问：“难道你真有一个月禁食不吃斋吗？”很担心这一问会触犯了他。

他毫不在乎，说：“怎么不吃？我白天修行，念经咒，夜深了才下去在荒地上起火，做好几天的饭，拿上来慢慢吃。这里的人不布施我，我就在夜里出去，到很远的地方化点粮食，火种，蔬菜，香烛，还有深夜回来。这里好得很，冬天不太冷，夏天也不太热，我也不知道过了多少春秋。我自己有剃刀，自己剃发。自己提桶到远处提水。什么也不求人，一心念佛。我发愿要在这里亲见佛爷。你们看。”说着，他把下身的黄褐色布裙一掀，露出两膝，满是火烧的伤疤。这使我大吃一惊。难修的苦行。可是，这不是释迦牟尼提倡的呀。

他又说：“现在不一样了。常有人来对树拜，不用我远走化缘，吃的、用的都有人送来了。我也不用深夜才下树了。有时这里人望见我就行礼，叫我一声，我也不懂，反正是把我当做菩萨吧。”

我估计这两位和尚年纪相差不远，都比我大得多，都应当说是老人了，可是都比我健壮得多。

我同老和尚下树走了。鸟巢禅师还送了我们一程才回去。他告诉了我，他的法号是什么，但我忘了。他并不以鸟巢禅师自居，他巢内也没有什么经典，他说诵的经咒都是自幼出家时背诵的。从他的中国话听来，他也未必认得多少中国字。他的外国话也不会比鹿野苑的老和尚更好多少。

在车站上等车时，恰巧有个印度人在我身边。他见到我和一位中国和尚一起，便主动问我是否见到住在树上的中国和尚。然后他作了说明：原来这一带被居民相信是印度教罗摩大神的圣地，所以不容许外来的“蔑戾车”（边地下贱）在这里停留。尤其是那棵大树，那是朝拜的对象，更不让人上去。“后来不知怎么，忽然居民传开了，说是罗摩下凡了。神就是扮成这个样子来度化人的。你们这位中国同乡才在树上住下来了。居民也不知他是什么教，修的什么道，只敬重他的苦行。你知道，我们国家的人是看重苦行的。”我看他仿佛轻轻苦笑了一下。我想，这也是个知识分子。

孟加拉香客

有一天，在鹿野苑，我去中国庙时又见到那位 C.I.D.（刑事犯罪侦缉处）的人坐在大门口板凳上。

这个穿着不起眼，像农民模样的人原来是警察局的便衣侦探。这是他自己告诉我的。有一次我看见他在庙门口徘徊时问他有什么事。他坦然回答我说，他是 C.I.D.，来这里看看。

我知道那是半公开的特务机关，里面是一些受雇佣的愚蠢而险恶的家伙；一听说，心头不觉有一阵厌恶，便没有再理他，进庙去了。等我出来时，见他还在徘徊，很生气，又问了他一句："这里有什么好看的？要看就进去坐着好好看吧。"他的回答很爽快，说他是奉命来中国庙门口守着，看有什么人来，有几个人来，只守半天现在完了，只看见你一个中国人，立刻就回去。说完，他果真拔步便走了。他的半天任务半小时还不到便算完成了。我想英国人花钱雇这种人当特务管什么用？只能扰害老百姓。

这天又见到他，不知哪里弄了个凳子坐。看来他有个座位，想来不止坐半个小时了。我走进大门没有理他，装作不认识。他一见我到身边却连忙站起来，欠着身子合掌行礼，说："先生！我来很久了。见到你，我该走了。"我没有理他，照旧往里走。他忽然把声音放大了说："先生！这凳子是庙里的，请告诉人拿进去吧。"我回头一看，他果然出庙门大踏步走了。

我觉得有点奇怪：为什么他两次都是看见我就走呢？难道是专为来监视我的吗？转而一想，是了，他的任务是来看有什么人进庙。看不到人，他无法交差；见到了一个人，又是中国人进中国庙，可以作汇报，算是工作有了成绩，可以领钱去了。这时世界大战正打得热闹，没有什么人来朝圣或则旅行游览，真是冷清得很，难得碰见什么人，所以他见到了我就赶忙回去交差了。至于这个中国庙有什么值得监视和审查的，这就不属于他的事了。派到哪里就是哪里，叫做什么就做什么，有钱就去，这就是 C.I.D. 的下层"差人"。当然，要有什么油水可捞，他们也会显出"爪牙"威风来的。

庙里此刻只有一个老和尚在。其他的和尚不知临时出门做什么去了。这是很少有的。这位老和尚法名圆智，不是"住持"，是福建人，在这里"挂单"的，已经六十多岁，不但不会英语和印度话，中国话说得也很难懂。他看见了我，很高兴，对我说：

"德玉老和尚今天出门化缘去了。别人去送他上车了。只我留下看家，要代管些时。你在路上没遇见他们？啊，对了，他们走了不少时辰，恐怕都一直去城里了。"

我这时才明白，为什么没有别人。原来现在他是代理"方丈"了。

我告诉他，在门口又看到那个便衣侦探的事。他倒毫不在意，说这种人有时半年也不来，有时跑进来东张西望不知找什么，过一会儿又走了。“这种人真讨嫌。”这是他下的结论。我说门口还有个凳子要拿进来。老和尚说，不必了，没有人来，不会有人偷，等些时拿不迟。说那是那个“差人”自己进来端出去的。“那个人是城里来的，跑这么多路也不容易。”老和尚说这话大概是有感于自己衰老走不了多少路了。

我出来时，过了大殿，望见凳子还在那里，很想替老和尚搬进去。不料大门口忽然出现了两个人。

这是两个印度人，一男一女，年纪相仿，约莫三十多岁，穿着整齐。男的穿着西装上衣，不打领带，下面裹着干净的白布“拖底”（裹腰腿的一块布，仿佛裙子），脚穿一双皮鞋。女的披一身很漂亮的花“纱丽”（印度女服，裹在身上），露着右臂和上身的一半衬衫，踏一双皮拖鞋。一望而知，绝不是本处人，是外来的。

女的进门一见到那张凳子就过来坐下歇着。男的不慌不忙迎着我走过来，到了面前，很客气地用英语问：

“早安！请问这里是什么地方？”

“这是中国的佛教庙。”

“哦！佛教庙。中国的。我知道了。”他自言自语似地咕叽两句，便转身走几步对那个女的用印度话说了几句。

我一听他说的是孟加拉语，就知道这大概是从孟加拉来的一对夫妇。这时候远道而来做什么？想着，我继续向前走，到了门边。

那两人互相交换了几句话以后，男的又转身过来问我：

“请问，这庙里有人吗？我是说，有出家人（他用的是印度字）吗？啊，我是说，有和尚（他用的是英国字）吗？我们刚才在那边看到了一座庙，只有中间一座神像，啊！我想是佛像，没有一个人。”

我知道那是锡兰（斯里兰卡）和尚的香积寺，他们的僧舍和神殿分开，庙只是神殿，不像中国的庙附有僧寮。

“有中国和尚，不过此刻只有一位老和尚，在后面。”我回答。

他又译成孟加拉话对女的讲。女的脸上顿时现出光彩，对男的说了一句。男的连忙转身拦住我，十分有礼貌地说：

“对不起，你不是这庙里的吧？你是中国人吧？能不能请你替我们通报一下老和尚，我们打算进去朝拜一下，啊，拜佛像。假如他能为我们做点‘法事’（又用了印度字），我们将不胜感激。对不起，耽误你的时间了。假如你不介意，请让我再多说几句。我是从孟加拉来的，姓名是某某巴纳吉。这是我的妻子。我们有个儿子，非常美丽可爱的儿子，只有五岁，不幸上月病故了。我的妻子非常伤心，一定要朝拜圣地。她听说这是佛庙，她从来没有拜过佛，一定要礼拜。实在对不起！请体谅我们。我们的孩子实在太可惜了。你能不能帮助我们一下，花费你的时间了，真感谢。”

那位夫人大概也懂一点英语，听到说他们的儿子时，脸色又变了，用手指抹了一下眼睛。

看这样子，我无法不答应了。好在我并没有什么要紧的事，便请他们先上中间大殿参拜一下那座玉佛像，等我进去通报老和尚。

男的用孟加拉语说了几句，女的立刻起身。他们两人走向大殿。我绕过大殿到后面，见那位圆智老和尚坐在那里，仿佛愁眉不展。

交涉很顺利。老和尚一听说有了香客要做法事，立刻笑逐颜开，站了起来，说“好！好！”忽然脸色一变，“我只一个人，又不懂外国话，怎么办呢？”

我看这样子，逼得我非当临时出家人不可了，只好问他：除翻译以外，还有什么事要做。

“他要做什么法事？”

我告诉他，不过是超度儿子亡魂，保佑他们赶快再生一个更好的儿子。

“那好办。我都亲自动手好了。我来准备。请你去告诉他们等一下。我出去以后，只请你帮我们传话就是。”

我到大殿上时，那一对夫妇早已把鞋子脱在殿门外，光脚站在那里严肃地望那高大的白玉佛坐像。这是从缅甸请来的佛像，慈眉善目，盘膝高坐台上，一手略抚膝下指，一手抬起，作了一个“法印”，是个“说法”像。鹿野苑是佛成道后初次“说法”（讲道）的地方。像前本来放着香炉、烛台，也有香烛。台前地上有一个方木盒子，张开着口，等人布施，不过早已没有人来，里面“空空如也”。

我告诉他们稍等一会。男女都向我合掌为礼。男的还问我拜佛有什么特别规矩。

“你们怎么拜神，就照样拜佛好了。”我说。

圆智老和尚披着赭红袈裟，手执法器，道貌岸然，庄严地，不慌不忙地，走了过来。

夫妇二人便肃然起敬，向老和尚跪迎。

圆智法师不还礼，好像没有看见，走到佛像前，放下手中一碗水，又将木鱼和小槌，还有一个铜铃，都放在台上。他点起香烛以后对我说：

“我念起经来，叫他们两人跪下磕头祷告。”老和尚吩咐。

我只好站在旁边襄礼，用英语转告他们。

老和尚站在佛像台前点起香烛，一手敲打木鱼，一手摇动铜铃，口中唱起经来。

男女一同跪下。在跪下之前，男的慌忙又对我说了一句：“我名叫某某巴纳吉，妻子叫……”他还没来得及讲完，那位夫人已经跪了下去，他只好也同时跪倒。我也连忙转告老和尚，知道他记不住那么长的名字，只说是巴纳吉夫妇。

老和尚大声念经，用的是中国化了的印度唱诗调子。我一听，这不是每天他们早祷晚祷时右绕佛像念的《般若波罗蜜多心经》吗？

老和尚念完了经，转身过来，用福建口音对着跪下的男女两人宣告：

“兹有信士弟子……信士弟子……”他把眼睛望着我，又忘记名字了。我连忙说是“巴纳吉”。

“巴——纳——吉夫妇二人，巴纳吉夫妇二人……”他倒没有忘记是超度儿子亡魂和求子，大致说了几句，仍然是唱诗的调子。这是代表他们说的。以后他转身面向佛像，仿佛祷告。又转过身来，手里已经端起水碗，走向那两夫妇，口中念念有词。一手用指头蘸水向那两人头上洒去，口中不忘记又大声唱了一句“巴——纳——吉”，让他们知道福确实是赐给他们的，没错。

我知道“巴纳吉”是印度的东支婆罗门中的一个高级种姓分支，怎么也来拜这“异端邪说”的佛教？而且老和尚念的又是“色即是空，空即是色；色不异空，空不异色”的佛法空宗口号。听着，看着，心里不觉有点好笑。

老和尚回到台前，放下碗，对佛像合掌低头，沉默下来；又抬起头对我一望。我明白，“法事”圆满了，于是通知那跪着的两夫妇。

他们又磕头，然后站起来，先向老和尚，后向我，合掌致谢。男的走向台前，从西服口袋里掏出钞票，投在木盒子里，又向佛像合掌顶礼。随后两人缓缓走出殿门。穿鞋子时，男的向我做了个手势，我以为还有什么事，走过去。他轻声问我，这位和尚的法号是什么。我说是“圆智”，又还原译成梵文：“圆满的智慧。圆智大法师。”

“真是有道的出家人。真是‘仙人’一样。想不到佛教这样——伟大（他大概一时想不出什么恰当的字眼）。这的确是一位大法师，一定法力高超。”他又向夫人说了几句孟加拉话。夫人轻轻答了一句。两人又一同向我合掌致谢。

最后是这位巴纳吉先生伸出手来，和我又行了西式的握手礼。这时我看到他的夫人已经面带笑容，他也现出满意的脸色。

“我们现在要回加尔各答了。我的妻子现在愿意回家了。真是出自衷心感谢你。再见！谢谢！”

夫人居然对我说了一声“南无——”。这是印度至今通行的“敬礼”之意，可是在中国这是对佛的敬礼才用的，我随口也回答了一句“南无——”。

两位难得的香客走了。

我回身去后面房里。圆智老和尚早已从盒中取出钞票，拿在手里，大概数目不少。他说：

“德玉老和尚只留下那么一点钱，又不知哪天才回来。我正在发愁。现在不愁了。真亏你帮忙。你为佛门做了一件大好事。真是功德无量。”

我无言可对。

西藏朝圣者

鹿野苑没有电，晚上只能点煤油灯。为了节省煤油，大家晚上早吃饭，早上床。地上一片漆黑，只有稀稀落落的极少的黯淡灯光点缀，远不及天上的星月交辉。不过偶然也有例外。

从锡兰（斯里兰卡）新来了一位青年比丘（和尚），据说是学问很好，来朝拜圣地后不久就回去。我借此机会请他给我“说法”，讲了一篇短短的巴利语佛经。他只会僧伽罗语、巴利语、梵语，所以只好用梵语讲巴利语，好比用文言解白话。他的讲法仍是传统的注疏式，等于改改拼法和语法变化，翻译一遍词句。经文中也没有多少可供分析的词源和语法，他讲了一遍就停下。我以为还要“说法”，哪知已经算是结束了。有一句稍为深奥些，好像可以有不止一种解说。我便提出问题，希望引起讨论。他又把讲过的话重新说了一遍，对我望着，似乎是说：这不是很明白吗？为什么还不懂？当然我的口语能力很差，无法用外国古文说明我的思想，只能用古文范围内的词句；而他也出不了这个圈子。尽管运用自如，说得很流利，他仍跳不出如来的手掌心。于是我满意地起身合掌告别。

另一天傍晚大家散步时，路上看到这位青年比丘陪着一位老年比丘走，走得稍慢些，很快就被我赶上了。

我向他们合掌致敬时，青年比丘向老年比丘用僧伽罗语说了几句。老年比丘便向我点头，用古今相同的印度话说了声“善哉！善哉”！于是我们一同“散步”。

青年比丘向我介绍，这位是新从“楞伽”（斯里兰卡）来的大学者，深通梵文和巴利经典。接着，老法师在路上便宣讲了两句说梵文古诗优美无比的话，随即高声咏诗，唱的调子和印度的大致一样。我一听，原来是迦梨陀娑的名诗。这一节是开头，我也会背，就跟着和起来。我们两人一唱一和，声震空荡荡的原野，青年比丘却没有随声附和。

打断诗声的是迎面来的两个衣衫褴褛的人。这两个人远远一见我们就俯身不断后退而且吐出长长的舌头。两位比丘好像没看见，仍然向前走。对面两人忽然全身倒地，在地面匍匐磕头。我赶忙躲在两比丘身后。他们却若无其事，飞快走了过去。我经过伏着的人身边才发现这是两位西藏同胞。

我有点吃惊，又觉得有点扫兴，仍然跟着两比丘走。不料走不多远，迎面又是几个人，男女老少都有，在路上一排跪下磕头。我仍然躲在两比丘身后，托他们的庇荫走了过去。经过时才看出是熟识的面孔，是那家从缅甸边境来的难民。日本军队占了缅甸，他们从边境逃过来，到这佛教圣地，经常请缅甸庙里的和尚对他们讲经说法；又有时买许多菜来斋僧。这些都是只对待本国和尚的。可是拜佛、拜和尚却不分国籍，一见就拜。和尚们一概不理。中国和尚对我解释："他们自拜福田，干我何事？"原来拜僧即是拜佛，礼拜是求福；若一还礼，那就"折杀"了，不但无福，反会有灾。因为凡夫俗子怎能"消受得起"？我一想，这倒是东方这几国的共同逻辑，从古传下来的。这是出自严格的身份、等级、报应不爽、因果分明等等一整套思想体系的。

一个念头闪过，往回走时，我经过中国庙门前，便进去看看。果然佛像面前摆上了香烛和一些小灯盏。和尚告诉我，这是从西藏来的朝拜圣地的香客布施的。灯盏里都有酥油和灯芯。

天一黑，我没有上床，出来望望，中国庙里从前后殿映出灯光，香积寺最亮。缅甸庙也有亮光。我住的"法合"离香积寺最近，走得稍近些就看到门开着，佛像台前一排小灯盏放光。地下伏着两个黑影，显然是那两位西藏朝圣者。回头走时才望见那倒塌得只剩下一大截的古塔上竟也有几盏灯光闪烁。一点风也没有，所以外面的灯可以不熄灭。

这天刚好没有月亮，这时地上的点点灯光仿佛是和天上的灿烂群星遥遥对答。我望了望天河和北极星、北斗星。牛郎、织女仍隔河相望；天鹅星座在银河中展翅飞翔；南极老人星已经显露出来。很久我没有夜观星象了，亏得这两位大同乡来燃灯供佛才引出我来，看这寂寞无声的大地用光和天上通讯。

忽然想起这时东方和西方有不少地方正在轰炸，一定是火光熊熊，绝不会这样岑寂。

第二天下午，我到中国庙去，同和尚们谈起西藏香客供佛的事。他们也认为这样远迢迢奔波前来朝圣，真是心诚。"看样子也不是很有钱的人，不知花了多少工夫才积累了这些钱来点灯供佛。”他们说。

“到十五（旧历月望，中国和印度一样重视朔望）那天，还要来一位香客拜佛。”

“这个香客也是从西藏来，专程到我们庙里来拜后殿那座弥勒佛的。他是一心信大乘的，不像西藏人那样见佛就拜，见庙就点灯。”

我听了有点奇怪，于是旧历十五日下午又去看。果然，后殿那座古铜的弥勒立像前的蒲团上盘腿坐着一个人，低头在默念，原来是个印度人。

我没有惊动他，到旁边老和尚屋里去坐了一会儿，又出来。我估计得不错，他已经站起来了，仍然对着佛像，沉默不语。看见我，他似乎也有点奇怪。彼此合掌致敬以后，说了几句话。他只会讲印度话和西藏话。他在西藏住了很多年，改信佛了；回印度来，仍然每月望日到中国庙来拜佛念经。他相信中国的佛教。现在住在波罗奈城里，跟一位“古鲁”（师父）学梵文。我问他学什么。他说是先念了《梵经》商羯罗大帅注，又念波颠阇利的《瑜伽经》和《大疏》（其实这两部书的作者同名却不一定是一人，前者讲修炼，后者讲文法）。我问他为什么不念佛经。他说在西藏学过藏文的和梵文的，这里没有人讲。南方佛教（小乘）的巴利语经他自己看了一些，不想多学。他的话简短，声音很低，不像是本来说印地语的，也许是在西藏住得太久了。从外表看，他年纪已经不小，大概是退休来圣地隐居修行吧？没问他在西藏做什么，看来多半是个生意人。

这也可以算是一位从西藏来的佛教朝圣者吧，他却是个当时极少有的信佛的印度人。

鹿苑三少年

“向你致敬，先生！你从哪里来的？从中国吗？学梵文吗？我是梵文学生（求学的），梵行者。祝你好！”

我正走在路上，忽然迎面来了一个少年，开口就用梵文对我说了这几句简单的话。

我好像受到了突然袭击的考试，但看得出这个少年不过十二三岁，还是个孩子，也许是用我作对象练习梵文，应考的不是我，而是他。我的答复就是对于他说梵文的评语。他说得简单，我答得更简单，两人共同作口头语法练习。

“是的。你好！你在哪里学梵文？”

“在波罗奈城。来鹿野苑见一位‘学者’（潘迪特）的。很高兴见到你。你的发音不错。我说得不好。我要应初级考试。我来找老师的。”

简单的对话以后就分别了。我很奇怪，他怎么会一见面就对我说梵文。他怎么知道的？他要应初级考试。我听说，梵文考试共分三级，初、中、高级。高级考试通过，可以应专科考试，取得“论师”学位，再后，还可考取“大师”学位。分科有文学、哲学、天文学、修辞学，等等。别处也有别的名义的学术考试，但波罗奈城的“论师”学位最著名。这位少年朋友还在应初级考试，路程还远着呢。至于考取之后有什么前途，谁也不知道。以“论师”为称号的老学者是有当教授的，但那是前一代的事了，而且还都会英语，不然无法进大学的学院的门。婆罗门读书世家子弟进私塾从师读古文，上进之路就是应政府主持的这种考试。有了头衔就可以开塾授徒。照老规矩不收学费，到“出师”时才收“谢师礼”。古代老师还要养活门徒，现代养不起了，学生自己去住不要食宿费的“玛特”，即有钱人为捐助穷学生而设立的“香客公舍”。在波罗奈城，因为是最神圣的恒河岸圣地，有这样的地方几十处，但没有招牌，不得门路的进不去。私塾也有几十处，有的挂牌收徒，有的收徒不挂牌。开塾如能得到政府批准登记，可以挂起什么“大学院”（书院）的牌子。这些“论师”、“大师”可以著书立说，当然也可以为土邦的“王者”、官僚和各种财主作诗、立传、叙家谱、编“神话传说”，有了名气还可以坐收“布施”。这些虽然不稳定，但比没头衔的诵经婆罗门只靠给人家办办丧事、喜事、念念经维持生活，比名为“受供养”实是敲竹杠或乞食要好些。这和中国古代读书人（所谓“士”）的生活道路差不多。《水浒传》里的智多星吴用不也是个“学究”，靠授徒为生吗？不过中国有考试做官的道路，而印度的这种初、中、高级的“秀才”、“举人”、“进士”却只有虚名。除有钱的世家子弟以外，念私塾学古文的少年不过是借当“学生”吃饭罢了。

这位少年和我彼此不通姓名，后来却又遇见了几次，我才发现他的目的之一是要用我练习梵文的双数变格、变位。有了“我俩”就好变词形了。

有一次他明白告诉我：“没有钱，进不了新学校，不会英国语言，只好住‘玛特’，找了一个‘大学院’的‘古鲁’（老师），背诵梵文，等候初级考试。”

又有一天，我正在“法舍”（招待香客的不收费的一处房子）自己房间里钻研梵文古书，他忽然来了，还带着一个更小些的男孩子。

他又说起梵文，介绍这个孩子，说他是从孟加拉来的，只有十一岁，是学梵文的，有一个“学者”老师（古鲁），等等。接着他就利用我们三人大作语法练习，因为这些单数、双数、多数和现在、过去、将来，还有阳性、阴性、中性的各种词形变化，都可以利用了。我们人虽都是阳性，但是物和其他人却可以是中性和阴性。例如，当时恰好一位缅甸难民的女孩子从我的窗前走过，他立刻抓住机会，大加利用，变化了好几句出来。

那个孟加拉孩子年纪小，个子也不大，却是长得极好看，一对大眼睛，一脸英俊之气。他站在旁边只说了几句话，发音还好，孟加拉语特有的读音改成波罗奈城发音了，却又没有学上北部方言的特有的读音，说的是正规的读书古音。看来他是来学习从南印度传来的正规音调的。这一点，那个大一两岁的少年就不如他了。不但长得有些俗气，说话也俗，发音有时还有土音。

孟加拉少年望着我，听着他，抿着嘴笑。我想大概是笑他满嘴梵文语法练习句，说了半天，尽是词形变化、句型变化，没有内容，不断重复。

不一会儿，那位学生没有词了，说话停了下来。孟加拉少年也有点不耐烦听了吧，去看我桌上摊着的书。我问他学的是什么。他回答是语法书。问他是否准备考“初级”。他说：“不。”随即笑了，看来对他这位大些的同伴不十分敬重。正好我摊开的书是《瑜伽经》，有一个复合词我正在分析，还不能确定怎样才对。他忽然开口念那几句，我便试着问他那个复合词，他随口就分析出来，好像背诵注解一样，连经句意义都说了。我大吃一惊。他的程度远远超过他那位同伴了。他不考“初级”是因为程度已经超过了。他的梵文是在孟加拉学的吧？那么来这里只是为学音调吗？

这孩子看出我的脸色，自己说了。他把读过的古书向我报了名，都是小时候在家里背诵的。他来波罗奈城是奉父亲之命，来从一些“论师”学正确音调，并且朝拜恒河圣地，了解圣地情况，不久就要回去。

“我还要进新学校。回去就要念英文了。现在只念英语初级教科书。”英语书名是用英语讲的，发音当然是印度孟加拉式，远不及他的梵文。他说的梵文，尽管也是些短句子，但是，口齿清晰，句型多变，很像口语，不是文法练习。

他的那位学兄见这位师弟对答如流而且滔滔不绝，似乎也出乎意外，便宣布要走了。

我已经见过两位旧学者，一位年轻些，给我讲过迦梨陀娑一章诗，一位年长些，给我讲过《小月光疏》（语法）的一章。他们书背得很熟，口讲梵文却都还不如这个孟加拉小孩子自然，急了说不清，就要讲印地语。

过了好一段时光，我又遇见那位“学生”，一副无精打采的样子。招呼之后，我问他“初级”考过了吗？他却用印地语回答：“费尔（失败，由英语来的词）了。”

“还应考吗？”

他不回答，却说了一句梵文：“我去找那位学者。”

“那孟加拉少年呢？”

“回孟加拉去了。”

从此我没有再见到这两位小友。

我在鹿野苑见得多的小朋友是那个锡金小男孩。

他只有十岁，没念过书，很机灵。他父亲是那个小博物馆的看守。大概他们家里说锡金土话，所以他只会讲不合书本语法的口头印地语。他常到中国庙来。实际上他是教我口头印地语的小老师，对我讲的话很多。他那不照语法规则变化却很生动的口头语和加尔各答街头的“市场印地语”是一类。这才是印度通行的口头语。

他先留着头发，还照西式剪过，可是有一天忽然剃了光头。我没有问他，他自己说：“我想到城里去，想到加尔各答去，爸爸不许，骂了我，还打我，把我头发剃光了，说我学坏了。不准再找外国人了。”我一听，很怀疑是说我把他带坏了，便抽空去了一趟博物馆，见那稍稍会点英语的锡金人。他对我还是和往常一样。我才明白，所谓“外国人”指的不是我。我还够不上在他们这些人眼中和心中当作“洋人”。

有一次这个孩子对我说：“我们穷，老爷们有钱。”他说。

“老爷们怎么有钱呢？”我问他。

“少少写一点，多多的钱就来了。”他说。

我知道他说的不是我，也不是什么作家之类。他说的“写”是写账吧？他从哪儿知道的呢？

有些人相识很浅而印象却深。对于我，这三位异国少年就是这样。我至今还记得他们的面貌、口语和神气，已经几十年过去了。

德里一比丘

在鹿野苑住的时间稍长，我和斯里兰卡的法光比丘相当熟了。摩诃菩提会（大觉会）在这里的主要负责人是僧宝比丘。法光比丘是负责人之一，但管的事很多，从一所小学校、一所小图书馆，一个小出版部，到招待香客的“法舍”都归他管。除出版其他佛教书籍外，他还出版了一小本《法句经》，用罗马字母和印度现代天城体字母印成两种本子，附上他自己的英译对照和少数术语浅释。我住在那里，许多事都得到他的照应。我刚一到就感冒发烧，也是他请来了一位有大胡子的锡克教徒药剂师给我治好的。我病时他送来一碗和尚们自养的牛的鲜奶，那浓厚的奶味是我永远不会忘记的。

“我打算去德里观光几天。”有一天我对他说。

“你可以到我们庙里去住。我可以介绍。”

“怎么德里还有你们的庙？”

“不是我们修的庙。是‘比拉庙’旁边的那座佛教小庙。都是大资本家比拉出钱修建的。大庙供印度教的神，小庙供佛。

佛教庙就委托摩诃菩提会管，我们有个比丘住在那里。说是小庙，不过是比那座大庙小些，其实也不小。佛殿以外，僧房有好几间，可以招待香客，平时很少人去住。地方在新旧德里之间，很方便。你下火车，雇一辆马车直接到‘比拉庙’，到后让车停在旁边的佛教庙门前就行了。你哪天去？我给你写封信。”

本来我不过是“灵机一动”，经他这位热心人一说，倒不好不去了。这时我已匆匆大略读了《摩诃婆罗多》大史诗，据说那次大战的战场就是现在德里一带，而且婆罗门持斧罗摩消灭刹帝利王族武士三七二十一次，造成五大血池，也是在那一带。传说的古迹没有了，看看历史的土地上的今天也是好的。于是决定去一趟。

果然很容易就到了所谓“比拉庙”。佛庙是连着的另一所院子，走另一个门。那位斯里兰卡的比丘是个年轻人，见到我很高兴。他接过我的介绍信看也没看，说“法光比丘早有信说过了。我正等着你呢。”他给我安排了一间很不小的僧房或“法舍”，就在殿后。他自己住另外一间，应当算是“方丈”了。不过这庙里只有他一个人，一切要自己动手。

佛教庙里也有来观光的，但拜佛的香客不多。这边不像那边大庙门前人群拥挤得和中国的庙会差不多。这大概是因为佛教庙靠后些，又另有大门走，和大庙隔断；去大庙的人望见相连的佛殿，却走不过来。专程前来的人就不多了。

印度的庙不像中国的寺院，没有许多匾额之类，不过在门前石上刻个名字；甚至连名字也没有，或则不写出来，随人叫。

“‘比拉庙’你自己去看吧。我不陪你了。你要到别处，我可以奉陪。反正这里没有什么事，我不用守在这里。我一个人也不想走出去。你来得正好。我们一起去看红堡、‘古都’塔和那根大铁柱吧。你先休息休息。”他说完，自己回前面大殿去了。

中国的寺庙我见得不多，但像西湖灵隐寺那样的庙还去过。印度的古庙我也见得很少，只觉得那烂陀寺遗址虽然没有建筑只有地基，却是规模宏大，有中国大庙的气派。波罗奈城的那座神圣的古庙中不过是有个石头亭子，中间立着一根大半人高的石头圆柱，算是神的象征。院子很小，人都挤不动，肉眼实在看不出大自在天的威风。这座所谓“比拉庙”是现代建筑，当时还很新，仿佛是要和德里大清真寺比一比的。清真寺没有雕塑只有大建筑，和中国佛教道教的庙宇风格大不相同。这座印度教的庙虽然建筑和色彩是印度式，但是规模远不及灵隐寺，庙内几乎无可看。我脱鞋上大殿一望，殿上只有两座不大的男女神像站在那里。原来这是那罗延庙，神像是毗湿奴（那罗延）和他的夫人吉祥天女（拉克希米）。神像实在不够神气。吉祥天女是财神，这其实是个财神庙。在看惯中国庙的眼光中，这财神庙有点像暴发户，不免带点寒伧气。据说那时庙刚盖成不久，还没有真正完工，神像也只是临时安装的，带有过渡性质。壁画还没有画上去。这大概是事实。现在过了快五十年，不知道扩大改建了没有。这座庙不叫正名而被人叫做“比拉庙”，倒有为活财神宣传的作用。

我回到佛殿这边来，望望那位如来佛端然正坐，有点中国庙的模样。那位青年比丘和我攀谈起来，问我的印象如何。

“拜神的不多，观光的不少，我还见到几个欧洲人。”我说。

“基督教徒脱了鞋可以上殿，伊斯兰教徒却不能进庙。当然他们也绝不会来。”他说。

“有人能进庙拜神，有人不许进。我看门口也没有人看守，里面也没有人管，谁来过问？光凭服装是可以看出来一些，但是有的禁忌不是从服装打扮看得出来的。”

他笑了：“那是因为你还不熟悉印度人。再过些时，你和他们再混熟些，就知道了。在我们佛教徒眼中，印度教徒并不更宽大，伊斯兰教徒并不更窄狭，基督教徒也不是处于中间。”

“还有耆那教徒、锡克教徒、拜火教徒、犹太教徒等等呢？”

“我到这里还不久，见到的人还不多，不过什么样人是望得出来的。不是光看服装打扮，帽子、鞋子。你看，有人来了。明天我们一起去逛德里古迹，门口就有马车。”

第二天他和我一同出游，一同登上了那座细长的高塔。这是著名的“古都”（这个阿拉伯字译意应是“北极”）塔。这不是佛教的塔，是伊斯兰教的建筑。从里面盘旋一级一级登上去，到了顶上，伸头一望，没有顶，周围有铁栏杆。我们出来站在顶上最高层，仅能转身，大约最多只能站三个人。我问他，是不是本来上面还有一两层。

“听说是本来还一直上到只能容一个人的顶尖，人一上来就会立刻头晕跌下去摔死。因此拆了顶层，加上栏杆。就这样，还有人跌下去。是自杀的好地方。有人建议封闭，不许人登塔。”

“那边那根铁柱竖在那里是什么意思？这样高的铁柱怎么铸

出来的？哪有那么大的模子？还有……”

“这些你去问印度人吧。不过这都是莫卧儿时代的，也许伊斯兰教徒更清楚。”

他劝我到旧德里去看看，不过他不能陪我去。我知道一定是他披着袈裟去不方便。

从完全现代化的政府所在地的新德里到德里或说老德里，尽管是连着的，却完全是两种风貌，是两个世界，两个时代。英国人真有意思，不知是有意还是无意，把东、西，新、旧，连接并列，好像是办展览。

一进闹嚷嚷的狭窄的德里街内，两边商店用波斯字母写的乌尔都文招牌引人注目。从右向左的和从左向右的印度各种字母拼写的各种广告贴满了，挂满了，内中也夹有英文。看不到一个西方人。汽车当然进不来，马车也不行，只能走路。稍一注意才发现杂乱之中还很有条理。如果不为花花绿绿的颜色和字母迷惑，就可以看出无论是商店，是行人，都是分开的，有区别的。我想起了加尔各答的“唐人街”，仰光的中国街，中国大小城市中的牛街之类。外人不留意也不大看得出，自己人却是都明白。这种区别是不能混淆的。“有别”是正常的，“无边”不过说说而已。我的穿着显不出他们中间的任何特色，又不是西方人打扮，所以暂时是个“中性”无害的身份，还可以自由自在走来走去不显眼。我望了望小杂货铺，进去几家小书店，遥遥观察了饮食店。没敢进小巷子，所以也没有进入住宅区。我多少知道一点他们各方面的各种忌讳，所以敢于穿行，但是再深一层的就不知道了，不能乱窜。尤其是说话，更得留神，一言不合、一个词用得不当，就会引起事端，至少是引起注意。特别是当时是战时，印度局势很微妙，虽说中国是英国的盟国和印度的朋友，中国人是侨民，但还不是可以到处伸头的。谁知道那么多人中的什么眼睛在望着我呢？连印度上古诗歌里都提醒这种眼睛的洞察一切了。我想到这句诗，赶忙从莫卧儿王朝的都城退出，回到二十世纪四十年代前期的柏油马路上，松了一口气。

回到佛教庙，比丘问我看到了什么。

我说："看到了一百年前的莫卧儿帝国，只少一个皇帝。"

他呵呵笑起来，说："佛涅槃快两千五百年了。你不觉得在这里对着我是回到两千多年以前吗？你在鹿野苑没有想到遇见佛度五比丘，为他们讲'四谛、十二因缘'吗？怎么到了德里想的不是大英帝国，大印度帝国，却是莫卧儿帝国呢？"

我觉得这位青年比丘很有意思，便回答他："都是帝国，何必分别？是我错了。"

他不知为什么和我好像有点"缘法"，竟对我说了一些他来这里以后的见闻感想，最后说："我不会在这里住很久的。我们的工作期限有定，我还要回去，回去之前要去鹿野苑，希望那时你还在那里。"

"那时也许世界也变了，我也回去了。"我说。

“欧亚型”女郎

有一天我到一位朋友那里去，赶上他不在屋，却有一个约莫十六七岁的女郎坐在他床上。她一见我进屋便用英语说：“请坐一会儿。他出去了，就会回来的。”又加一句解释：“我来替他看屋的。别客气。”

我从来不知这位朋友有这么一个女朋友，看起来还是个孩子。也许是个子长得大，实际上还不到十五岁。她穿着一身西式连衣裙，光着两条腿，翘在床沿上。长得不黑，但也不是纯粹白种人。

“我只是来看看他的，没有什么事。”我转身要走。我来时看见门只虚掩着，就闯了进去，不料碰上这位女客。

“别走！陪我谈谈，我正闷得慌。他就要回来的。”她毫不客气，接着又说：“我叫乔伊斯。”

我不用听名字，一看就知道，她是所谓“英印混血儿”，正确些应当说是“欧亚型”。照印度习惯分类，她属于所谓“基督教徒”。这样的人我接触过，是在办公室里或是街头，却从没有这样聊过天。反正没有事，我就在一张椅子上对着她坐下。

“告诉你吧，他去邀请人去了。你正好自己上门来。你打桥牌跟我合伙吧。他未必找得齐人。我们两人一定能配合好，我打赌。”

“啊！我不会打桥牌。”

“对！我知道了，你是打麻将的。中国人爱打麻将。不要紧，我新学会了打麻将，不过打得不好，只懂输赢，不会战略战术那一套。”

“我也不会打麻将。”

“多可惜呀！我不信。你是不愿和我配对吧？你这个‘绅士’！不打桥牌？”

“你没去上学？”我把话岔开。她不客气，我也不客气了。这分明是个孩子。

“上学校？学上完了。考完了。闲下来了。”

“不去进什么学院？”

她把手掌向我一伸，说：“你替我付学费？”她脸色不那么天真了。“我正闲得发慌。一个个同学都去找事。事有那么好找？到处门口都挂着‘无空位’的牌子。有‘空位’的，也有，可我不去。你看到了吗？前面街上有一家门口大名片上名字下面写着‘艺术家’。我能当那样的‘艺术家’吗？那是什么艺术家？我要当艺术家就要去演电影。我能当一个好演员，只要有人要我。你看我哪点不够格？”她腾身一跃而起，站在我面前，好像是让我评定。她接连说了两个女电影明星的名字，说：“她们有什么了不起？不是和我一样的？只是要有门路。我也学过唱歌、跳舞，能讲印度斯坦语，讲得出标准的德里乌尔都语。上等人、下等人，我全会装。”说着，打了一个转身，做出一个姿态，还唱了一句歌词。“你看怎么样？”

“可惜我不认识电影界的人。”我想起我去“托莱坞”参观过电影场，却没有说。

“不要紧。我也会打字，会速记，会写各种文件。你们中国人越来越多了。我去过两处中国人的办公室，门前没有挂‘无空位’的牌子。他们不知道。我碰了钉子，下次再去，挂上了。大概去找事的太多。你能不能给我找个事？告诉你吧？学校一毕业，家里不管我了。我到这里来，不是来打桥牌，是来找事的。不瞒你说，我活不下去了。我知道你们中国人在这里不断开设什么办事处，需要我这样的人，能说，能写，知道情况。我能帮助你们。我知道还有个中国电影厂的办事处。我跑去了，那位中国绅士说，他是来买机器的，不是来招演员的，也不要秘书。总之是把我推出来了。你能不能帮我一个忙？证件我都有。我已经成年了。我愿意给中国人做事。中国现在不是英国的盟国吗？中国人对我们客气，不像印度人。”

我吃了一惊，她到底自认为英国人呢？印度人呢？

她见我不做声，又站近些，说了下去：“请告诉我，你是在这里办公吗？对不起，我不该问，你能告诉我你是什么公干吗？”现在她不是开头那样的顽皮小孩了，摆出办事员的姿态。她倒确实可以演戏。

“我不是在这里的。我新从贝拿勒斯（瓦腊纳西，古名波罗奈城）来的。”

“啊呀！你朝拜圣地去了？你喝过恒河圣水了。了不起！了不起！有两个法国孩子，跑去学印度人，在恒河洗澡，洗完了又用圣水漱口，还喝了一点儿。当天晚上上吐下泻，几乎把命送了。不是印度教徒，能喝上圣水吗？那火葬场边上的牛，那小船上坐着手持贝叶的光身子、大胡子、长头发的大仙人，你惹得起吗？哈哈，你朝拜圣地回来，怪不得一身神圣气。仙人总是要受诱惑的；你不怕我引诱你吗？”她又恢复顽皮了，而且毫不在乎地真向我做了一个媚笑，大概是为了显示她的表演才能。

可是，转眼她又严肃起来，问我：“你去过那个古庙吧？拜了那块石头没有？你知道那个庙后面巷子里是什么？去过没有？圣地是有两副面孔的。你不知道吧？白去了一趟。”

忽然，她又忧愁了，“你瞧，我怎么办呢？有事情可以赚钱，名义还好听。有人去了，告诉我说，那里还要人，可我决不去。我不愿和那些穿卡其制服的男孩子打交道。他们都是野蛮人。我还要结婚呢。钱再多，我也不去。我宁愿死，也不去。我家里不管我了。英国人那里去不成，印度人那里不要我，我想只有中国人好，又大方，可是没门路。你这样看着我干什么？你看不出来？放心，我不是犹太人。他们是另一类人，有自己的办法。我父母都是正派人，在公司工作。我父亲、哥哥都不是警官。”

我不知道怎样对她说话才好。

她忽然过去打开手提包，拿出一张照片给我看，也是一个“欧亚型”的女的。

“怎么样？漂亮吧？是我的一个朋友。她先在马戏班干了一气。现在去当‘主妇’了。两百块钱（卢比）一个月，连那人的吃住都包在内。卖得太便宜了。你想，这样的事，我能干吗?你懂不懂?当‘主妇’就是当妻子。”

我不知道她为什么肯这样什么话都对我说。

“告诉你吧。我是来找你的朋友帮忙的。你能帮我忙，替我说几句话，请他务必给我找件事做，给我一个机会。只要够一个人生活就行。我要的是正派的事，我要做正派人。我打算结婚。有了事才能有对象。请你帮帮忙吧。你的朋友是有办法的。他还不十分信任我。我担保，我一定规规矩矩工作。一个女人想正派活下去怎么这么难啊!”

我实在坐不住了。糊里糊涂说了几句似安慰似鼓励的话，站起来走了。

不久，我见到那位朋友，他告诉我，那是他一个邻居的孩子，老是缠住他要找事。他也没办法。那孩子说的话是真的，没撒谎。

过了没几天，我在加尔各答的大广场里草地上又遇见她，和另一个女的在一起。

“哈啰!又遇见了。还记得我吗?”

“哈啰!你找到事了吗?乔伊斯!”

“暂时有饭吃，还没有找到理想的事。”她指了指那位和她同样的女的，“临时代替她工作。她另外去试工，成功了，这里我就顶替她。”

“祝你幸福!”

又过了些时候，一位朋友邀请我一同去了解一下游泳池。先到一处，门口有牌子:“仅招待盟友。”我们要进去，门口的一个印度人拦住了我们。

“不是招待盟友吗？”

“那是指美国人。”

“中国不是英国的盟友吗？”

“我不知道。我在这里工作了将近二十年，从来没有见到一个有色皮肤的人进来过。”

门里边就是游泳池，看得见池里池外几个男的女的全是白皮肤的。我的朋友还想辩论。

“请你们到管理这游泳池的俱乐部去讲吧。”那个印度人说。

我们转到了另一处。门口没有“招待盟友”的牌子。守门的印度人没有阻拦。我的朋友问他这里有什么限制。

“限制？买票就是。那边存衣。”

“这里没有写明‘招待盟友’。”

“啊！限制的是欧洲人和印度人。白皮肤的另有个俱乐部游泳池。黑皮肤的自有江河池塘。”

我们进了门，门里就是游泳池。突然一个身材苗条穿游泳衣的“欧亚型”女郎跑过来同我握手。原来又遇上乔伊斯了。

“怎么样？工作顺利吗？”

“还好，不过还不稳定，还是临时代理。又换了两处地方，还是不行。多谢你还记得我，关心我。你那朋友总不肯帮忙，我也不找他了。请问你，你能在中国人那里给我想想办法吗？我知道你是个好人。”她眼光从我转到我的朋友身上。

我连忙说：“他是个教员，没有多少办法。不过我一定留心。”

“多谢你。要找我，找你那位朋友就行。我的地址你记不住。好，换衣裳游泳吧。”

“我还不会游泳。”

她大吃一惊，大笑，问：“那你来干什么？不要紧，换了衣裳我教你，包管一学就会。那边是更衣处。”

我的朋友有点不耐烦了，忽然转念，也问：“我们想知道这里是什么人来游泳？”

“哈哈！你们来调查来了。告诉你，这里就是给我们这些人游的。中国人，犹太人，也行，就是不让印度人进。”

我们没有游泳就离开了。

“你怎么认识这样一个人？”我的朋友问。

我说是在一位朋友处碰见过。

在等公共汽车时朋友说：

“印度地方的游泳池不让印度人进。在印度生长的人不自认为印度人，又不被认为欧洲人。真是岂有此理！——啊！忘了问美国的黑人兵能进哪一个游泳池。”

“那还用问？哪一边也不让进。他们应当有自己的游泳池。”

“他们是美国人，不算‘盟友’？”

“‘盟友’也要分类，是有等级的。分类和分等，这就是我在印度学到的‘天下之通义也’。”

从此我没有再见到乔伊斯，也没有再见到她的邻居那位朋友。和我一同调查游泳池的朋友战后在美国当了教授，他大概记不得这件事，也不再关心这种限制了吧？

不过我每一想起来，总还惦念着，不知究竟乔伊斯后来找到了什么事。

沉默之塔

“沉默之塔”，听说孟买郊外有一座，我久已想去。有一回确实去了，可是只在远处望了一望。据说那座建筑物就是著名的“沉默之塔”，拜火教徒的天葬场。

有一次，我差一点自己把自己送进“沉默之塔”。

那是鹿野苑早春的清晨。我照例出来走动，看看草间树下的四脚蛇和头戴一顶耸立羽冠的小鸟，去望望亭子里铁栏杆围绕着的断了的阿育王石柱，然后上那只剩下一层的倒塌的古塔。从空洞的塔门进去，一级一级盘旋而上，到基层的顶，也就是二层的基，豁然开朗，上面什么也没有了，只四周有参差不齐的断墙颓壁。我便盘膝坐下，脱去上衣，闭上眼静坐，在初升的太阳光中曝晒一下，算是日光浴吧。

去了两三次，我在闭目打坐时忽然“心血来潮”，开眼一看，周围没有动静，向上一望，瞥见一只老鹰在盘旋，越来越近，越来越大。不是老鹰，是秃鹫。它在我的顶上盘旋。它画出的圆的中心看来正是我。四下里别无大生物，它的目标不是我是谁？我在动物园见到过这个庞然大物。心里一惊，连忙站起来。那秃鹫又飞高了。我上下四周一望，静悄悄的一片。真是一座“沉默之塔”啊。我差不多是陈列在塔上献给秃鹫的死尸了。所幸我还不是拜火教徒，不求“天葬”。下塔回屋，再也不去作这种清晨日光浴了。

印度的野生野死的大动物不少，即使没有献祭的“沉默之塔”，秃鹫也不会缺少吃的。还有善于啃死肉骨头的“胡狼”，也许是豺吧？有天傍晚我就遇上一个。我稍稍离开了大路，一转身，见到一只似狗似狼的东西，没有狐狸的大尾巴，站在我的面前，双目炯炯对我望着。我大惊之下，知道不能慌张逃跑，那便会引它上前。我缓缓转身，仿佛要迎上前去，绕路抓它。它突然撒腿飞跑，一转眼不见了。我从此在黎明和黄昏时都再也不敢独自一人离开大路了。

至于路上一不留神，草间迅速蜿蜒出没一条花蛇或黑蛇，更是毫不稀奇的事。夜间自然不出门，不知道会在漆黑的天上地下出来什么东西。

但是大地并不沉默。夜间在入梦之前总可以听见鸟声、兽声、虫声猛然出现。有时一阵子此起彼伏，但也有时万籁无声，寂静得可怕。

“沉默之塔”是不能参观的。拜火教的庙宇也不能进去。我在庙门前走过，想象不出里面的祭火是怎样光明。

我也在犹太教的教堂大门前观望过，那也是不能进去的。

耆那教的庙可以进去。鹿野苑就有一所，长年关着门，没有人。有一回不知是逢了他们的什么节日，或是有朝圣的信徒来，门开了。有人告诉我，同我一起进去。里面除正中一座耆那的像外，殿壁上画的是一色的裸体的男像，个个一样。这是一代一代的圣人，成道后大家都一样了。耆那就是“大雄”，也是佛的称号。这两位圣人的时代相仿，生平类似，教义也相去不远，早先曾被西方人误认为一。这里的庙是“天衣派”的，但没有见到裸体的僧人。佛教经典上说的裸形外道未必是他们。在印度，一丝不挂的出家人不止一派。我在大城市的加尔各答的一处湿婆庙前就有幸见过一位。庙只是一间屋，在并不十分僻静的街口。我经过门前时，正好一位信徒站在门口。他额画符志，全身涂青灰，手执一柄三股叉，站在庙门前纹丝不动，不折不扣一座雕像，俨然是大自在天湿婆下凡了。我觉得这和波罗奈城象征湿婆的那座石柱的形象各有千秋。一个森严，一个朴素，都有一种原始的魅力。可惜当我走过时，那位“涂灰外道”动了一下，好像要走开，却又并不是走，少了一份庄严。小街上行人不算很少，男男女女都有，却没有一个人像我这样注视他的。我赶忙头也不回走了过去。在鹿野苑也有一回，远远望见一个人影如飞而过，全身赤裸。有人告诉我来了个耆那教和尚，也有人说是女的，不过是个过路的疯子。在佛教圣地舍卫国遗址，曾有人告诉我，那里没有佛教徒，却还有耆那教徒，是“天衣派”。裸形和尚们住在一个山洞里。有一年天气很冷，有人以为他们会冻坏了，跑去一看，他们安然无恙。

在加尔各答有一所耆那教的庙，是可供旅游者参观的。这是“白衣派”的庙吧？我去过，参拜的人远不及参观的人多。给我印象最深刻的是殿门前一对大镜子，长方形，正好相对，大小远近算得很准，两个镜子里互相映出对面镜子的影像，影像中又有影像，一个套一个，越过越小，终于最中间的再也分不清还有多少层了。这是形象化的哲学，无言的哲学，也是展示另一种“华严”（花饰）世界吧？

塔形建筑很多，作为礼拜对象的只有佛教的塔吧？缅甸仰光的大小金塔我都去瞻仰过，太辉煌耀眼了。鹿野苑的古塔只余一层，我登临过，它很像我小时候在家乡见到的那座古塔。据说那是报恩寺的，是唐朝或宋朝的，记不得了。我见到的还有三层，后来听说又倒塌了一次，只剩下一层了。两座古塔有些相像，都是妆饰全无，只余石头和泥土。不过印度的这座塔还有门有阶梯能进内上去，中国的那座塔四面的石头门关得严紧，不知是不是修建当初就不准备让人进去登塔，还是后来封闭的。佛塔本来是供礼拜的，不是供登临的。据说佛去世前告诉弟子，以后就拜这个，将手中杖在地上一立，于是石柱、石塔应运而生，再往后多少年才出现“象教”，有了佛像。

崇拜光明的拜火教徒在这世上不多了。印度的古波斯人后裔称为帕西人，信仰拜火教，所以印度还有“沉默之塔”。可惜我终于未能证实我所见的确实不错。不过秃鹫在空中盘旋，我见过不止一次，并不稀奇。

1984 年